ELIOTT DE GASTINES

LA FRONTIÈRE SAUVAGE

roman

ALBIN MICHEL

À toi seul.

« Il est difficile de se dépouiller en quelques semaines de trente ou quarante ans de foi dans le monde. »

Stefan Zweig, *Le Monde d'hier*

LIVRE PREMIER

1

Avant toute chose nous avions paré au plus urgent ; à savoir : nous moquer des Italiens. Le pays s'était laissé submerger par ce virus de rien du tout. On ne pouvait rien attendre d'autre de ce ramassis de branques qu'ils constituaient depuis la Seconde Guerre mondiale. Et depuis bien avant d'ailleurs, si on se rappelait les fiascos de leurs deux guerres d'Abyssinie, desquelles ces nullards étaient revenus la queue entre les jambes. À cela s'ajoutait une gestion des déchets tristement célèbre. Des garagistes et des médecins incompétents et interchangeables. Des miss météo devenues députées, et vice versa. Cette manie de professer des mensonges en agitant les doigts vers le ciel… La messe était dite : les Italiens étaient d'indécrottables ploucs. Des guignols œuvrant en bande désorganisée. Le virus, lui-même assez médiocre, avait naturellement trouvé là son terrain de jeu. C'était parfaitement normal. C'était délicieusement rassurant. Et compte tenu du fait que les Italiens étaient tous *des gros racistes*, c'était bien fait pour eux.

Rien de tout ceci ne devait nous arriver, à nous,

sémillants Français. Si bien qu'à la télé et dans les journaux, on s'était bien marrés durant ce mois de février de l'année 2020. Non seulement l'Italie mais aussi le monde tout entier n'étaient peuplés que d'amateurs. À une exception, nous. Car ici, en France, nous étions *prêts*.

Quand les choses devinrent plus sérieuses, quand le score des morts s'afficha à la télé tous les soirs comme les chiffres du Loto, je me surpris à rêver de catastrophes irréversibles. Les événements nourrirent la principale perversion qui me caractérisait : cette fâcheuse habitude, en toutes circonstances, d'imaginer, voire d'espérer le pire à venir. Je ne faisais pas partie des optimistes, des confiants, et en cela j'étais un mauvais citoyen.

En y réfléchissant bien, tout avait commencé avec les attentats du 11 septembre 2001, dont je revoyais les images en boucle. Il y a ceux qui relisent Proust, regardent *Mamma Mia* ou *Les Soprano* pour la millième fois, ceux encore qui raffolent des chats maladroits sur internet. Moi, c'étaient ces deux avions de ligne qui avaient explosé, au cœur de New York, sous le soleil ivoire du matin. La mise en scène était stupéfiante, sa beauté incontestable. On n'avait pas fait mieux depuis.

Le terrorisme s'était ensuite rapproché du théâtre amateur en usant d'outils toujours plus communs. Des attaques au couteau se déroulaient n'importe où et n'importe comment. Bientôt seraient employés des compas ou tout autre objet présent sur les listes de la rentrée des classes. Voire des lacets en vente au supermarché… Je vivais dans un univers où le moindre véhicule, le moindre outil, la moindre cuillère à café devenait en puissance l'instrument d'une horreur qui, comme tout le reste, avait sombré dans le *cheap*. J'espérais mieux, et ce virus en était peut-être l'occasion.

Quand nos responsables semblèrent prendre la mesure des événements, il était déjà trop tard. Le personnel hospitalier, exsangue, voyait déjà les Français les plus âgés tomber comme des mouches dans des services surchargés. Mesure anticontamination oblige, on mourait seul au milieu des bips, parfois au détour d'un couloir en compagnie d'autres malades. Mais toujours privé des siens. Le 16 mars, avec plusieurs semaines de retard à l'allumage, le gouvernement prit la seule mesure dont il était capable, celle d'un confinement généralisé d'une population à 99 % exempte de risque, sans jamais auparavant avoir pensé à fermer les frontières. (Rappelons que lors des premiers foyers épidémiques aux Contamines en Haute-Savoie – le virus n'avait pas de passeport, mais il avait de l'humour – alors que les autorités *géraient* cette crise qui n'en était pas une, des centaines de vols en provenance de Pékin, de Shanghai et d'ailleurs se posaient chaque jour sur le tarmac des aéroports internationaux de France. On en descendait librement. Sans être un expert des risques pandémiques, j'avais trouvé ça particulièrement audacieux.)

L'unique mesure de fermeté fut donc d'appliquer avec soin les mêmes dispositions qu'en Chine, un pays où, depuis plus d'un mois, on avait confiné *manu militari* des petits bourgs de vingt millions d'habitants.

Personne ne fut choqué du procédé : singer le bon sens en imitant un État totalitaire. Le 17 mars donc, nous fûmes tous sans exception assignés à résidence. Nous étions en guerre. Une guerre que nous allions mener à domicile, en pyjama. Rester chez soi à se gratter les couilles, c'était sauver le pays, voire l'humanité tout entière. Or nous eûmes tous la possibilité de télécharger un document qui, si nous le remplissions sans faire de fautes d'orthographe, ce qui était à notre portée, nous donnait le droit d'aller faire nos courses, de sortir voir un proche esseulé, de promener son chien, de faire un footing ou un tour de vélo, ou d'aller travailler, pour ceux dont les basses besognes ne pouvaient profiter d'internet... On apprit par la radio que les restaurateurs avaient le droit de vendre leurs plats à emporter. C'était formidable : le moindre postillon représentait un danger de mort, sauf ceux des employés de cuisine. Car comme chacun sait, personne ne disposait de masques chirurgicaux.

Je ne peux m'empêcher de me rappeler, avant de passer aux choses sérieuses, qu'au journal de 20 heures, tous les soirs, on assistait à des concerts de casseroles en l'honneur du personnel soignant. On nous passait aussi de belles images de la nature, comme une sombre chaîne zen sur YouTube. Et un soir, il fut question de dauphins qui nageaient dans les lagunes turquoise de Venise, délivrée des touristes et des bateaux à moteur. Ce fut bien la première fois que je ressentis de la jalousie à l'endroit d'une espèce menacée. En commentaire de ces images, la voix osa même prononcer le mot de *révélation*, évoquer tous ces trésors du vivant que les circonstances nous permettaient enfin de contempler. On commença à parler du *monde d'après* et d'une *belle leçon* dont notre civilisation tirerait toutes les conséquences. Personne ne pouvait imaginer la suite, et à peine l'épidémie installée, on nous vendait sur plan un éden à venir.

2

À l'heure où j'écris ces lignes, nous sommes en octobre, peut-être novembre, de l'année 2021. Il m'est difficile de le savoir car chaque matin, depuis les caves où je suis enfermé, je ne vois qu'un petit bout de ciel au travers de carreaux sales. Chaque jour est gris comme les murs qui m'entourent. Les gardiens n'ont pas le droit de me parler. Aucun de mes codétenus n'a eu l'idée de procéder au décompte des jours. Et ceux qui étaient là avant moi ne parlent pas beaucoup, assommés par le travail forcé et les interrogatoires. Et chaque matin, on me met à cette table pour que je raconte tout.

Je suis enfermé dans les sous-sols de l'hôtel du Golf, situé sur les hauteurs qui dominent Deauville et sa côte. Dans les étages au-dessus, c'était un endroit chic, avec des centaines de chambres, des suites, et la vue sur la Manche dont je ne profite jamais : lors de nos rares promenades, ils nous font sortir du côté du parking. On sait tous que la mer est juste là, mais nous ne la verrons plus jamais.

Moi et quelques autres, nous dormons près d'une

immense chaudière qui occupe la quasi-totalité de la pièce. Au sein de cette bande que nous formons ici, au sous-sol, je dois dire que je travaille moins que les autres : c'est normal, je ne suis plus bon à grand-chose avec cette jambe en moins. J'ai aussi une oreille en moins, mais ça, c'est cosmétique. Et tandis que je passe des après-midi entiers à regarder le plafond, les autres pédalent sur d'immobiles vélos dans une salle spécialement conçue à cet effet. Ainsi, ils produisent du courant pour ceux qui occupent les étages. On nous épuise aussi à nettoyer les draps dans les buanderies, à éplucher des pommes de terre – ça, j'y participe car on peut le faire assis. Parfois, on choisit quelques hommes pour faire le ménage là-haut, ou partir en expédition à la recherche d'essence, de médicaments. Ceux qui en reviennent – ils sont rares – nous expliquent de quelle manière on les utilise. Comme ces zèbres qui laissent d'abord les gnous traverser les cours d'eau pour s'assurer qu'aucun crocodile ne s'y trouve, on les envoie toujours en premier inspecter des bâtiments suspects, ou s'avancer dans un champ où la présence de mines inquiète.

Pour ma part donc, chaque matin, je me contente d'écrire. Ils veulent savoir d'où je viens et ce que j'ai fait pour être encore vivant aujourd'hui. Plus généralement, ils tentent de comprendre ce qui s'est passé selon ma perspective. Alors j'écris. Car je ne suis bon à rien d'autre ou presque.

Ce n'est pas simple. J'ai l'impression d'avoir perdu le fil bien avant d'échouer ici. Il m'est impossible de me relire : chaque jour, on m'enlève les feuilles noircies pour m'en remettre des vierges. Et ce type louche, le genre archiviste maniaque, disparaît avec mon labeur de chaque jour sous le bras. Où se rend-il avec tous ces mots ? Les lisent-ils vraiment, là-haut ? Ai-je le droit de tout dire ? Ai-je intérêt à tout dire ? Une chose est sûre, c'est que l'ensemble risque fort de paraître incomplet, truffé d'erreurs sur les dates, les lieux. J'ai une excuse : il m'est impossible de procéder à des vérifications. Internet n'existe plus. Les livres et les cartes routières, non plus. Comme tout ce que nous avons connu. Tel que nous l'avons connu.

3

Voilà, vous avez le début. Vous avez la fin. Reste à raconter tout ce qu'il s'est passé entre. Et c'est dans la paisible ville de Bernay, sous-préfecture de l'Eure où je vivais avant les faits, que tout a commencé. Bernay faisait partie des cités miraculées de Normandie – j'emploie l'imparfait car je doute qu'il en reste une miette. L'histoire raconte que, lors de la bataille de Normandie en 44, les avions (alliés ? allemands ? ce n'était pas clair) qui entendaient pilonner la ville étaient passés de nuit et ne l'avaient jamais trouvée. Comme elle était située au fond d'une cuvette, une couche de brouillard et le respect du couvre-feu avaient rendu l'agglomération invisible. Elle avait échappé au désastre esthétique du Havre, de Lisieux et de bien d'autres communes massacrées deux fois, d'abord par les bombes, ensuite par la reconstruction. La ville était charmante avec son centre plein de maisons médiévales, entourée de grasses vallées et de forêts. Je m'y plaisais énormément, retiré de la capitale où, durant trois décennies, j'avais fait semblant d'être heureux.

À Bernay je n'étais pas seul car je vivais en compagnie d'une femme : Florence. Fort heureusement, en huit ans de vie commune, nous ne nous étions pas reproduits. Au bout de quatre ou cinq ans ensemble, nous avions essayé sans succès ni conviction, puis hésité à forcer le destin grâce à une aide médicale, puis hésité à hésiter. Et le virus eut l'immense qualité de nous aider à trancher : ça ne valait plus tellement le coup. La vérité, c'était que nous étions l'un et l'autre beaucoup trop égoïstes pour assumer de telles responsabilités. Florence tenait à son sommeil, domaine où elle excellait. Quant à moi, je me prenais pour le centre du monde. Ç'aurait été absurde de créer un concurrent direct à cet état de fait.

Peut-être pour tromper son désarroi face à cette guerre sans véritable spectacle – mis à part ces combats engagés autour des stocks de papier toilette –, Florence se mit à se tracasser outre mesure concernant des questions domestiques qu'elle considéra soudain comme de la plus haute importance. Florence. Florence qui m'avait séduit au premier regard par sa hauteur désinvolte, par cette capacité au bonheur dont j'étais privé depuis trop longtemps.

J'avais fait sa rencontre alors que je me débattais dans les eaux saumâtres du désespoir, dans un bar de nuit absolument infect, à Paris, j'avais vingt-sept ans et songeais plus que sérieusement à mettre un terme à toute cette comédie que l'on nomme la vie. Je n'avais aucun succès à mon actif. Personne ne désirait prendre ma place car je n'en occupais aucune. Aucun magazine, aucune émission n'avait encore mentionné mon existence. Et ce pour la bonne raison que je n'avais rien réalisé de bon : j'étais à la fois trop exigeant et trop paresseux. En somme, mon individu n'avait pas de raison d'être.

Mais Florence était apparue et avait porté sur moi ce regard un peu garce, l'air de dire : Et alors toi ? Tu n'es pas si différent, ce n'est que la vie, un peu de courage. Elle portait une frange, c'était la mode, mais elle ne ressemblait à aucune autre. Une question d'attitude. Et ses yeux noisette – tel qu'indiqué officiellement sur son passeport – avaient redessiné ombres et lumières sur le monde entier. Un monde au-dessus duquel Florence avait tendu un fil. Elle semblait s'y balader, avec ses fines et longues jambes d'acrobate… Je n'étais jamais parvenu à totalement la rejoindre sur ce fil, je me contentais de l'applaudir d'en bas. Et voilà qu'à cause de ce virus, elle se mettait à vaciller. Tel le fébrile public de ces trapézistes sans filet, une frayeur acide m'avait saisi. Si la prodigieuse femme-canon partait de traviole, tout le reste irait de même.

Le premier écueil auquel notre vie se heurta fut notre aspirateur sans sac. Les mains tremblantes, après quelques jours seulement d'enfermement, Florence émit l'hypothèse qu'il vienne à ne plus fonctionner. Les doux traits de son visage se décomposèrent devant cette sombre épiphanie. Mon air ahuri la mit dans tous ses états. Il serait alors impossible de le faire réparer, étais-je trop bête pour le comprendre ? Contrairement à la météo – au beau fixe depuis l'annonce du confinement –, nos finances n'étaient pas radieuses. L'achat d'un nouvel appareil n'était pas envisageable.

Nous avions opté, afin d'économiser une centaine d'euros, pour un modèle de milieu de gamme. C'était un Bosch, tout de même, mais un produit d'appel de la marque allemande réputée pour sa fiabilité. Dès la première utilisation, il m'avait irrité. Son temps de charge était extrêmement long, son autonomie ridicule. Une fois le salon fait, l'aspirateur perdait de sa puissance pour très vite ne produire qu'un souffle timide. À l'irritation avaient succédé la déception, puis la résignation. Si Bosch vendait de la camelote, on ne pouvait plus faire confiance à personne, avais-je conclu. En vérité, je n'avais jamais été un consommateur talentueux. Depuis l'enfance, les mauvais choix et les défauts de fabrication me collaient à la peau comme une malédiction. Cette nouvelle déconvenue concernant mon aspirateur Bosch était donc prévisible. Pour moins du double de la somme, le modèle Dyson n'avait pas remporté notre préférence, à Florence et à moi. La réalité était brutale : tout était notre faute.

Rapidement, la totalité de notre équipement domestique fut contaminée. La même logique d'arbitrage avait prévalu quant à l'achat de nos machines diverses, grille-pain, batterie de cuisine, bouilloire, etc. Je frémissais en utilisant le moindre bouton poussoir ou la plus banale molette de réglage, éléments aussi fragiles qu'irremplaçables. Mais Dieu sait pourquoi, Florence ne cessait de revenir à l'aspirateur. C'était son étoile noire, qui menaçait de s'autodétruire pour semer le chaos dans notre petit univers. La perspective d'un sol jonché de tapons et de miettes de pain lui causait d'intolérables tourments. C'était en fait une admirable stratégie pour éviter de voir que notre monde ne serait bientôt plus que poussière. Pour ménager notre aspirateur Bosch, on prit l'habitude de commencer par passer le balai.

Début avril, on entendit, pour ceux qui voulaient entendre, les premiers signes de la catastrophe à venir. Lors d'un plateau cacophonique sur une chaîne d'info en continu, des médecins en duplex commencèrent à s'alarmer d'un changement de la situation. Sans qu'on les prenne totalement au sérieux – ils étaient pourtant aux premières loges –, des réanimateurs, des urgentistes, des chefs de service, la mine hagarde, se confiaient via leur webcam : ils craignaient d'être les spectateurs d'une mutation soudaine du virus. Ils voyaient de jeunes adultes, des adolescents et des enfants leur claquer entre les doigts en moins de cinq jours. Les animaux domestiques n'étaient pas épargnés. Il se passait manifestement quelque chose… Quelque chose de si insolite, de si soudain, que l'ensemble du corps médical et scientifique ne pouvait ni comprendre ni anticiper, faute de données consolidées et de statistiques fiables. Ces duplex amateurs, une nouveauté dans l'univers audiovisuel, répondaient à une esthétique bien particulière à laquelle personne ne dérogeait. On se filmait en contre-plongée. Ce mélange de néons d'hôpital et de lueur d'écran frappait les visages d'un éclat cadavérique. Des morts-vivants nous parlaient, les traits creusés comme ces conteurs de feu de camp, une lampe torche calée sous le menton et dirigée vers le ciel.

Nous étions entrés dans l'âge de la fébrilité. Une décision fut prise, dans un bureau, quelque part : on évita de donner la parole aux témoins directs des événements. Ces professionnels de santé présentaient de plus en plus mal, messagers hirsutes d'une apocalypse en live, cernés comme des pandas sous Tranxène. Côté politique, on préférait continuer de célébrer l'héroïsme des soignants, de promettre ce foutu monde d'après, d'entretenir un optimisme insolent grâce à des philosophes rémunérés pour nous expliquer à quel point le virus était l'occasion de réinventer nos sociétés pour le meilleur. Des discours qui cohabitaient mieux avec les écrans publicitaires.

Un beau jour, un jeune urgentiste à qui la parole fut donnée – ce serait d'ailleurs le dernier – évoqua le droit de retrait du personnel de santé. Son image était retransmise depuis un bureau microscopique où régnait un bordel monstre, parfaitement à son image. Même ses sourcils semblaient décoiffés. Il ne cessait de se pincer la base du nez sans prendre ensuite la peine de remettre ses lunettes droites. Il était sous-alimenté, privé de sommeil, on s'attendait à ce que sa tête se décroche et qu'il ne reste de lui qu'un tronc effondré sur son laptop. On coupa le duplex. Il était carrément sorti de son domaine de compétences. Le visage déglingué du jeune urgentiste, bouche ouverte, resta figé quelques instants et s'incrusta dans ma mémoire pour toujours. Ne sachant pas trop pourquoi, j'ai sorti mon smartphone et capturé la scène, saisi par l'intuition d'un basculement.

Mais c'était trop tard. La traînée de peur enflamma internet. Sur les réseaux sociaux, le mot-clé #Extinction-demasse se hissa aussitôt en tête des tendances. Suivi de près par ceux proclamant #Mondroitderetrait. Il en serait ainsi jusqu'à l'effondrement du réseau lui-même. En moins d'une semaine s'était créé un insondable fossé entre la télé, qui ne cessait de nous rassurer, et internet, pour qui l'apocalypse était imminente. Au sein de boucles numériques, dans l'armée, la police, chez les pompiers, partout, les appels au retrait se multipliaient, et ce dans toutes les corporations où les travailleurs étaient exposés au public. Ça en faisait, du monde.

4

Il est d'usage de dire que les couples ont un ciment. Pour une majorité, ce sera le sexe. Pour d'autres, la destruction méthodique de soi ou de sa moitié. Pour d'autres encore, la fréquentation des musées ou la passion de la randonnée. En ce qui nous concernait, Florence et moi, ce fut la série *The Walking Dead*. Avant notre rencontre, tous deux avions nourri une fascination pour les récits de zombies. *The Walking Dead* constituait l'acte fondateur de notre éternelle complicité, en cela que la série vérifiait une intuition commune : dans un monde en lambeaux comme le nôtre, de la maladie, de la famine, des blessures, du froid, du travail intérimaire ou des zombies s'ils existaient, le plus à craindre demeurait tout simplement les hommes. *The Walking Dead* illustrait parfaitement la peur panique que nous inspiraient nos semblables – nos supposés frères humains. Huit saisons ne furent pas de trop pour nous en retrancher, à l'abri des bien portants qui rôdaient au-dehors, derrière nos volets fermés en plein jour.

La fin du monde, nous avions eu le temps d'y réfléchir. Et compte tenu de nos métiers respectifs – artistique pour Florence, qui avait déjà publié un bon paquet de BD, pseudo-artistique pour moi, graphiste moyen qui en public prétendait *bosser dans la pub*, ça faisait un peu friqué/méchant –, ajoutés à la modestie de nos savoir-faire secondaires (lancer un feu pour ma part, de belles notions de couture pour Florence), on ne partait pas gagnants dans la course à la survie.

Dans nos projections les plus optimistes, en cas d'apocalypse, quand bien même nous aurions trouvé une communauté pour nous accueillir, qu'aurions-nous eu à lui apporter ? *The Walking Dead* était clair sur ce sujet : sans disposer d'une capacité pratique ou létale, on augmentait formidablement ses chances d'être inutile et par conséquent de disparaître dans l'indifférence générale. Ce genre de discussion, je le voyais, allumait une drôle de lueur dans les yeux de Florence. Peut-être deux ans avant le virus, elle décida de s'initier aux méthodes de self-defense, et plus particulièrement de l'homicide à mains nues.

Les débuts de son apprentissage furent un peu compliqués. Il y eut des moments gênants la première année, des excès de confiance assez malheureux, sans compter quelques blessés. Florence était une élève douée, enthousiaste. Son professeur – Maître Uraken, Jean-Philippe de son vrai nom, qui nourrissait un profond mépris pour quiconque, dans les clubs voisins, osait enseigner les arts martiaux – hurlait régulièrement aux oreilles de Florence tout le bien qu'il pensait de sa progression, pour une fille. Quand les cours prirent fin à cause du confinement, Florence était déjà ceinture bleue.

Si désormais Florence savait se battre, ses talents ne pouvaient rien contre la chaleur. Le spectre de la canicule associé au confinement fit son apparition et la hantait nuit et jour. Nous avions emménagé en décembre dans notre appartement, situé au dernier étage d'un immeuble de Bernay, tout juste sous les toits, et n'avions jamais passé de période chaude en ces lieux. Il pouvait se révéler être une étuve. Il le serait sûrement selon ses calculs. Florence considérait mon optimisme au mieux comme du déni, au pire comme une lâcheté crasse face à une réalité aussi écrasante que les températures qui nous menaçaient. Nous vivions dans un four, m'assurait-elle, et si ce n'était le virus ou la ruine, la chaleur nous tuerait plus sûrement encore. Il nous fallait prendre le risque d'investir dans un ventilateur.

Nous nous mîmes chacun sur notre ordinateur (que j'imaginais déjà vendre pour payer le prochain loyer). Sans quitter son écran des yeux, comme le chef d'état-major de notre couple qu'elle était véritablement, Florence me lançait ses instructions : l'engin devait être tout à la fois fiable, bon marché, en stock, garanti pièces et main-d'œuvre, livré rapidement. Une équation tout bonnement impossible à résoudre. En dévoué compagnon, je ne posai pas de questions, bien que satisfaire l'ensemble de ces critères soit revenu à chasser des perles d'or au plus profond de la fosse des Mariannes.

Florence avait – et cela avait pu m'énerver au début –

quelque chose d'une idéaliste. Elle n'avait pas vécu la mort violente d'un proche, ni le divorce de ses parents, ni même la perte d'un chat. Le père de Florence, quelques années avant notre rencontre, avait contracté un cancer ; il s'en était sorti très proprement. Sa famille, cousins, oncles, tantes, était unie. Ils se retrouvaient tous les ans à Noël, comme tous les étés dans le Sud, et posaient chaque année pour les mêmes photographies en groupe, vêtus des mêmes pulls. De mon côté, depuis le suicide de mon père à mes dix-sept ans – qui avait coïncidé avec la mort de mes deux grands-pères : la mort avait réussi un sacré strike –, ce ne fut qu'abandon, dos tournés, reproches malvenus. Mais pour Florence, globalement, le monde et les gens qui le peuplaient étaient raisonnables. Ils guérissaient. Dans la réalité de Florence, on était censé s'en sortir à tous les coups. J'étais jaloux de son bonheur, de son optimisme, de ses coups de fil avec ses proches, faits de rires, de rendez-vous honorés et de promesses tenues. Ainsi, pour Florence, le ventilateur parfait existait bel et bien quelque part. Il nous suffisait de le trouver.

Ce n'est pas sans fierté que j'identifiai un modèle exauçant presque tous nos vœux. Homme de compromis, je m'acquittai d'une extension de garantie parfaitement fictive, fallacieuse et hors de prix. Et quelques jours plus tard, l'article arriva par la poste. Première surprise : l'appareil était en kit à monter par nos soins. Pour un ventilateur, c'était assez inhabituel. Ça commençait mal, cette histoire. Comme à mon habitude, j'entrepris calmement la lecture du livret en vingt-sept langues qui faisait office de mode d'emploi et de notice de montage. J'avais toujours aimé lire les modes d'emploi (pour être honnête, ma carrière de graphiste m'avait conduit à devenir simple maquettiste, et des pires, de ceux qui « coulent » du texte).

Félicitations ! Vous voici l'heureux acquéreur d'un ventilateur Brandt. Grâce au ventilateur Brandt, profitez d'un air Brandt, frais et silencieux. Le système 3 puissances Brandt vous assure un confort Brandt d'utilisation optimale Brandt inimitable, etc.

Un chef-d'œuvre, vous dis-je. Mais si le mode d'emploi de l'appareil fut une belle découverte, la réalité de l'objet était tout autre. Comme s'ils avaient anticipé ma fixette concernant le matériau des pales – l'impératif d'une structure métallique comme seule garante d'un outil robuste et d'un fonctionnement satisfaisant –, les designers, si l'on peut les nommer ainsi, avaient conçu un stratagème aussi génial que diabolique. Entourant le mécanisme de l'hélice, la structure de la grille nous empêchant d'y mettre les doigts, de couleur noire, était bien en métal. Certes bon marché, très facile à tordre, mais tout de même. Le socle et le pied de l'hélice, de couleur noire également, étaient en plastique brillant, mais cela, je m'y attendais. Mais le vice résidait dans les boutons poussoirs et, justement, ces fameuses pales de l'appareil. Ces derniers éléments étaient faits d'un plastique gris mat, une mauvaise imitation de métal pour qui regardait l'objet de loin, ou en l'occurrence en photo sur internet. Le plus affligeant, c'était la tendreté de ce plastique. On pouvait y inscrire ses initiales avec son ongle.

Et déjà, sous le seul effet du transport, ou peut-être même de la fabrication, les bords des boutons comme le pseudo-tranchant de l'hélice étaient marqués de contusions définitives, telles des marques de dents sur un chewing-gum un peu sec. Fébrile, je fus littéralement terrassé par tant d'intelligence mise au service de la pure méchanceté. Ce jour-là je me rendis à l'évidence : mes semblables, si éduqués fussent-ils, étaient tous devenus des monstres.

5

L'expérience de l'enfermement me rappela une nouvelle bizarre d'un écrivain britannique, un certain Ballard. Une vingtaine de pages sidérantes insérées dans un recueil qui m'était un jour tombé sous les yeux. Dans cette histoire, un type pas très net décidait de s'enfermer chez lui pour ne plus jamais en sortir. Les motifs de sa décision répondaient à une logique alambiquée. Notre homme vivait dans un petit pavillon d'une banlieue britannique (comme Ballard lui-même, prétendait la préface). Dès les premières lignes, il refermait la porte derrière lui, et s'imposait de rester à demeure pour l'éternité. Un *confinement* volontaire, comme on le nommerait à la lumière des événements récents, mais un confinement sans limite, auto-administré. Une abstinence totale de réel. Privé de tout espace mis à part celui de sa petite maison, celle-ci finissait par prendre les dimensions d'une ville – le héros nous expliquant comment la distance, mettons, de sa chambre à sa salle de bain, devenait au fil des jours périple toujours plus interminable. Puis l'espace de la maison prenait l'ampleur d'un pays… Et quelques mois plus tard encore, d'une planète. Jusqu'à devenir un univers tout entier.

Au bout d'un certain moment, le monde disparaissait au profit d'un rai de soleil, de poussière en suspension dans cette petite maison devenue galaxie. Notre héros achevait sa trajectoire, prostré on ne sait où, égaré au beau milieu d'un cosmos aux proportions insondables, en perpétuelle expansion du fait de sa seule perception – le premier interrupteur se trouvant à des millions d'années-lumière de sa volonté.

Le confinement me fit violemment l'effet inverse. Avec Florence nous vivions dans un appartement de quatre-vingts mètres carrés. Un endroit jadis confortable qui rétrécissait à vue d'œil. Un petit *home* devenu purgatoire. Depuis le début, je ne cessais de dresser la liste mentale de tout ce qui m'irritait, autant de petites choses qui normalement seraient passées inaperçues jusqu'à l'état des lieux. Le coin d'une plinthe se décollait. Des traces de doigts encrassaient la proximité des poignées de porte. Cette rallonge courait tout le long du salon. La peinture du couloir révélait des centaines de micro-contusions… Je me mis à ranger tout et n'importe quoi, comme un lion en cage furieusement maniaque. L'appartement empesta la lingette désinfectante, chaque vis de chaque barre de seuil retrouva sa place bien au fond de son orifice. Tout fut fait et vite. Le ménage de printemps et le bricolage d'appoint finirent pourtant par constituer une impasse.

À ce moment-là chacun profitait de sa réclusion pour

s'essayer au dessin, faire de la poésie, s'occuper enfin de ses enfants, préparer des charlottes à la fraise, construire des modèles réduits ou se remettre au piano. Seulement voilà, moi qui m'étais rêvé écrivain depuis l'enfance, j'avais achevé un roman juste avant l'arrivée du virus. Sa rédaction m'avait occupé pendant presque trois ou quatre ans, preuve que j'y avais cru suffisamment. Il s'agissait d'une sorte de thriller en huis clos dans un village perdu des Alpes, devenu station de ski fantôme, où l'on découvrait, grâce à un récit en parallèle sur deux époques, le destin tragique d'un père et de son fils. Le texte se voulait à la fois violent, corrosif et émouvant. À force de le relire, je le trouvais finalement mou du genou. Pas de quoi déchaîner les foules.

Bref, quelques jours avant le virus, j'avais imprimé le texte en cinq ou six exemplaires reliés. Tout était parti par la poste dans de grandes enveloppes couleur kraft qui portaient le nom des grandes maisons d'édition parisiennes. Mais dans ces locaux désertés, il n'y avait plus personne pour ouvrir le courrier, et encore moins pour lire ce qui s'y trouvait. J'avais bien choisi mon moment. Je ne pouvais m'en prendre qu'à moi-même : il aurait fallu s'y mettre plus tôt.

À part l'alcool, dont j'achetais un stock hebdomadaire tous les deux jours, le seul remède au désespoir fut mon vélo. Équipé de la fameuse attestation, je transgressais allègrement la règle du kilomètre à ne pas franchir. Ainsi, chaque jour, j'empruntais la voie verte qui s'enfonçait dans la forêt pour suivre la ravissante vallée de la Charentonne. Cette piste, presque déserte en ces temps carcéraux, était un bel ouvrage, empruntant le tracé d'une voie ferroviaire abandonnée. Et en ce début du mois d'avril, j'entrepris justement une balade. Une balade que j'allais terriblement regretter. Et que je regrette toujours.

6

Je sortis sur le coup de dix heures. Florence était devant les informations en continu sans le son, alternant des regards entre l'écran de la télé, son smartphone, son café et sa cigarette. Moi, je n'en pouvais plus de tout ce bruit médiatique. On n'entendait plus un seul témoin direct. Les images de concerts de casseroles aux fenêtres étaient en réalité des rediffusions. Et sur les plateaux, on procédait au commentaire du commentaire du commentaire. Je soupçonnai certaines séquences d'être doublées : les mouvements des lèvres ne correspondaient pas aux propos qui s'en échappaient.

Une fois dehors, les premiers coups de pédales me faisaient toujours l'agréable sensation de retrouver mon corps à sa place. Et comme à chaque fois que j'atteignais la piste cyclable ombragée, en moins de cinq minutes, je me félicitai d'avoir quitté Paris pour la Normandie. Car sans vouloir me vanter, Florence et moi, nous avions eu le nez creux. La capitale, invivable depuis toujours à mon sens, n'était devenue ces dernières années qu'un sordide happening où s'enchaînaient les numéros les plus douteux : tueries habituelles, saccages de monuments historiques par on-ne-sait-pas-bien-qui, mains et yeux arrachés par les policiers, policiers transformés en torches humaines, blocages capricieux des transports, des manifestations pour tous, d'autres contre tous et parfois même pour personne.

Oui, j'avais quitté Paris à cette époque étrange où, d'un côté, l'ensemble des formes de violence ne faisait que croître et assombrir le tableau, et de l'autre, on baptisait les restaurants des prénoms de nos gentils grands-parents : on déjeunait chez Colette et Marcel, chez Janou, chez Tata Maurice. Les Parisiens filaient sur des roulettes, toujours pressés de prendre l'apéro chez Paulette, Mariette, Léon ou Marius, évitant du regard les tentes de migrants qu'on laissait pourrir sous le métro aérien, si fiers de les y avoir accueillis. Eh bien moi, tout ça m'avait terrifié. Alors j'étais parti, tout simplement, comme ce matin-là sur mon vélo.

Bernay se situe aux confluents de trois vallées formant une patte d'oie. L'une d'elles, creusée par la rivière Charentonne, coupe le plateau vers le sud en direction du charmant village de Broglie. La voie verte y filait à flanc de colline côté est, en bordure des bois qui grimpent à gauche. À droite, les lignes d'arbres s'interrompaient çà et là pour laisser voir aux promeneurs et aux cyclistes le fond plat de la vallée, découpé avec grâce et simplicité, entre les nombreux bras de rivière, de petites parcelles agricoles entretenues sans rigidité. D'anciens moulins ou bâtiments agricoles subsistaient dans leurs fonctions premières. Il n'était pas rare de croiser un écureuil, de voir au loin une aigrette plantée au milieu de l'eau. Sur le coteau d'en face, la variété des essences d'arbres se révélait en cette saison, par touches fleuries, blanches, lavande, osant même le rose Malabar.

Ainsi ce matin d'avril, le mot *bucolique* prenait tout son sens à mes yeux. Le mouvement de mes jambes devint presque automatique, mon regard se portait, exalté, sur le printemps de Normandie, au point que cette virée en vint à me convaincre de la sincérité de cette histoire de monde d'après. Oui, il y aurait bien un monde d'après, plus juste, plus équilibré en toutes choses. Il nous suffisait de prendre exemple sur les pommiers en fleur, et tout rentrerait dans l'ordre.

C'est alors qu'un être humain s'invita dans le tableau. Dépassant un léger virage, je n'étais plus seul. Devant moi, à une cinquantaine de mètres, une cycliste roulait dans la même direction. Cela faisait un bon bout de temps que je n'avais pas vu d'autre silhouette remarquable que celle de ma compagne, hormis celles des femmes-troncs bipant nos produits en caisse (preuve que quelque chose ne tournait pas rond : elles ne nous demandaient, ni ne nous proposaient plus de carte de fidélité). Les belles filles n'étaient pas légion à Bernay. Je m'émus plus que de raison de la présence de cette cycliste et m'autorisai à en profiter autant que possible. La fille se tenait le dos bien droit, les épaules légèrement relevées, penchée en avant sur son guidon de course, la taille fine, tout son corps moulé dans une tenue stretch – triangles anthracite et violet foncé – rappelant plutôt celles dédiées au running, qui devait être son activité habituelle. Une longue queue-de-cheval descendait dans son dos, presque jusqu'aux reins, balayant une peau brune et dorée.

Par expérience, j'avais appris à me prémunir des déceptions que pouvaient occasionner les contacts trop rapprochés. C'est pourquoi j'entrepris de modérer mon allure. Sans visage, cette cycliste se parait des traits de toutes celles qui hantaient mon cœur timide, celles avec qui je n'avais rien osé. D'ailleurs, si j'avais eu l'idée de la rattraper, avec ce virus aéroporté via chacune de nos paroles, je ne courais pas seulement le risque de passer pour un lourd, mais bien pour un assassin. Après tant d'années à m'en vouloir, voici que je trouvais enfin une parfaite justification à mon incurable lâcheté. Le nez au vent, une belle et éternelle inconnue comme ligne d'horizon inatteignable, je ne m'étais jamais senti aussi léger.

Au bout d'une laisse accrochée à son guidon, un petit bâtard à poils mi-longs suivait la cadence de sa maîtresse. Ce fut l'animal qui réagit le premier. Il se figea en un mouvement de repli pataud, incoordonné, et manqua de se foutre sous les roues qu'il flanquait jusqu'alors avec discipline. La cycliste évita de peu la chute, freina brutalement tout en perdant le contact avec les pédales. Le choc de ses tibias sur le tranchant des pédales lui tira un cri aigu. Le couinement de son chien m'informa qu'une de ses parties, la queue, une patte, venait de passer sous une roue. Sorti de nulle part, un homme, dont l'animal avait donc pressenti l'irruption, surgit d'un bosquet sur la droite de la coulée de bitume. Ce qui me frappa aussitôt, c'est qu'il portait un masque chirurgical. Ces masques qui manquaient partout… Par quel privilège ce bonhomme en possédait-il un ? De sa main droite, l'homme traîna un bout de tuyau dont l'extrémité coudée crissa sur l'enrobé. De l'autre, il saisit la cycliste par le cou. Elle commença à se débattre, réussissant davantage à parfaire le massacre de ses tibias sur le cadre de son vélo à demi couché, plus ou moins encore pris en tenaille par la position qu'elle occupait jusqu'aux secondes précédentes.

Je m'arrêtai net. La somme de détails que je retins de cette lointaine scène me confirma la qualité de ma vue, chose qui provoquait l'admiration lors des visites médicales de l'école primaire. 10/10 à chaque œil. Je suis capable de lire des panneaux de très loin, ou de voir la lueur d'insanité dans le regard d'un type se trouvant à un demi-terrain de foot de moi. Sa laisse emmêlée dans les poignées du vélo, le chien s'agitait, voulut fuir puis, retenu par ce lien, se décida à attaquer l'homme, qui devait mesurer deux mètres au bas mot. Ce dernier administra un coup de pied à l'animal, si fort qu'il le propulsa vers la lisière du bois, arrachant la laisse à ses attaches. Cette distraction donna un court espace-temps à la fille pour pencher la tête et mordre cette main accrochée à son cou. Au cri de douleur, arrivèrent trois autres types. Godillots de chantier aux orteils ajourés pour l'un. Masque de soudeur à la visière opaque brisée pour l'autre. Gilet de sécurité sur torse nu pour le dernier. L'homme au masque chirurgical agrippa la fille par les cheveux et la calma d'un fantastique coup de section de tuyau dans les genoux. Probable qu'elle s'évanouit car son corps aussitôt ne fut plus qu'un chiffon mouillé. Suspendue par les cheveux comme par des fils, ses pieds grattaient le sol du bout des orteils. À bout de bras, l'homme la maintint dans une fragile verticalité, les genoux désarticulés. Il remua sa proie et l'observa en inclinant la tête, visiblement déçu d'un si précoce abandon de toute volonté. Le soudeur, dont la tête entièrement masquée en faisait une cible prioritaire pour le chien, repoussa encore un assaut de ce dernier. D'un pointu peu académique il le tint à distance, le temps de sortir quelque chose qui se trouvait coincé dans sa ceinture. D'un geste d'une épatante précision, à l'aide de ce que j'identifiai comme une machette rouillée, il découpa la pauvre bête en plein vol, dont deux parties presque égales tombèrent au sol, dans un bruit de pêche pourrie.

Les hommes contemplèrent leur œuvre et, lentement, portèrent leur regard en ma direction, comme s'ils remarquaient enfin ma présence. Puis, sans aucune inquiétude, ils disparurent d'un pas lent, emportant la cycliste inanimée. Le silence retomba sur la vallée de la Charentonne. Quelque part, un oiseau dont j'ignore le nom croassa, ou quelque chose dans le genre. Je n'ai jamais su retenir cet inventaire interminable de verbes spécifiques au son de chaque volatile. C'était un « warrrr » très râpeux, entre le dégoût et l'admiration malsaine, parfaitement à propos. Comme moi, l'oiseau de proie avait dû tout voir. Mais lui se découvrait là de sérieux concurrents. Il se peut qu'il ait salué leur entrée dans l'arène du règne animal.

Sur le chemin du retour, j'écopai d'une amende à 1,3 kilomètre de mon domicile. Le jeune gendarme vérifia sur son smartphone en géolocalisant notre position par rapport à celle de mon domicile, indiquée sur l'attestation. Il procéda à l'opération, l'œil plein de ce qu'il devait concevoir comme de l'astuce. C'est sur ce même smartphone qu'il rédigea le procès-verbal, avant de m'annoncer qu'il me serait envoyé directement par courriel. Sa collègue, une jeune gendarmette visiblement marquée par un interminable célibat, m'observait d'un œil torve. Ses interventions revêches consistaient exclusivement à m'enjoindre de me tenir à distance raisonnable : les forces de l'ordre elles-mêmes ne disposaient pas de masques de protection. Je manquai de me casser la figure en récupérant ma pièce d'identité. Mes jambes tremblaient, spaghettis crus plongés dans l'eau bouillante.

Au débouché de la vallée, à l'entrée de Bernay, le Jardiland semblait ouvert. Avec toutes ces histoires de commerces essentiels ou non, c'était assez incroyable. Cette opportunité inespérée d'une miette de vie normale me procura aussitôt l'envie folle d'acquérir une petite plante d'intérieur, ou du moins de l'herbe à chat. Sous la serre tout de suite à l'entrée, une employée m'éclaira sur la situation. Ici on vendait de la nourriture pour animaux, ce qui autorisait l'ouverture de tout le réseau Jardiland. Il me fallait donc *légalement* compléter mes achats par au moins un de ces produits. Même un sachet de graines pour hamsters, ça suffit, m'apprit-elle l'œil fuyant, comme s'il s'agissait là d'un formidable délit d'initié.

Il est possible que l'atmosphère moite de la serre en soit la cause, ou l'odeur écœurante du rayon des croquettes vendues au kilo… Toujours est-il que ce fut le trou noir, avant de me réveiller privé de toute notion du temps ou de l'espace. Une ribambelle d'employés m'observait avec inquiétude, j'avais le frais souvenir d'une gifle sur ma joue. On m'apprit que je m'étais effondré, que ma tête avait frappé le sol assez fort et que j'étais resté inconscient quelques minutes. On s'inquiéta de la blancheur de mon teint, que l'une des femmes, en se tripotant le lobe, qualifia finalement de verdâtre. Le manager craignait davantage la blessure, un procès à venir peut-être. Si vous saviez ce qui vous attend…, laissai-je échapper malgré moi, d'un ton involontairement caverneux, avant de marmonner des excuses et de ramasser mon herbe à chat. Ils prirent ça pour une menace, la promesse d'un commentaire injuste et assassin sur Google. C'était, semblait-il, le seul danger réel qu'ils étaient en mesure de concevoir.

7

Les jours suivant l'incident furent consacrés à la poursuite de l'ivresse totale. Le système d'attestation de sortie ne m'était plus d'aucune utilité car je n'imaginais pas mettre un pied au-dehors. Derrière l'écran de mes yeux vitreux, les images de la cycliste tournaient en circuit fermé, en boucle et à demi sonorisées comme le menu principal d'un DVD oublié dans le lecteur.

Florence, je le voyais bien, avait parfaitement compris que j'étais changé. Mais nous avions depuis nos débuts respecté un strict code de pudeur quant à nos états d'âme respectifs. Le principe était simple : ne fais pas chier, et vice versa. Au fond, rien ne justifiait de prendre Florence par la main pour l'inviter sur les terres sombres de la civilisation Mad Max. Il s'agissait simplement de quatre cinglés. Les faits étaient *isolés*, comme on disait volontiers lorsqu'un garçon poli et discret jetait une vieille par la fenêtre. Or la vérité était tout autre, et si simple. Il me manquait un truc pour tout lui raconter : le courage. De lui dire d'abord. Ensuite de fondre en larmes, entortillé autour de ses chevilles (qu'elle avait fort jolies).

En attendant, j'étais préposé à la préparation des verres et nous tenions un rythme olympique. Les chaînes d'info tournaient silencieusement sur l'écran – de ce côté-ci, tout allait toujours aussi bien, et même de mieux en mieux. Le best-of de Lionel Richie résonnait dans l'appartement du matin au soir, volume à fond, et les solos de saxophone lissaient notre ivresse continuelle. Il nous arrivait de passer des heures en position de slow, lapant dans nos verres respectifs par-dessus l'épaule de l'autre. Je connaissais par cœur l'ensemble des pistes de *Back to Front*. Florence riait beaucoup de cette coquetterie. Nous nous aimions, ça c'est une certitude... L'autre certitude que je me suis forgée, c'est qu'avec ces énergumènes rencontrés sur la voie verte, qui ne devaient pas être les seuls, mon temps aux côtés de Florence, d'une manière ou d'une autre, était compté.

Or Florence n'était pas le seul être vivant auquel je tenais. Il en existait un autre en la personne de Mathias, mon chat. C'était un chat très commun, blanc avec quelques taches mal disposées, auquel je vouais un culte anormal. Il faisait partie de notre vie depuis trois ans au moment des faits. Florence, qui n'avait jamais eu d'animal domestique avant de partager sa vie avec moi – pas même un poisson rouge –, n'avait pas été difficile à convertir. Elle faisait à présent partie des fidèles et se prosternait volontiers devant Mathias. Le chat avait posé son empreinte sur tous les aspects de notre vie quotidienne. Il nous réveillait à six heures car il avait faim, nous tirait du canapé car il avait soif. S'il occupait notre chaise de bureau, nous nous installions ailleurs. Sa volonté faisait loi. Nous l'observions avec respect. Et ce sans un mot, ni lui un miaulement. Il nous avait dressés à devancer tous ses désirs, comme celui par exemple de boire exclusivement au robinet de la cuisine. Mathias bondissait sur le plan de travail et s'installait près de l'évier. Nous accourions pour lui ouvrir le filet d'eau et restions plantés là le temps qu'il se désaltère. Une fois satisfait, il quittait les lieux et nous laissait reprendre le cours de nos misérables existences.

Dans les films catastrophe américains, il y a tout le temps un chien en danger au milieu d'une invasion extraterrestre ou d'une pluie de météorites dévastant d'entières populations. Si les héros de ces films font parfois preuve de bravoure envers leurs semblables, c'est toujours pour sauver le chien qu'ils prennent les risques les plus inconsidérés. Pour les scénaristes hollywoodiens, sauver l'animal domestique justifie un courage dépassant l'entendement. Ces scènes se terminent le plus souvent par un fantastique bond du clébard à travers les flammes, et s'ensuit une séance de câlins dégoulinants. Le reste des humains peut bien disparaître dans d'atroces souffrances… Mais Chuck, le labrador, non, on ne peut pas l'abandonner. Ce serait dégueulasse. De la manière la plus absurde qui soit, les personnages risquent donc tout pour sauver Chuck. J'avais toujours trouvé ça un peu idiot. Mais les événements à venir allaient me forcer à revoir mon jugement sur la question.

Pour mon chat, j'étais prêt à tout, et à bien pire. Simplement, je ne le savais pas encore.

Dans les derniers jours de paix, au lieu des émissions quotidiennes et des JT, sur toutes les chaînes, on traversait d'interminables tunnels d'épisodes de *Columbo*, de *Papa Schultz* ou d'*Arabesque*. Sur les plateformes de streaming, la bande passante était brisée, quelque part au cœur des serveurs de Palo Alto. Les roues de chargement ne cessaient de tourner sur elles-mêmes, à l'infini. Et sur les chaînes d'info, on ne voyait plus qu'un plateau vide, le cadre légèrement penché sur la gauche, nous laissant distinguer sur la table quelques feuilles blanches éparpillées ainsi qu'un mug brisé. La chaise en cuir noir du présentateur avait roulé de quelques mètres et nous tournait le dos. L'image de Paris la nuit, qui habituellement habillait les fonds, était scarifiée de pixels épileptiques. Plus personne n'alimentait les bandeaux de texte en bas de l'écran, bloqués sur cette ultime brève qui prétendait que les laboratoires travaillaient déjà sur un vaccin.

À en croire nos petits écrans, nous étions le 4 avril 2020. Et il serait 16 h 16 pour toujours. Cet horodatage me troubla sans que je parvienne à comprendre pourquoi. Peut-être l'associais-je au rapt de la cycliste, que j'avais laissé faire sans bouger le petit doigt. Et par le truchement de cette date figée, j'étais terrifié à l'idée de ne jamais pouvoir l'oublier. Par la suite, malgré toutes les catastrophes dont j'allais être le témoin, je ne cesserais d'y repenser, à ces quelques chiffres gravés dans ma rétine, comme porteurs d'un message dont j'aurais été le seul destinataire. L'heure et la date de l'apocalypse me poursuivaient. Ils me parlaient et je n'entendais pas.

Notre ultime sortie au Carrefour Market nous confirma que l'ambiance générale changeait de cap. Les caissières et les agents de sécurité se servaient eux-mêmes dans les rayons, chargeant chacun cinq ou six chariots, enchaînés les uns aux autres afin d'être tractés plus facilement. Ce n'était pas encore comme dans ces scènes de pillages qu'on avait vues dans des films de genre, avec ces mecs qui s'entretuent pour un paquet de pâtes, ceux qui profitent du dérèglement pour violer, enlever, racketter… Non, c'était encore très *bon enfant*. Une drôle d'étincelle habitait le regard des clients que nous croisions. Ils semblaient accueillir la situation comme une aubaine, une opération de déstockage très agressive : remplissez votre caddie en dix minutes, et tout est à vous ! Les couples couraient dans les rayons, enfiévrés sous les néons clignotants. (Ça aussi, c'était fascinant : pour quel motif les dispositifs d'éclairage se mettaient-ils à défaillir en même temps que leurs créateurs ? Le système électrique devait être doté d'une sensibilité quantique, se connectant à notre raison commune, et lorsque cette dernière vacillait, le voltage en faisait de même.)

À ma grande déception, le rayon des Schoko-Bons comme l'intégralité des sucreries étaient déjà épuisés. À ma grande surprise, il restait du champagne et de l'armagnac. Les hordes préféraient la bière et le Coca. Nous revînmes ce jour-là avec un caddie surchargé que nous avions poussé jusqu'au bas de notre cage d'escalier. À la force de nos bras mous, nous montâmes tout et nous sentîmes confiants pour la suite du siège, là dans notre appartement au troisième et dernier étage d'un immeuble en plein centre-ville. En offrande à Mathias, nous avions saisi un stock indécent de petits sachets de pâtée haut de gamme, que leurs fabricants avaient d'ailleurs cessé d'appeler pâtée, et qui portaient désormais le titre élégant de filets exquis ou d'émincés mijotés.

Mathias ne supportait pas la présence d'étrangers en son temple. L'appartement en soupente donnait, au moyen de velux, accès aux toits de l'immeuble. Au moindre bruit provenant de la cage d'escalier, Mathias avait coutume d'ouvrir de gros yeux outragés, avant de bondir par un des velux pour se réfugier au sommet d'une cheminée, profitant d'une canopée de toits anciens abrupts et imbriqués. En me penchant suffisamment par ces étroites fenêtres, je pouvais voir mon chat arpenter les gouttières avec prudence, escalader les toits voisins et s'installer sur ses postes d'observation favoris.

8

Système d'alarme comme l'étaient les oies de Rome, Mathias fut le premier à réagir à l'arrivée des Déménageurs. L'immeuble entier vibra, comme toujours quand les habituels poids lourds empruntaient notre rue. Mais cette fois-ci, les vibrations furent plus formidables encore. Je sortis définitivement de ma torpeur lorsqu'une douzaine de portières claquèrent à peu près ensemble. Des ordres aboyés fusèrent. D'aiguës détonations retentirent, que j'identifiai facilement comme autant de hayons baissés à la hâte. Une seule de nos fenêtres donnait véritablement sur la rue. De là, nous pouvions parfaitement observer l'intersection en X dont notre immeuble marquait assez précisément la jonction. Me tirant du canapé, c'est là que je me précipitai pour m'informer de cette agitation nouvelle. (Car il faut dire ici qu'à Bernay, le confinement n'avait somme toute pas révolutionné l'atmosphère générale. Le passage d'un moteur thermique constituait un événement en soi, auquel on était tenté d'assister depuis sa fenêtre pour passer le temps.)

Lors de mes pauses cigarette à cette fenêtre, j'avais l'habitude d'être spectateur des scènes jouées à tous les étages de l'immeuble nous faisant face. Il y avait notamment les gens du dernier étage qui s'engueulaient volontiers, ou passaient de longs dimanches à boire en famille sur la table du salon, toujours couverte de toiles cirées improbables. Je n'eus donc aucun mal à identifier le père comme cette forme qu'on balançait par la fenêtre. Ses bras rougeauds moulinèrent l'air au moyen de quelques brasses désespérées, avant qu'il s'écrase au sol, ce qui mit un terme brutal à son drôle de vagissement, comme s'il était surpris du nouveau point de vue qu'il découvrait là. À la fenêtre, deux jeunes types contemplaient les dégâts, s'engueulant ferme, cherchant à savoir si ce bordel était bien nécessaire. Il n'avait qu'à pas s'énerver, protesta le premier, alors que le second agitait la tête, déçu comme quelqu'un qui vient de laisser tomber une boîte d'œufs. Dans la rue, on contournait le corps démantibulé comme on le pouvait. Les Déménageurs s'agitaient sans hâte, mais très efficacement. (Eux aussi, comme le type de la voie verte, portaient tous des masques chirurgicaux – et même des FFP2 pour ceux qui semblaient être les chefs d'équipe – et c'était manifestement le signe d'une grande supériorité à présent. L'apanage de privilégiés ayant accès à toutes sortes de biens et de marchandises dont le commun des mortels serait privé à tout jamais. J'apprendrais plus tard que ces groupes avaient pris très tôt un avantage décisif, et ceci grâce à leur situation d'employés des entrepôts Amazon.)

Les énormes engins de chargement étaient au nombre de cinq. Quatre véhicules étaient postés dans chacune des artères s'éloignant du carrefour, formant un périmètre clos empêchant quiconque de décaniller. Dans l'agitation, certains individus étaient parvenus à fuir, pour la plupart en peignoir ou en robe de chambre – il était environ dix-huit heures, mais le confinement avait généralisé l'usage permanent du look cocooning. Leur course aux trajectoires indécises était interrompue par des cordons de pillards. Les hommes étaient frappés aux genoux à coups de club de golf et gisaient au sol en se traînant lamentablement. Les femmes étaient maîtrisées, malgré leurs cris inarticulés si irritants. Autant que possible, on les ceinturait pour les charger en compagnie des enfants dans un camion prévu à cet effet.

Au cœur de ce chaos, le pillage raisonné de tous les immeubles de la zone se poursuivait très professionnellement. Les porteurs étaient concentrés sur leur tâche. Ils veillaient à ne pas écorcher les meubles anciens sur les coins de portes donnant sur la rue, pour la plupart assez étroites. Au milieu des pleurs, des cris, des hurlements de toutes parts, on distinguait parfaitement les débats habituels du corps manutentionnaire. Ça passe. Ça passe pas. Je te dis que ça passe… Et malgré quelques approximations, on ne pouvait que saluer la qualité du process sur lequel les Déménageurs achevaient manifestement de se rôder.

(Précisons ici qu'il nous faut bien, dans la vie, nommer les choses. Dans *The Walking Dead* par exemple, chaque groupe de survivants possède sa manière bien à lui de nommer les zombies, ou les différents groupes et communautés. Les pillards rencontrés ce jour-là, nous les avions naturellement appelés les Déménageurs. Loin de moi l'idée d'accabler une corporation en particulier.)

Le cinquième poids lourd, le plus imposant de tous, était garé en plein centre du croisement, juste en bas de chez nous. Les équipes œuvraient selon un plan bien défini : ratissant depuis les extrémités jusqu'au cœur de la zone cible des opérations. C'était le meilleur moyen de circonscrire les départs et de rafler le plus grand nombre de femmes. C'est aussi grâce à cela que nous pûmes saisir notre chance, avec Florence.

Arrachée à son sommeil, elle écarquilla les yeux et me gifla instantanément, avant même d'avoir pu accommoder sa vision. Je mis ce réflexe sur le compte des mauvais rêves éthérés dont je la tirais si brusquement. Je lui expliquai la situation le plus rapidement et le plus clairement possible, alors que déjà le fracas du sac en cours montait des étages. Florence saisit vite les données du problème, et en un instant elle se tenait debout, les jambes écartées en position de combat pour trouver au plus vite son équilibre. J'ouvris le velux du salon et lançai un joli coup de pied dans la table basse pour l'envoyer le long du mur. La douleur provoquée par la rencontre du plateau et de ma voûte plantaire me rappela que j'étais pieds nus. Avais-je le temps d'enfiler des chaussures ? Mon esprit arbitra sans effort car je poussais déjà de toutes mes forces les fesses de Florence sur le toit à travers le velux, Dieu merci assez large pour qu'un être humain y passe sans trop de difficultés. Les pas réguliers des Déménageurs avaient dépassé le deuxième étage – on a tous chez nous ces repères auditifs, si significatifs ici en raison de la vétusté de l'immeuble, acquis avec l'habitude des allées et venues. Alors que je m'exfiltrai à mon tour, j'entendis les premiers coups sur notre porte.

Sur le toit, en pente douce de ce côté-ci, nous suivîmes le tracé de la gouttière intermédiaire, chemin de corniche que nous avions vu Mathias emprunter si souvent. Une fois encore, il était notre guide et nous montrait la voie. Au bout de cette gouttière, nous escaladâmes jusqu'au faîtage le toit voisin, conçu selon un angle plus aigu, sur lequel une collection de velux fermés offrait suffisamment de prises. Derrière nous, le boulot avait commencé. On s'agitait sans perdre de temps, sous les ordres d'une voix autoritaire qui se contentait de nommer ce qui était digne d'intérêt. Michel, Tony, lave-linge. Serge, télé. Qu'est-ce que tu branles, pose ce ventilateur, on s'en fout.

De l'autre côté du toit voisin, nous nous réfugiâmes à l'abri des regards. Ne pouvant être vus, nous ne pouvions pas davantage voir. La suite des événements, nous les appréciâmes à l'oreille, du bout de nos corps immobiles et tendus comme des sandows. Notre alcôve aérienne était étroitement imbriquée entre une cheminée et un mur aveugle. Seul Mathias pouvait nous observer, lui aussi dissimulé sur un encorbellement asymétrique, fiché au sommet d'un conduit non loin de là. En glissant le long des ardoises jusqu'à notre cache, je sentis une vive douleur comme si j'avais posé le pied sur une lame chauffée à blanc. Je découvris mes pieds en charpie, lacérés par les agrafes de couvreur tenant les tuiles. Face aux complications qu'une telle blessure augurait, il me fallut trouver quelque chose à quoi me raccrocher. Une consolation quelconque. Au moins, il ne pleuvait pas.

9

Aujourd'hui, à l'abri dans les sous-sols de l'hôtel du Golf, il pleut des cordes. J'ai l'impression que les vasistas vont exploser car cela tourne à la grêle. On m'a donné une vieille paire de béquilles, jusqu'alors mes voisins de cellule se coltinaient la tâche de me porter, un de chaque côté en passant mes bras sur leurs épaules, pour m'emmener aux toilettes, en promenade, à ma table d'écriture ou à celle où l'on épluche des pommes de terre. Mon handicap ne me permet pas de me faire des copains. Ils triment plus que moi et m'en tiennent rigueur. De plus, depuis trois jours nous sommes privés des trois quarts de nos rations, et c'est ma faute. L'autre matin, j'ai tenté de soustraire quelques pages manuscrites à celles que je dois remettre. Le bruit des feuilles froissées dans mon caleçon a alerté l'archiviste quand j'ai quitté la pièce. Ils ont saisi les feuillets et ont lu ce qui ressemble à une nouvelle, très courte, dans laquelle j'imagine mon évasion brillante de cet endroit, le tout à la faveur d'une émeute fomentée par mes soins.

J'adore les récits de prison, j'ai fait ça pour m'amuser. Mais ils n'ont pas mon humour. Ils nous ont aussi privés d'accès aux latrines. On fait un peu partout dans le dortoir. Je n'ose plus croiser les regards noirs de tous les gens ici. Malgré mon infirmité, on me tabasse régulièrement. Je regrette la vie dehors et toutes les menaces auxquelles j'ai fait face. Ici, je suis à peu près sûr de vivre car, les punitions mises à part, on me nourrit. Et avec cette jambe en moins, on ne m'enverra pas demain au combat. La mort, si désirable à présent, se dérobe à moi.

La nuit, depuis ma couche, j'écoute les discussions qui se chuchotent dans le dortoir. Il se dit que les combats font rage au niveau de l'A13, qui forme la nouvelle ligne de front. Les combats de rue à Pont-l'Évêque sont un cauchemar, pour les deux camps, et l'hiver s'installe. Chaque nuit, ils prennent les paris sur les appelés du lendemain. Les plus vaillants espèrent trouver le courage de se mutiler pour échapper à l'enrôlement. Bien évidemment, il n'y a pas une arme valable qui traîne ici, seulement quelques cuillères à soupe que les plus déterminés aiguisent contre le ciment. Et plus tard encore dans la nuit, certains sanglotent, la tête plongée dans leurs matelas.

10

Florence joua la prudence. Elle prêtait généralement à nos semblables bien plus de fourberie qu'ils n'en étaient capables. C'était son principe de précaution. Elle décida donc d'attendre le plus longtemps possible à l'abri de notre cachette perchée. Elle s'imaginait que des Déménageurs étaient restés dans notre appartement, prêts à lui tomber dessus en cas de retour prématuré. Nous avions bien entendu, quelques heures durant, des cris de femmes partout en ville. Mais progressivement le silence s'installa.

Je racontai à Florence ma mésaventure de la voie verte, quelques jours auparavant. Je lui confessai être mort de trouille à l'idée qu'on l'enlève elle aussi, refusant d'envisager tout ce qui pourrait lui arriver par la suite – car les options étaient nombreuses et loin d'être réjouissantes. Il était inutile de lui préciser que je ne savais pas me battre. Et qu'il était un peu tard pour apprendre… Comme à son habitude, Florence avait la fatalité en horreur. Elle décida donc de me donner un premier cours théorique, rapide, au clair de lune, en chuchotant, m'initiant à quelques gestes simples pour neutraliser un agresseur. Tout d'abord, la bonne position des mains pour les transformer en armes efficaces. Il y avait le *kumade*, dit « la patte d'ours » : doigts pliés aux premières phalanges, pour frapper de la paume et aussitôt, avec les ongles, arracher la joue au passage. Plus létal encore, il y avait le poing serré laissant saillir la phalange de l'index en avant, *ippon ken*, à l'intention des yeux ou de la gorge… Et bien sûr, le très classique *uraken*, dont toute la puissance trouvait sa source en un vif mouvement des hanches. Les pommettes ou la tempe en étaient les cibles prioritaires. Elle en savait des choses, ma belle Florence.

À attendre ainsi que le silence s'installe durablement, nous perdîmes la notion du temps. La lune, rousse et ronde comme un ballon de basket, traçait sa courbe de projectile en slow motion. Mathias descendit enfin de son perchoir, fit quelques pas le long du faîtage au-dessus de nos têtes avant de s'étirer, les pattes avant bien à plat et les fesses en l'air. De ses yeux plissés il balaya l'environnement, paisible activité de vigie, entrecoupée de quelques léchouilles ici ou là, pour se lisser une épaule ou se récurer la racine d'une griffe. Tout va bien à présent, nous dit-il d'un clignement suave. C'est alors qu'il entreprit de rentrer à la maison. Sans un mot, nous nous redressâmes pour le suivre, découvrant d'abominables fourmis dans nos jambes. Il nous fallut surmonter notre envie de beugler, ce que nous réussîmes grâce à l'échange de nos regards les plus persuasifs. Et au bout d'interminables instants, tout occupés à contempler l'étendue de la précarité nouvelle qui allait habiller nos existences, nous fûmes enfin capables de mettre un pied devant l'autre.

Il ne restait plus grand-chose chez nous. Les Déménageurs avaient tout embarqué, lit, meubles, lampes, télé, électroménager… Autant de choses achetées à crédit, ou en plusieurs fois sans frais. Je fus d'abord soulagé de ne plus avoir à honorer ces traites. Maintenant qu'on m'avait ravi mes biens terrestres, cette évidence me frappait : rien de tout cela n'avait été mien. Nous avions tout perdu, mais nous ne devions plus rien à personne.

Tout perdu ? Pas exactement, car ils n'avaient pas touché aux livres qui formaient un gros tas en vrac éparpillé au sol. Les flammes en moins, on ne pouvait s'empêcher de penser à ces festivités allemandes du milieu du XXe siècle. Nous errâmes un bon bout de temps dans l'appartement, enregistrant petit à petit les pertes et leurs conséquences. Sans un mot, nous saisissions des objets rencontrés, délaissés çà et là dans les coins, au détour d'un couloir ou dans un fond de placard ; nous les soupesions comme pour juger de leur utilité future. Sous mon regard passèrent des prises multiples, une pièce de plastique blanc en forme d'entonnoir, censée appartenir au lave-vaisselle, mais dont je n'avais jamais saisi l'usage, une pompe à vélo dont j'avais égaré l'embout, un jeu de cartes siglé PMU remporté à la tombola du bar, encore sous emballage… Au bout de quelques instants, nos doigts s'écartaient pour laisser choir ces vestiges, ainsi rejetés dans la catégorie des inutiles.

Il n'y avait plus de courant. Et avec le peu de batterie qui nous restait dans nos téléphones nous constatâmes que plus aucun réseau n'émettait. Nous étions devenus les heureux propriétaires de minuscules planches à découper, hors de prix au regard de cette unique fonction à laquelle était réduit l'objet jadis omnipotent et omniscient.

Je poussai l'exploration de nos piètres meubles de cuisine aussi loin que j'avais pu le faire lors d'un récent ménage. Du bout des doigts plongés à l'aveugle en ces caches involontaires, je tirai :

– un misérable fond de crozets, pâtes brunes visiblement typiques des régions montagneuses à en croire le packaging explicite tout recroquevillé ;

– un paquet tout neuf de sucre en morceaux de la marque Eco+, acheté je me le rappelle lors d'un vif accès de sentiment de pauvreté – le genre de crise qui détourne les individus vers des habillages graphiques sinistres, dont habituellement ils ne supportent pas même la vue ;

– un sachet de quarante pailles en carton, dont il ne restait vraisemblablement que trente-huit pièces à la suite du test produit que Florence et moi avions réalisé, et qui s'était avéré plus que décevant. Plongée dans le liquide, l'extrémité de l'objet ramollissait en un clin d'œil, comme un vieux pansement. Malgré tous nos efforts, la boisson n'arrivait tout simplement pas à nos lèvres. Mais même ces pailles de merde, comme le reste des débris de notre vie matérielle, avaient pris à mes yeux les couleurs de saintes reliques. La tournure des événements m'avait fait ressentir la morsure de l'évidence : les objets manufacturés ou issus de l'industrie, plus que toute autre chose, seraient amenés à me manquer terriblement.

Sur notre mezzanine, le plafond était très bas. Nous avions coutume d'y jeter les affaires encombrantes. Même pour le pillard le plus consciencieux, évoluer ici revenait à se casser le dos. Grâce à quoi nous pûmes ajouter à notre inventaire un précieux sac de camping, un modèle compact de très bonne facture, un McKinley. Son coloris rouge et noir, rappelant le secteur automobile, lui conférait une sorte d'audace inédite par rapport aux habituels codes couleurs de la rando et du camping. (En effet, ce genre de sac tirait de coutume vers des teintes ocre, beiges, voire jaune moutarde, plus propres à évoquer la nature.) Avec ce sac rouge entre les mains, on se projetait aussitôt dans un univers de treks définitivement sportifs. C'étaient d'ailleurs les couleurs portées par Stallone dans la scène d'ouverture de *Cliffhanger*. Oui, un sac rouge et noir, ça disait survie, poursuite, éclats de mitraillette dans les conifères, cache-cache à flanc de falaise. Ce qui avait été une drôle d'idée marketing devenait ici une promesse grave : à partir de cet instant, notre vie ne serait plus qu'un immense danger. Nous étions promis à fuir les méchants avec notre sac rouge renfermant tout ce qui nous restait d'une vie entière à profiter des largesses de l'Occident.

C'est ainsi qu'au centre de notre salon vide, accroupis le cul sur les talons, le dos tout droit comme des Japonais, Florence et moi avions d'un commun accord tenu à rendre solennelle une scène clé, celle du départ. Le moment de prendre des décisions, d'élaborer une stratégie, d'avoir un plan de survie. Un but. Et pourquoi pas de lancer silencieusement quelques émouvants serments.

Première étape : nous habiller pour la circonstance. Sur la mezzanine nous mîmes la main sur un sac en jute plein d'habits à jeter. Florence portait maintenant une chemise d'homme en velours à boutons-pression, ouverte sur un sweat à capuche à zip, superposé à son T-shirt de pyjama. De mon côté, j'avais hérité d'un sweat-shirt MTV vert dégueulis, très large et franchement court. Porté sous un coupe-vent taché de cambouis et à la fermeture Éclair inopérante. En bas, enfilé sur mon bas de pyjama sans élastique, un jean de bricolage plein de javel. Florence avait été formelle sur ce point : il nous fallait garder de la place dans le sac pour y ranger ce que nous ne manquerions pas de trouver. Nous porterions le maximum d'habits sur nous. Comme d'autres mutations de la mode, le look fin du monde s'adoptait d'autant plus facilement et rapidement qu'il s'imposait par l'usage. Et sur la suite des événements, Florence fut tout aussi formelle : nous devions nous en remettre à Brad Pitt.

Dans un chef-d'œuvre du film de zombies, Brad Pitt incarne un type formidable – ce qu'il devait être aussi dans la vraie vie, ça ne fait aucun doute. C'est un personnage au cœur pur qui a vu les horreurs de la guerre. Mais de cette vie passée entre zones d'affrontements, mutilations et camps de réfugiés, Brad conserve un regard pénétré d'humanité. Ainsi qu'un chèche couleur sable fin et une coupe mi-longue : deux attributs essentiels qui achèvent de dessiner le baroudeur humanitaire qu'il incarne avec panache. Au terme d'un premier quart d'heure où l'on voit l'épidémie éclater dans le centre-ville de Philadelphie, Brad et sa famille s'en tirent de justesse et rejoignent le New Jersey, où ils finissent cloîtrés dans l'appartement d'une famille d'immigrés sud-américains très attachants. Au petit matin, Brad et sa famille se préparent au départ, sac sur le dos et fusil en main. Mais nos Sud-Américains, dont seul le petit enfant parle anglais, ne semblent pas disposés à mettre les bouts. En effet, on compte au-dehors quelques millions d'infectés qui courent le cent mètres en six secondes, ce qui, d'instinct, incite plutôt à rester sous la couette… Brad, de son expérience dans l'enfer des guerres civiles, a tiré cette leçon essentielle : le mouvement, c'est la vie. Avec un accent lamentable, il répète même ces mots en espagnol. *Movimiento es vida.* La famille n'écoute pas Brad Pitt et en paye les conséquences. Une erreur que Florence et moi n'entendions pas reproduire.

À la fenêtre, contemplant la rue vidée de toute présence, nous partageâmes une vieille clope écrabouillée. La tête me tourna. Le soleil s'était levé sans un bruit, comme échappé de cette dernière nuit qui, avant l'improbable aurore, me paraissait pouvoir durer toujours... Le cosmos suivait son cours et nous entraînait dans son mouvement. Déjà les nuées de corbeaux s'abattaient sur certains endroits de la ville. Dans la lumière orangée se découpaient parfaitement ces tornades de volatiles, attirés par les amoncellements de corps éparpillés aux quatre coins de Bernay. Ces sombres entonnoirs tournoyant nous signalaient de manière plus que probable les principaux points de contact entre les Déménageurs et la population. Parmi les croassements de ces hordes, jubilant du tour inattendu pris par l'évolution de la société, le silence planait, strident de messages nouveaux pareils à des acouphènes.

Florence portait ses chaussons. J'étais pieds nus. À l'aide d'un vieux T-shirt complètement foutu et de bouts de lacets, Florence put me confectionner de vilaines chausses boursouflées. Elle sut dissimuler son effroi et ne pas s'alarmer de l'état de mes pieds. Mais je connaissais Florence : quand elle se frottait le nez avec son index, comme pour en rabattre l'extrémité par-dessus sa lèvre supérieure, laissant au bout de l'appendice la chair toute rouge, ce n'était pas bon signe. Un tic qui la prenait face à une situation inextricable. Déjà l'infection coulait dans mes veines. Des plaques virant du mauve au bleu clair commençaient à entourer chaque lésion. J'assurai à Florence que tout allait bien, et aussi, cela m'échappa malgré moi, que *tout irait bien*. C'était typiquement une réplique entendue à la télé. À laquelle Florence me répondit par un regard en biais qui dura une fraction de seconde.

Il va falloir désinfecter, quand même, me glissa-t-elle en serrant fort ces bandages de fortune, sur lesquels on distinguait un logo Hard Rock Café – Mombasa. (Comment ce T-shirt avait-il atterri dans nos affaires ? Le plus loin que nous étions allés avec Florence, c'était aux Canaries – un cauchemar, soit dit en passant.) Je parvins, autant que possible, à me retenir de hurler.

À ce moment, une rumeur tel un essaim d'abeilles géantes s'éleva au-dessus des toits, ceinturant la ville, venant de part et d'autre et se répercutant sur les collines environnantes. Il était impossible de comprendre quel chemin la rumeur empruntait, elle envahissait l'espace comme un poison indétectable. Des présences humaines se manifestèrent sous la forme de hurlements inarticulés, accompagnant les accélérations soudaines de ce qui s'avéra être un cortège de motos sillonnant Bernay.

On avait sifflé le début de la grande récré. Si certains avaient pris sérieusement et promptement les choses en main, comme les Déménageurs par exemple, s'organisant pour leur survie, voire leur prospérité future, d'autres individus avaient comme priorité absolue de pouvoir rouler en méprisant l'ensemble des règles de circulation. Ce qui, à entendre la joie libératrice de ces motards, lacérant le matin comme de malsaines trompettes, semblait les soulager d'un intolérable fardeau porté trop longtemps.

Mathias plissa les yeux et miaula d'un ton grave, langue pendante. Il était temps de se barrer. Il nous fallait fuir, mais où ? Nous nous saisîmes de sa cage de vétérinaire en plastoc gris qui heureusement n'avait pas emballé les Déménageurs. Mathias y rentra sans difficulté et fit son habile demi-tour pour nous permettre de fermer la petite grille carrée. Il se colla bien au fond et, à peine installé, il haussa les sourcils pour nous intimer l'ordre de nous magner.

Selon un réflexe domestique qui avait cours encore vingt-quatre heures plus tôt, Florence et moi-même nous interrogeâmes du regard pour être sûrs de n'avoir rien oublié, comme s'il nous fallait penser à nos clés, à nos portables, à nos cartes bleues. Il me sembla même voir Florence passer par les toilettes pour couper l'arrivée d'eau. Mon cœur battait à m'en faire tomber dans les pommes. Pressentant mon attaque de panique, Florence me fit respirer un grand coup et, très doucement, me chuchota qu'on allait sortir de cet appart et de cet immeuble et de cette putain de ville de putain de bordel de merde de fils de lâches. Une nouvelle fois, le raffut sidérant des cylindrées se rapprocha sans prévenir et trancha les murs de l'appartement, avant de se diluer et disparaître.

Je saisis la caisse de Mathias – 5,5 kilos, l'enculé. Florence ouvrit la porte de l'appartement. Le silence nous pénétra, dense comme des boules de coton nichées au creux de l'oreille. Si dense que la pression atmosphérique s'en trouvait comme altérée. Je passai devant, fis les quelques pas me séparant de l'escalier. Je crus pouvoir enclencher la minuterie, ce que j'avais l'habitude de faire les bras chargés, à l'aide du coude gauche. Le *clic* de l'interrupteur claqua à blanc. Et entre-temps, poussée par le courant d'air, la porte s'était refermée derrière Florence. Trempés de sueur, hagards et nauséabonds, nous faisions face à la cage d'escalier plongée dans le noir.

11

La descente des trois étages dura une éternité. Chaque pas m'envoyait une décharge de douleur jusqu'aux mollets. Ça n'avait pas traîné : l'état de mes pieds n'augurait rien de bon, et je n'avais pas même parcouru dix mètres dans ce vaste monde pour en faire l'amer constat. Je faillis proposer à Florence de m'abandonner là. Cette si fastidieuse progression dans le noir m'emporta dans une spirale de peur et de déprime… Et disons-le : de flemme. Franchir un tapis de bouts de verre pieds nus et à l'aveugle n'était que la première des épreuves, et j'étais déjà épuisé. Ensuite il y aurait forcément la faim et bien d'autres choses que je ne pouvais imaginer. Je fus tenté de tout laisser tomber. De me laisser choir sur un coin de marche et de chouiner. Mais concrètement, je ne voyais pas comment accomplir la chose sans recevoir de Florence un splendide bourre-pif.

Notre escalier donnait sur une cour intérieure ouverte sur la rue via un large porche. Avant de nous y aventurer, nous pûmes donc jeter un coup d'œil à notre rue. Et ne voyant personne – mis à part des corps inanimés, dont certains avaient été ramenés en petits tas le long des façades, sur les trottoirs, pour faciliter le passage des véhicules – nous nous lançâmes jusqu'à la prochaine intersection en croix, à cinquante mètres de là. Le plan était assez simple : sur notre gauche filait la rue de l'Union, traversant le petit centre-ville en une ligne droite de cinq cents mètres, direction la colline nord : topologiquement la plus proche sortie de l'agglomération. Et au pied de cette colline, si abrupte qu'on l'appelait ici les Monts, nous espérions trouver ces chemins et escaliers à flanc de pente pour rejoindre le plateau et nous évanouir dans les dédales pavillonnaires qui s'y trouvaient. Sans un mot échangé, Florence et moi avions défini cette trajectoire. C'est sûrement à cela qu'on reconnaît un couple qui s'aime : ils fuient dans la même direction.

Depuis notre poste d'observation, au coin de la rue de l'Union, notre champ de vision s'ouvrait sur quatre axes. Florence, accroupie au coin de la rue comme un soldat rompu à l'exercice du combat en zone urbaine, posa un doigt sur sa bouche et me montra son oreille. Il nous fallait bien écouter, saisir les trajectoires sonores des motards, y démêler le piège des échos fuyants dans les rues étroites… À l'oreille, il nous fallait trouver un créneau pour nous ruer vers la colline.

Quand les moteurs s'éloignèrent, quand Florence ouvrit de grands yeux pour me signifier qu'on avait là une chance à saisir, oui, c'est à ce moment précis que la sirène des pompiers se mit à retentir. Cette sirène que l'on avait l'habitude d'entendre le premier mercredi du mois. Poussé cette fois-ci à plein volume, le son grotesque et saturé de réverbération envahit sans pitié tout l'espace. Nous échangeâmes un regard catastrophé, comme frappés par l'image de la Méduse. Entre nous et la colline, il y avait trois intersections à traverser. Mathias se mit à miauler en continu, terrassé par le volume hors de proportion de la sirène, qui fraisait littéralement les portes de l'esprit.

Nous détalâmes sans rencontrer personne jusqu'au premier croisement et nous postâmes à l'angle, cahotant de tous nos sacs et de nos habits superposés. Je ne cessais de changer de main pour porter la caisse de Mathias, remontant mon pantalon trop grand de l'autre. Sur le coup, ça me rappela ce bouquin sur les camps qu'on nous avait fait lire au lycée : une mauvaise ceinture, tu traînes, et le kapo te tue, et c'est fini. Avant d'arriver au deuxième croisement, un cortège, monstrueux celui-ci, et faisant assez de bruit pour s'annoncer malgré la sirène, s'avança devant nous sur le petit carrefour, alors que nous avions eu juste le temps de nous dissimuler dans une entrée de parking, à l'abri d'un vieux sac de gravats.

Dérivant comme des requins ivres, les motards conduisaient d'une main, l'autre étant occupée à faire tournoyer diverses armes, des objets pour certains détournés de leur fonction première : segments de chaînes de moteur, outils de jardin, classiques battes de base-ball, câbles électriques au bout desquels pendaient des fragments de ferraille rouillée à la géométrie informelle et tranchante – sortes de fléaux d'armes bricolés à la maison, à même de produire, on le devinait aisément, des blessures particulièrement dégoûtantes. Les motards paradèrent encore quelques instants sur ce carrefour, l'air d'hésiter sur la direction à prendre. Nous n'osions plus respirer. J'en profitai pour poser la caisse de Mathias au sol quelques instants. Une brûlure avait envahi les muscles de mes bras, tétanisés par l'effort et la terreur conjugués. Je manquais cruellement d'exercice, et je ne pouvais m'en prendre qu'à moi-même. Deux ou trois ans auparavant, j'avais téléchargé une application de remise en forme. Mais chaque jour j'avais repoussé ces exercices au lendemain, et tel était le résultat ; un corps en yaourt dans un monde de brutes.

Quand l'un des motards, d'un léger mouvement de la tête, indiqua à l'ensemble la nouvelle direction à suivre, le cortège se remit en ordre d'attaque et disparut vers l'ouest, laissant enfin le champ libre à notre grande évasion.

Au bout d'une cinquantaine de mètres, nous atteignîmes l'axe qui longeait le bas de la côte, avant de trouver sur notre gauche les grands escaliers qui nous permettraient de sortir de Bernay. Et quand ces escaliers nous firent face, là, juste de l'autre côté de la chaussée, la sirène des pompiers se tut. Le sang frappait dans mes tempes, associé aux larsens persistant dans mon appareil auditif. Ici, au pied de la colline, nous nous trouvions peut-être hors de portée du jeu des échos, si bien que nous eûmes l'impression d'avoir rêvé. Il était à peine huit heures du matin, le temps était superbe, le silence de coutume à Bernay inaltéré. Avions-nous tout imaginé ? C'est ce que nous suggéraient ces chants d'oiseaux venus des arbres qui peuplaient la côte abrupte. Indifférente au chaos naissant, la nature suivait son agenda : c'était la saison des amours et de l'eau fraîche – les deux seules nourritures terrestres qui ne risquaient pas de nous manquer, à Florence et à moi. Tels deux inséparables, nous nous apprêtions à prendre notre envol, conscients des filets et des coups de chevrotine qu'il nous faudrait éviter pour demeurer libres et vivants.

Nous demeurâmes immobiles quelques minutes, sans un mot, à la fois touchant au but et inquiets d'y être parvenus indemnes.

Et tout arriva en même temps. Alors que nous traversions la chaussée, les enceintes surpuissantes de la caserne crachèrent tout à coup un morceau de rap gitan parfaitement inaudible. Une camionnette de gendarmerie nous fonça dessus, empruntant la rue à contresens. Nous restâmes figés d'interminables instants tels deux lapins pris dans des phares. Quand le véhicule nous frôla, du coin de l'œil je photographiai ses occupants : un couple de jeunes brigadiers au visage blême et aux yeux exorbités. Tout indiquait qu'ils ne nous avaient même pas remarqués.

En une fraction de seconde, je perçus sur ces deux visages plus de peur que je n'en avais vu de toute ma vie. Ils devaient à peine sortir de formation, impréparés à ce type d'événements. Qui pouvait l'être ? À la place du mort, je reconnus cette très jolie gendarmette que j'avais pu croiser à maintes reprises, patrouillant gentiment dans Bernay, ville fleurie. Comme je l'ai dit plus tôt, les petits modèles de la sorte ne se bousculaient pas, si bien qu'elle était impossible à louper, l'uniforme aidant à concevoir des fantasmes assez ploucs. Bien que je ne l'aie aperçue que très furtivement, elle semblait ce matin avoir pris vingt ans, les traits terrassés par la certitude de passer à la casserole dans les plus brefs délais, comme j'allais pouvoir l'imaginer.

L'instant d'après je compris l'explication de tout cet empressement. Une, puis deux, puis trois, peut-être quatre berlines sombres poursuivaient les gendarmes. Des modèles haut de gamme, breaks Audi typiques des go fast, Mercedes customisées noir mat, Range Rover flambant neufs tout en vitres teintées... Pour une raison qui m'est inconnue, l'image de la belle gendarmette allait me poursuivre très longtemps. Aujourd'hui encore, il m'arrive de revoir son visage passer à toute allure, le menton enfoncé dans son col zippé bleu marine, ses yeux rougis et grands ouverts comme débarrassés de leurs paupières.

Nous en profitâmes pour gravir les escaliers en toute hâte et rejoindre le haut de la colline où s'élevait au sommet un très imposant calvaire d'environ cinq mètres de haut. Des bras du Christ pendaient, au bout de ficelles brunes, quelques formes molles. Des formes qui se définirent à mesure que nous nous en approchâmes. Le Christ n'était plus seul sur sa croix. Deux par deux, des chats étaient reliés par des cordelettes attachées au bout de leurs queues, comme des vieilles paires de baskets jetées sur des câbles électriques dans les quartiers chauds de Los Angeles. De nos quelques balades autorisées par nos attestations de sortie, nous connaissions l'existence de chemins piétons filant vers le nord, traversant le quartier pavillonnaire de Bourg-le-Comte, un des hameaux artificiels, satellites de Bernay. Mais il nous fallait passer sous le calvaire et le dépasser. Florence me pria de porter la caisse de Mathias de sorte qu'il ne voie rien de la scène. Il pourrait être traumatisé, me dit-elle le plus sérieusement du monde.

Avant de nous échapper définitivement, je ne pus m'empêcher de me retourner une dernière fois sur cette ville où j'avais vécu, ça ne faisait plus aucun doute, les plus belles années de ma vie. Je pensai enfin aux quelques amis que je laissais là – les copains du bistro, ceux du tennis, ceux avec qui je jouais au tennis avant d'aller au bistro, ou l'inverse. Je pensai à mon ami Charles qui vivait rue de l'Union, devant chez qui nous étions passés quelques instants auparavant : Charles faisait partie de ces Normands un peu obsédés par le débarquement de 44, et par extension, il était un spécialiste du matériel militaire encore présent sur le territoire. Charles avait racheté des barges à fond plat, celles qui avaient transporté les soldats alliés jusque sur les plages pour servir de cibles aux Allemands, confortablement installés comme au champ de tir. Avec ces barges, il opérait des reconstitutions pour les touristes, les passionnés, les journalistes… Et forcément, Charles possédait des armes. Sa maison était un petit musée et si vous le lanciez sur le sujet, vous pouviez vous retrouver à démonter et à remonter un pistolet automatique tout en débouchant une bouteille de plus. Sa maison de ville n'avait qu'une seule issue, et à l'arrivée des Déménageurs, Charles avait dû se défendre, mais selon toute probabilité, son corps devait traîner là, en bas, dans sa cour intérieure où il avait dû se replier. J'eus l'étrange sensation de l'abandonner, lui et tous les autres, avec la culpabilité de m'en tirer à bon compte, moi qui ne le méritais pas plus qu'un autre.

Du haut des Monts s'offrait une vue panoramique de la ville. On avait même installé là une table d'orientation, à l'intention d'improbables touristes. C'était plutôt le coin des amoureux pratiquant l'adultère automobile, ou de quelques jeunes garés sur la pelouse, dégustant leurs McDonald's à emporter, portières ouvertes et un pied dehors.

Au centre de Bernay, il y avait le cœur médiéval, des maisons à colombages assemblées à touche-touche, dédale dont nous venions de nous échapper. Côté ouest se trouvait un quartier plus récent, des bâtiments modernes abritant quelques rares administrations. Un gigantesque incendie consumait ces vestiges d'une présence de l'État. Les flammes rouges montaient du centre des impôts, du Pôle Emploi, du vieil hôpital fantomatique. Une pluie de cendres scintillantes se mit à tomber. Les rayons du soleil traversant le ciel enfumé révélaient, çà et là, d'épaisses nuées de moucherons dansant au bord de la colline.

Plus loin au sud, en face, sur la rive gauche de la ville, de l'autre côté de la voie ferrée où passait à cet instant un train de marchandises fou lancé à mille à l'heure, une épaisse fumée noire montait du Jardiland où je m'étais évanoui quelques jours plus tôt. L'immense verrière couvait les flammes comme le couvercle d'une marmite infernale. Sous les serres, le feu devait se nourrir des milliers de plantes d'intérieur et d'animaux de compagnie en cage.

Dans ce Jardiland, il y avait aussi des stocks astronomiques de désherbant, de chlore à piscine, d'acétone et de white-spirit. La déflagration fut sidérante. Tandis que le champignon de l'explosion s'élevait dans les airs, virant rapidement de l'orange au noir le plus profond, du clocher de l'église se mit à retentir le glas millénaire d'une France en chute libre. La rythmique des cloches, d'ordinaire si métrique, était aujourd'hui décousue et impatiente. En un sens elles saluaient notre départ. Était venu le temps de tourner le dos à tout ça, et de dire adieu au monde d'avant.

LIVRE II

12

Mes débuts en tant que héros furent catastrophiques. Et lorsque nous trouvâmes refuge dans une petite grange effondrée, quelque part au bord de l'autoroute A28 qui traverse la campagne proche au nord de Bernay, aux alentours d'un bled nommé Courbépine, je m'évanouis.

Avant cela, nous avions quitté Bernay vers ce qui nous semblait être un terrain plus favorable à la survie : la campagne. Dans cette région que nous avions parfois sillonnée en voiture, nous le savions, ne se trouvaient que des villages, et ce jusqu'à la côte chic de Deauville. En prenant cette direction, nous ne risquions pas de tomber sur des agglomérations, invariablement ceintes de zones commerciales, de ronds-points, de concessionnaires d'occasions et de Kiloutou qui, on s'en doutait, attiraient aujourd'hui une clientèle des moins recommandables.

Il nous avait fallu encore traverser ces quartiers pavillonnaires qu'on avait dessinés à l'équerre et au compas dans les années 70. Nous avions suivi les sentiers piétons, longeant le dos des petits jardins. Les clôtures et les grillages, côté rue, étaient pour la plupart écrabouillés. Les pelouses, tant chéries et entretenues par leurs heureux propriétaires, étaient scarifiées d'ornières monstrueuses. On devinait le tracé des marches arrière effectuées par les poids lourds, massacrant les parterres de fleurs et les genévriers pour s'approcher des baies vitrées qui très majoritairement habillaient les façades côté jardin des maisons individuelles.

Toutes ces maisons, ces modèles réduits de manoirs normands, ces crépis soignés, ces désirs, ces espoirs typiquement petit-français me touchaient au plus profond. Le *rêve d'une vie* n'était plus que ruine et cauchemar. J'en étais sincèrement désolé car j'avais toujours nourri le plus grand respect pour ces propriétaires de pavillon et leurs modestes ambitions de bâtir un coin de paix à leur mesure. Ils avaient travaillé, emprunté, gazonné, décoré. Ils avaient maçonné de leurs mains des murets en courbe faits de briques violettes. Ils n'avaient rien vu venir, à l'aise dans leurs enclos, tenant jusqu'alors l'idée de la mort pour une lointaine aberration.

En ces lieux erraient quelques chiens. Ils semblaient tout à la fois exaltés et comme intimidés par cette récente liberté aussi soudaine qu'imprévisible. Ils avaient pu se soulager au beau milieu de la pelouse sans que personne les admoneste. Tout ce qui leur était interdit était maintenant permis. En croisant notre route, la plupart ne nous accordèrent pas la moindre attention, trop occupés à découvrir le vaste monde sans être tenus en laisse. Mathias ne goûtait pas leur présence. Le chat se mettait à tourner comme une furie dans sa cage lorsqu'un chien nous approchait. Il envoyait sa masse dans tous les sens. J'avais l'impression de trimballer à bout de bras une machine à laver sur le mode essorage à 1 100 tours/minute.

Un duo d'avions de l'armée survola rageusement la zone en rase-mottes, envahissant l'espace du rugissement de leurs réacteurs. Les engins avaient dû décoller de la base militaire 105, qui se trouvait à proximité d'Évreux… J'aperçus les deux épatants appareils qui entamaient de maladroites vrilles à trois cent soixante degrés et qui s'emmêlaient les ailes, pour finir par se percuter l'un à l'autre. Comme de minuscules avions de papier mal conçus, ils piquèrent du nez et s'écrasèrent silencieusement dans le lointain. Le son de l'explosion, en retard sur le visuel, mit un certain temps à nous parvenir. Ce n'était manifestement pas la Patrouille de France. J'imaginais finalement que quelques mécaniciens s'étaient emparés des avions, réglant ainsi leur compte à de trop compréhensibles frustrations.

Ainsi nous quittâmes pour de bon l'agglomération et progressâmes en ligne droite, évitant les routes, à travers des parcelles agricoles remembrées, sans relief et ennuyeuses, qui nous forcèrent à réaliser que l'évolution en terrain plat n'augurait rien de bon. Nous étions écrasés par la chaleur, enivrés par les effluves d'engrais et de pesticides qui remontaient d'une terre sèche et caillouteuse. Les cultures n'étant pas très hautes en ce début de printemps, rien ne nous permettait de nous abriter. Alors nous avancions au pas de course, à la recherche d'un pli de terrain, d'un petit bois, d'une rivière pour se désaltérer alors que déjà la soif, scandaleuse, montait vite. Mais à l'horizon pour l'instant ne demeurait que la rase campagne.

Je reconnus des hameaux, des virages, cette route que nous empruntions avec Florence pour nous rendre sur la côte, pour des bains improvisés, au volant de notre petite Clio d'un bleu que nous détestions. Florence nous branchait sur Nostalgie. Elle préférait les fenêtres ouvertes à l'utilisation de la climatisation. Du coin de l'œil je voyais ses cheveux s'agiter en un mouvement perpétuel, écho des blés qui ondulaient. Ses pieds nus, qu'elle remontait au-dessus de la boîte à gants, battaient mollement la mesure. Florence m'avait appris à aimer Pierre Bachelet et Richard Clayderman, et sans bruit, depuis notre rencontre, nous les avions vus peu à peu disparaître de la programmation. Jeanne Mas, Niagara, Daho ou Depeche Mode prenaient désormais toute la place. Ce n'était pas désagréable, mais ça n'avait plus le même charme. Or il y avait quelque chose qui ne changeait pas, à bord de notre Clio, c'était l'incapacité de Florence à bavarder en auto. La route la rendait pensive, silencieuse. Aussi je me contentais de la regarder dès que je le pouvais, parfois trop longtemps. Regardez la route, abruti, m'ordonnait-elle comme si j'étais son loyal mais incompétent chauffeur. Je croisais son regard, et ses yeux remplis de sourires : deux miroirs pour le soleil.

À pied, sous le cagnard, la région se faisait moins riante. Les insectes et les fragments de paille nous collaient au front. L'effort nous déshydratait à vue d'œil.

Et lorsque le jour commença à tomber doucement, nous eûmes en vue quelques bâtiments agricoles, en bordure de l'A28, dans lesquels nous décidâmes de trouver refuge pour la nuit. C'était ce genre de structure à demi abandonnée qu'aucune route digne de nom ne desservait, fichée à quelques mètres à peine de l'autoroute, dont la seule façade encore à peu près verticale accueillait un panneau publicitaire, assez bien entretenu pour le coup. Celui-ci faisait la promotion du parc zoologique du Cerza, une sorte de Thoiry normand qui se trouvait non loin de là, en direction de Lisieux. La photographie mettait à l'honneur une maman léopard flanquée de ses deux bébés. Le prédateur indomptable était donc capable de tendresse. Sous le logo Cerza, on pouvait lire « Safari en Normandie ».

À l'intérieur du petit bâtiment, une dalle en béton froid jonchée de vieux tissus figés dans leur saleté, des vêtements, des morceaux de toile de jute écrus et d'autres choses impossibles à identifier, le tout mélangé pour former de malsains amas. Des traces de suie ainsi que de nombreuses canettes de bière vides et broyées témoignaient de squats nocturnes. Les jeunes du coin devaient s'y retrouver pour boire, fumer, baiser peut-être, et s'essayer aux tags pseudo-révolutionnaires sur les murs en torchis crevés par endroits. Des symboles anarchistes côtoyaient des emblèmes soviétiques, nazis, des graffitis en lettres et en couleurs de très mauvaise facture, des feuilles de cannabis, et les inévitables numéros de téléphone dévoilés sous le coup de puériles vengeances fomentées par des amoureux éconduits. On y apprenait donc que Sonia était une grosse salope et qu'elle suçait gratis à un 06 qui n'était, de toute façon, plus joignable à présent. Car sur nos téléphones, bientôt à court de batterie, les petites barres de réseau restaient grises malgré nos vérifications répétées.

Quand nous nous débarrassâmes de notre barda, je me félicitai intérieurement d'avoir survécu un jour. Un jour, seulement. Or ceux qui allaient suivre m'apparurent comme une immonde et crasse mer à boire. J'espérai m'endormir et mourir le soir même dans mon sommeil. Cette première nuit faillit bien m'exaucer… Car une fois à l'abri, toute cette pression me retomba sur le coin de la figure comme une enclume. La dernière information que mon cerveau enregistra fut cette drôle de sensation de voir la terre pivoter. Et ce fut le noir. Je m'évanouis, anéanti par le choc septique, lui-même accéléré par les fientes incrustées dans les plaies vives de mes pieds.

Par la suite, Florence ne fut pas très loquace sur ces quelques jours où je fus parfaitement hors d'usage. Quelques jours durant lesquels Florence fit tout son possible pour me maintenir en vie. Et elle y parvint, sans quoi je ne serais pas ici, occupé à écrire ces lignes qu'on me force à écrire… C'est pourquoi les mots qui suivent sont principalement la restitution du récit que Florence me fit de cette première semaine passée dans le monde d'après.

Elle m'installa comme elle le pouvait, traînant mon corps inutile sur une paillasse nauséabonde. Me plaça en PLS pour m'éviter la mort honteuse par noyade dans mon propre vomi. Elle traversa la nuit étoilée, faisant le chemin inverse, pour retrouver les habitations en bordure de Bourg-le-Comte. Florence fouilla méticuleusement les pavillons et put trouver quelques boîtes de conserve qui avaient roulé sous les meubles, principalement du maïs et du thon à l'huile, ainsi que trois comprimés de Doliprane oubliés au fond d'un tiroir, ce qui n'était déjà pas mal, mais pas suffisant… À son retour, elle dut se résoudre à libérer Mathias et partagea le thon avec lui, avant qu'il commence son inspection des lieux, reniflant scrupuleusement le moindre objet, le moindre détritus. À la suite de quoi, elle décida que ce chat vivrait en liberté. La surveillance de l'animal était incompatible avec ses expéditions et tous les soins qu'elle entendait me prodiguer. Mathias ne fuit pas comme un dératé paniqué par l'inconnu. Il se révéla un formidable compagnon.

Il la quittait des heures durant, patrouillant sur son nouveau territoire, et revenait invariablement à sa base pour nous retrouver. Il s'installait dans sa caisse de transport pour enquiller ses douze heures de sommeil, avant de repartir à l'aventure. L'animal était sage, raisonnable et courageux. Et, prétendait-elle, il avait tout compris de ma situation. La preuve : en rentrant au petit matin il s'approchait parfois de mon corps tremblant, me léchait délicatement le front ou le bout des doigts, faisant ce qu'il pouvait pour soulager ma douleur. À l'écoute de ce récit, plusieurs jours plus tard, mon hypothèse fut tout autre. Mathias vérifiait si j'étais en vie : il me goûtait comme on déchiffre le menu d'un restaurant avant d'y entrer. Et à vrai dire, succomber ici et lui servir de festin ne m'aurait pas dérangé outre mesure.

La deuxième nuit, Florence s'aventura plus vers l'ouest à la recherche d'antibiotiques. Elle put constater que le chaos que nous avions vu à Bernay et en périphérie n'était pas général, loin de là. Les rares creux de la géographie en plateau avaient préservé, pour l'instant, de minuscules hameaux. Et ce qu'il faut bien garder en tête, c'est qu'au moment de la Grande Démission, comme nous l'avions finalement nommée, la dernière consigne du gouvernement était toujours la même : il nous fallait rester chez nous. Consigne qu'une part significative de Français continuaient d'observer, faisant montre d'une docilité assez désarmante.

Ainsi, cette deuxième nuit, Florence s'invita chez des retraités qui vivaient dans un village de mobile homes sédentarisés. D'étranges agglomérations dissimulées au fond d'un vallonnet en cul-de-sac, jouxtant une station d'épuration, raison première d'un accès goudronné en ces replis sinistres et toujours humides – il y en avait plein le territoire. Cette France sous les radars fut notre salut en ces premiers temps d'errance. Mireille – une retraitée toute cabossée dotée d'une conscience plutôt relative du réel, dont Florence me fit le tendre portrait – fit don d'une boîte pleine de Clamoxyl 500 mg, même si son mari Georges, aussi allumé que la vieille, avait protesté car ce n'était pas demain qu'ils retrouveraient une ordonnance : leur médecin traitant avait pris sa retraite, et aucun autre n'acceptait de nouveaux patients. Voyant l'aubaine, Florence avait gentiment tiré sur la corde et emporté quelques denrées supplémentaires. Elle revint le sac plein de biscottes Heudebert, de terrines variées, de bocaux de cornichons et de cœurs de palmier dont j'avais horreur. (J'allais découvrir aussi de quelle manière Florence avait élaboré une technique d'approche de ces habitations occupées par des individus craintifs, c'était brillant, comme tout ce qu'elle entreprit par la suite, mais nous aurons l'occasion d'en reparler.)

Elle vidait les gélules de Clamoxyl dans une tambouille faite d'eau et de rillettes écrasées, qu'elle s'appliquait à me glisser dans le gosier comme une chouette nourrissant ses petits. Les quantités d'antibiotiques qu'elle m'inoculait dépassaient toutes les règles, mais elle était décidée à tenter le tout pour le tout. Et dès le troisième jour, elle put constater que les tracés violets suivant le cours de mes artères commençaient à s'estomper.

Mes rares souvenirs de ces jours-là se résument en une interminable saga de rêves agités et délirants, des rêves dont je vous épargne le détail car j'ai toujours trouvé d'un ennui abyssal, et horriblement impudique, de les raconter. Florence m'expliqua ensuite la cause de mes tourments. Régulièrement sur l'A28 adjacente passaient en trombe des cortèges de berlines sombres, roulant avec une sorte de discipline mafieuse vers de mystérieux desseins. C'est Florence qui, en mon « absence », décida de les appeler les VTC. Un choix si judicieux que, lorsque pour la première fois elle employa l'expression sans préambule, je saisis immédiatement ce à quoi elle faisait référence.

Par la suite, les explorations de Florence l'emmenèrent vers des gîtes ou des maisons de campagne isolées où s'étaient réfugiés des Parisiens dès le début du confinement. Une nuit, elle s'aventura vers une vaste maison normande au charme typique et *entièrement rénovée avec goût* – c'est ce que devait dire l'annonce Abritel – occupée par trois familles venues de la capitale. Un vieil auvent collé à la cuisine avait été ceint de parois en verre et creusé d'une idiote piscine intérieure. L'abordage se déroula comme à son habitude. Florence s'approchait, les mains en l'air, tandis que, depuis les fenêtres ouvertes au rez-de-chaussée, les couples débattaient mollement de la conduite à tenir. Apprenant à une vitesse folle des comportements de ses semblables, et faisant preuve d'une intelligence pratique remarquable, Florence avait particulièrement bossé son regard humide. Comme le fait de pincer l'intérieur de ses joues pour paraître encore plus émaciée qu'elle ne l'était naturellement. Elle avait élaboré un subtil boitillement. Alors on lui ouvrait la porte, on lui demandait si elle voulait manger, prendre une douche, et d'où venait-elle toute seule comme ça ? Était-ce dangereux dehors ? Les supermarchés étaient-ils tous vides et abandonnés comme celui d'à côté ? Que se passait-il, bordel ? Avait-elle du réseau, elle ? Quand internet serait-il rebranché ?

Florence se faisait servir de copieux dîners et racontait les scènes vues à Bernay… en y ajoutant des péripéties propres à captiver son auditoire. Son fiancé avait été forcé de tuer un pillard de ses propres mains, avec une fourchette plantée dans l'œil. Une horde de malades mentaux échappés de l'hôpital psychiatrique avaient tenté de la violer mais elle s'en était tirée in extremis, laissant le fameux fiancé seul face aux assaillants, la bave aux lèvres et armés de seringues... Qu'était-il devenu ? Elle n'en savait rien, mais sa seule solution avait été de fuir, pendant que son fiancé lui en criait l'ordre sacrificiel. C'était un récit déchirant, c'était malsain et brutal. En l'écoutant, les couples échangeaient d'une voix blanche de brèves onomatopées, les types se décomposaient à l'idée de faire face à tant de barbarie, eux qui étaient habitués à régler leurs différends via des commentaires sur TripAdvisor. Les femmes fermaient les yeux, le bout des doigts posé sur la bouche pour contenir la nausée. Cet épisode improvisé par Florence, attaquant un délicieux cantal entre-deux, avait produit un effet retentissant sur son public d'un soir.

Dans cette maison régnait un bordel impensable. Les occupants avaient abandonné toute idée d'autorité parentale. Eux-mêmes le concédaient d'un sourire mi-léger mi-amer, reportant le gros de la faute les uns sur les autres. Six ou sept enfants sévissaient ici, et le plus grand ne dépassait pas douze ans. En quelques jours à peine, ces enfants, dont la moitié avaient été décrétés HPI, avaient réussi à ravager les lieux avec une efficacité industrielle. Les parents hirsutes et cernés ramassaient, avec de grands gestes las, les jeux associant les plastiques de couleurs primaires aux matières scratchs. Le capharnaüm était tel que Florence avait du mal à se concentrer sur le récit palpitant de ses propres aventures.

Florence ne manquait pas de glisser qu'elle espérait que rien n'arrive à tous ces magnifiques enfants. Déroulant ainsi les épisodes de la série qu'elle créait en temps réel, Florence se servait carrément dans le frigo et dans les placards, chargeant le sac de camping de tout ce qu'il y avait de plus intéressant. Avaient-ils des armes ? s'inquiétait-elle. Les milliers de violeurs assassins psychopathes tueurs d'enfants ne tarderaient pas à se pointer ici. Ce n'était qu'une question de temps. Elle leur conseillait de se préparer et de se barricader dès que possible. Combien de jours leur restait-il à vivre ? se lamentait Florence, la bouche pleine d'un Kinder Pingui, avec son cœur en mousse de lait, si frais et si fondant.

C'est alors qu'un des mômes protesta. Les Kinder Pingui, c'était à lui. Ce qui sonna le réveil pour un des papas présents dans la pièce, un grand type portant un chèche. Sa dégaine évoquait le startuper écolo reconverti, voire l'agent immobilier spécialisé dans l'atypique à Pantin. Le type se leva d'un coup et cligna des yeux comme si on avait allumé la lumière. D'une voix tremblante il exhorta ses amis à se réveiller, merde quoi. Ils étaient en train de se faire balader. Cette nana racontait peut-être n'importe quoi, qu'en savaient-ils à la fin ? Qu'avaient-ils vu de leurs propres yeux qui justifiait de croire à un tel chaos ? Et sous leurs nez elle bouffait même les Kinder Pingui des gamins. C'était quoi, le *next step* ? Il y eut un moment de flottement. Une nana observa qu'ils ne pouvaient même plus vérifier quoi que ce soit sur internet. Ce qui ramena tout le monde à cette sombre réalité : on avait sous-traité l'intelligence, et voilà que le prestataire de services s'était barré sans prévenir.

À cet instant, Florence s'interrompit dans le sac méthodique de leur garde-manger, surveillant les réactions. Tous se regardèrent en chiens de faïence. C'est finalement le môme qui bougea. Il s'approcha de Florence et lui lança un coup de pied dans le tibia. Florence lui répondit par une gifle sonore qui l'envoya sur le carrelage. Un mauvais réflexe qu'elle regrettait, m'assura-t-elle plus tard, et qui lui était venu si spontanément que toute l'assistance s'en était trouvée bouche bée. Le gosse fixait Florence avec l'air d'un poisson rouge hors de son bocal, la main posée sur la joue, le cul par terre, incapable d'interpréter l'impensable événement. Le geste de Florence venait tout droit d'une autre dimension.

Et Florence quitta les lieux, laissant derrière elle une assemblée médusée. Avant de sortir de la propriété, elle se retourna une dernière fois. Au travers des fenêtres tels des écrans dans la nuit, elle fut surprise de constater que personne n'avait encore bougé. Tous ces personnages figés, le regard perdu vers quelque mystère inconnu du spectateur, c'était beau comme du Edward Hopper.

Les enfants se tenaient en rang, immobiles.

À présent sages comme des images.

13

S'il me faut davantage parler de cette histoire de virus, c'est qu'il y avait ces réfugiés du confinement qui mouraient de trouille à l'idée de tomber malade. Dans ces cas-là, c'était *over simple*, comme disait Florence. Elle n'avait qu'à s'approcher des maisons pour voir tout ce petit monde se carapater et s'enfermer dans les chambres, les salles de bain, les toilettes. Et alors que Florence se servait tranquillement, les retranchés la suppliaient de ne pas éternuer partout. D'où nos facilités dans un premier temps à prendre tout ce qui nous intéressait chez les gens ou dans les petits commerces, restaurants, campings et clubs de pêche bien paumés.

Le virus avait-il vraiment changé de forme ? Était-ce devenu ce fléau, frappant en quelques heures, sans distinction, que l'on s'était mis à redouter les semaines précédentes ? Certes, j'ai vu de nombreux morts dans les rues, dans les jardins des maisons, dans les parcs publics, sur le bord des chemins, écrabouillés dans leur voiture à l'entrée d'une bretelle d'autoroute, tombés d'un immeuble, de leur lit, allongés dans les foins, pendus aux lampadaires, aux arbres, aux portiques des lave-autos, entassés dans des cars scolaires cramés, traînés au bout d'une corde sur les voies rapides ou encore installés autour d'une table, la tête dans la soupe. Parfois les cadavres se trouvaient tout près, parfois plus loin de moi, mais presque toujours il semblait plutôt évident qu'aucun virus n'était directement responsable de leurs trépas.

J'aurais pu moi-même devenir l'un de ces corps retrouvés sans vie, là, dans cette grange effondrée au bord de l'autoroute. Mais ce ne fut pas le cas. Car après six ou sept jours – Florence n'était pas sûre du compte –, je rouvris les yeux, étonnamment lucide, et affamé. Le soleil du matin perçait au travers de la toiture ajourée, créant ainsi les motifs typiques des pergolas ou des paillotes de plage. Les rayons tailladaient en stries contrastées notre refuge, si bien qu'il me fallut un certain temps pour me rappeler où je me trouvais. Florence dormait sur un matelas gonflable une place tout neuf, la bouche ouverte. Mathias s'était assoupi dans le creux de son bras, le museau fiché dans son aisselle. Sur le sol traînaient une bouteille de volnay, des miettes de Krisprolls et un petit bocal d'œufs de saumon kéta du Pacifique. Et le long du mur, soigneusement rangé, un véritable rayon d'épicerie fine, somme de toutes les exactions de Florence. Je me jetai sur un sachet de gressins que je trempai dans un Nutella version responsable, une pâte à tartiner à laquelle il manquait cette saveur grasse et enivrante propre à l'huile de palme. Mais c'était déjà pas mal et je ne me plaignis pas outre mesure. Mes idées se remirent en place.

Mes pieds ne me faisaient plus souffrir. Les plaies s'étaient résorbées, mais la chair autour en garderait le souvenir nécrosé pour l'éternité. Mon corps avait vaincu l'infection, me faisant passer dans la catégorie des spécimens autorisés à vivre davantage. J'étais une force de la nature, du moins le crus-je quelques instants. Avant de découvrir les tas de boîtes d'antibiotiques disposées à mon chevet, le petit entonnoir dont Florence s'était servie pour me nourrir et m'hydrater. Par quel miracle m'étais-je trouvé à recevoir tant d'amour ? De toute évidence je ne le méritais pas – je n'étais ni riche, ni drôle, ni musclé, encore moins doué. Je n'avais rien d'exotique, pas d'origine étrangère propre à exciter les sens et l'imaginaire. Je n'avais jamais su tenir plus de trois secondes sur une planche à voile : en somme, rien ne me permettait concrètement de sortir du lot. L'amour de Florence était depuis le début un intense mystère pour moi, et ce matin-là plus que jamais.

Elle me raconta donc tout ce que vous avez pu lire plus haut. Ses expéditions, les stratégies qu'elle avait élaborées pour pigeonner les confinés. Je pressentis qu'il y avait des trous dans son récit. Tout s'enchaînait trop bien, ses succès ne souffraient d'aucune ombre au tableau. Et par moments, alors que je désirais fouiller tel ou tel détail, Florence détournait le regard.

Jamais je ne sus exactement ce qu'elle avait traversé durant ses premiers jours de solitude. Jamais je ne sus ce qu'elle avait sacrifié à ma survie. Je démarrai ce nouveau chapitre de notre vie avec cette dette, le sentiment de lui devoir énormément sans savoir exactement combien et pourquoi. Un sentiment pareil à ceux faisant suite aux black-out à l'alcool dont j'avais la funeste habitude dans ma jeunesse –, j'avais toujours été un piètre buveur. Lors de ces épisodes, je ne me rappelais rien des soirées passées, et compte tenu des regards récoltés par la suite, je n'avais manifestement pas brillé en société. Après ces beuveries, les gens m'évitaient sans plus d'explications. Et jamais je n'eus le cran de faire ma petite enquête, comme avec Florence à la suite de cette semaine d'inconscience. Même lorsque je remarquai cette morsure à l'épaule gauche que Florence sut un temps dissimuler, avant que je la découvre à la faveur d'un bain de rivière.

Les jours précédents, Florence avait accumulé tant de denrées que nous fîmes face à un surprenant dilemme. Nous n'avions pas oublié le précepte fondamental édicté par Brad Pitt. Le mouvement c'est la vie. S'installer, c'était multiplier les chances d'une mauvaise rencontre. Autour de nous s'empilaient les terrines, les sardines, les Choco Pops, les vins de Bordeaux et de Bourgogne, les nectars multifruits, les compotes, les biscuits, les charcuteries sous vide… Ne pouvant tout emporter, au risque d'entraver notre marche, il nous fallut abandonner une bonne partie de ce butin.

Ce dernier jour dans la grange au bord de l'A28, nous fîmes banquet. Il s'était écoulé environ une semaine depuis le droit de retrait de l'ensemble des autorités du pays. (*L'effondrement*, comme on nommait ce type d'événement avant qu'il arrive, n'était ni plus ni moins qu'un abandon de poste généralisé, et l'on constata que les dernières techniques managériales n'avaient pas totalement fonctionné.) Dégustant une terrine de rouget au citron, accompagnée d'un châteauneuf-du-pape – l'accord n'était pas des plus heureux : l'acidité de l'agrume jurait avec la puissance animale du nectar rhodanien –, nous devisâmes à voix basse sur ce qui nous attendait.

Dans un premier temps, nous entendions continuer de creuser le sillon entamé par Florence : pigeonner les Parisiens, et nous réfugier partout où nous pourrions, et plus particulièrement dans les bourgs invisibles, tout en évitant la zone périurbaine de Lisieux, comme toute agglomération trop importante. En somme, nous comptions nous tenir à l'écart du monde, tourner en rond et survivre. Nerveusement, nous rîmes aux larmes de la situation. Mathias sursauta, dérangé dans la dégustation de son Cat Milk signé Whiskas. Mais retrouvant aussitôt son calme, il leva son regard bleu-vert sur nous et cligna des yeux, affichant un suave flegme britannique.

Florence mit de côté une belle bouteille car nous avions des gens à remercier, ce vieux couple à qui je devais la vie grâce aux antibiotiques dont ils avaient été les généreux donateurs. Florence avait toujours entretenu cette attitude vieille France qui consiste à écrire des lettres de château à la suite d'invitations. Des week-ends entre gens civilisés lors desquels nous allumions des feux de cheminée et discourions des rares erreurs présentes sur les cartes Trivial Pursuit, de l'âge du calva et des auteurs suicidés ; les délices de l'existence en somme. Nous abandonnâmes notre abri douillet alors que la nuit tombait doucement sur la plaine qui, dans le crépuscule, paraissait sans fin. La majeure partie du stock fut dissimulée. Peut-être pourrions-nous plus tard revenir et profiter de cette manne.

Mathias et moi-même suivions Florence, notre leader naturel en ce nouveau monde. Le chat disparaissait parfois, attiré par un bruissement dans les champs ou bosquets que nous longions. Puis nous le retrouvions quelques centaines de mètres plus loin, surgissant devant nous entre deux rangs de colza ou de lin, nous incitant à ne pas perdre le rythme. Florence, qui avait plus d'expérience que moi de ces sorties nocturnes, s'arrêta au beau milieu de la nuit et posa sa main sur mon avant-bras. Je perçus un sourire dans son chuchotement. Regarde ça, ça va te plaire. Nous nous trouvions au détour d'un chemin, en bordure d'un sous-bois où les arbres s'élevaient, découpant le ciel étoilé de leurs hautes silhouettes biscornues. Regarde vers la forêt, me prévint-elle avant d'y diriger brusquement le faisceau de la lampe torche qu'elle avait récupérée dans un gîte plus tôt. Du sol caillouteux pour éclairer nos pas, l'éclat de la lampe bifurqua vers les masses sombres du sous-bois pour en balayer lentement l'orée. Il y avait foule, des dizaines de paires d'yeux brillants braquées sur nous. Au plus près du sol, les yeux étaient plus rapprochés. Et d'autres, plus hauts, marquaient la présence de spécimens à quatre pattes plus sérieux, qu'on entendit disparaître dans un doux tumulte. Mais les plus téméraires ne bougeaient pas, les bêtes nous surveillaient, guettant le moindre faux pas.

Parfois Mathias se figeait, en alerte, triant avec une intelligence remarquable les informations offertes par la musique de la nuit, ses deux grandes oreilles tels d'infaillibles sonars. Entre lui et Florence, je n'avais qu'à me laisser guider. Le plus étrange, c'était cette sensation de confiance et de sécurité qui m'emplissait. Pour la première fois de ma vie, j'avais enfin l'impression de savoir où j'allais.

Au matin, nous atteignîmes une bien étrange agglomération. Une petite femme toute ratatinée se tenait devant son mobile home, sur une étroite terrasse en bois pourri qu'on devinait très glissante, symptôme de sa malfaçon originelle. Malgré nos « hello » préventifs, nous approchâmes jusqu'à nous trouver sous son nez, si près que je pus constater à quel point son Nescafé était translucide avant qu'elle lève les yeux d'un catalogue de vente par correspondance qu'elle décryptait.

Florence et Mireille se tombèrent dans les bras. Je n'eus pas d'autre choix que de me laisser embrasser moi aussi, découvrant ainsi qu'elle piquait un peu, sans parler de l'odeur âcre, mêlant l'urine, la sueur et le terreau pour plantes en pot. Elle était ravie de me voir sur pied. Lolo – Mireille avait le surnom facile – lui avait tout raconté. Mireille agita son index tout tordu sous mon nez, singeant un air sévère… Avais-je bien conscience que ma dame était une sacrée dame ? Je lui assurai que oui, ce qui ne l'empêcha pas de me faire promettre de l'épouser, puisque ce n'était pas déjà fait, avant de consentir à me servir un café. Elle s'empressa de récupérer deux chaises supplémentaires dans un bordel monstre qui s'accumulait sur un des flancs du mobile home, une entreprise dans laquelle je me proposai de l'aider. Je la suivis alors qu'elle atteignit l'angle, en traînant la patte, une main sur la hanche. Elle n'avait pas entendu ma proposition. Et là, surprise, le petit corps que je croyais tout cassé déploya, une fois qu'elle se crut hors de notre vue, une énergie insoupçonnable. Sur une jambe, penchée par-dessus une tondeuse, elle se saisit de deux chaises empilées au milieu d'un amas de tuyaux et de pots de fleurs ébréchés. Puis elle pivota, toujours en équilibre sur un pied, et se retrouva nez à nez avec moi. Elle grommela et reposa les chaises au sol en se frottant les hanches, irritée par tant d'indiscrétion de ma part. Comme beaucoup d'autres personnes de son âge, Mireille savait très bien être dextre quand c'était nécessaire, et quand elle savait ne pas être observée. Elle était du genre à procéder par gestes exagérément lents aux caisses des supermarchés. Telle une arnaqueuse à l'assurance, elle chipait un peu d'empathie quand l'occasion se présentait.

Légèrement ronchonne, Mireille fut adoucie par la bouteille dont on lui fit cadeau. Nous allions boire un coup pour fêter ça. (Ce que signifiait ce *ça*, mystère.) D'ailleurs, déclara Mireille, cela tombait parfaitement car c'était justement l'heure de l'apéritif. Et son mari qui faisait des siestes interminables, ça la mettait sur les nerfs. Le bruit de bouchon ne manquerait pas de le réveiller, ce feignant. La psyché de notre hôte était assez déstabilisante et nous comprîmes que les événements récents ne devaient pas signifier grand-chose pour elle. Chaque journée était un monde en soi, sans lien particulier avec la veille ni le lendemain. Mireille, malgré elle j'imagine, connaissait la clé de la douceur de vivre.

En se réveillant, son mari découvrit notre présence avec enthousiasme. Georges se servit un verre en ricanant et trinqua avec nous. Nous bûmes dans des verres à moutarde sérigraphiés de personnages de dessins animés. Georges avait eu droit à la Reine des Neiges, pour moi c'était une franchise dont je ne connaissais pas même l'existence, une bande de chiens, dont un flic, aux yeux exorbités, l'air défoncés au poppers. Florence hérita de Footix. Pour Mireille, c'était un Goldorak passablement fatigué, dont certaines parties devenues transparentes se coloraient d'un teint de médoc.

Le vieux couple possédait le baraquement le plus convaincant du lieu-dit. En arrivant ici, au creux d'un étroit vallon détrempé, on entrait au Parc résidentiel de loisirs de la Mussine, un endroit qui ne figurait probablement sur aucune carte : personne ne voulait y passer, encore moins y vivre de son plein gré, et la commune officielle à laquelle les lieux étaient rattachés n'en faisait pas forcément la publicité. À l'ombre de gigantesques conifères, une humidité impensable y régnait éternellement et, malgré le magnifique ciel et la chaleur que nous offrait ce printemps-là, marquait de salpêtre les dalles de béton bon marché qui soutenaient les habitations en lambris sombre. Un vernis plastique avait été appliqué partout où c'était possible, évitant à la Mussine de n'être que putréfaction.

14

Ce que m'avait appris Florence – et ça marchait généralement assez bien –, c'est que pour briser la glace avec des personnes ayant dépassé la soixantaine, il fallait parler de leurs enfants. C'était dans la plupart des cas leur seule réalisation concrète. Manque de bol, la discussion démarra plutôt mal : Georges et Mireille avaient procréé en 1977, et rien ne s'était passé comme ils l'espéraient. Le môme n'avait pas brillé à l'école. À peine majeur, il s'était battu à la sortie d'une boîte de nuit à Écardenville, un bled au décor de Far West planté sur la route d'Évreux. Un verre tube portant le logo Clan Campbell – ou était-ce Cutty Sark ? Georges n'en était plus sûr, mais ce détail le taquinait et il butait dessus, absurde diversion à la douleur du récit –, brisé sur un muret, avait terminé sa course au creux de la gorge du jeune homme. Jérôme était mort avant que l'ambulance arrive : personne ne s'était décidé à charger le blessé sur ses banquettes, le sang jaillissait si fortement. Georges acheva son récit la bouche ouverte, les yeux perdus dans le vague… Après tout, c'était peut-être bien un verre J&B. Pardonnez-moi, je perds la boule, conclut-il tout confus.

Entre-temps, en 1980 et 1983 étaient nés deux autres gamins, une fille et un garçon. Selon un schéma assez classique, voyant l'aîné construire consciencieusement sa funeste destinée – avertissements scolaires, vols de mobylettes, coups de feu dans la forêt pour le Nouvel An, poignets cassés sans souvenir de la nuit passée, rumeurs d'agressions sexuelles –, les puînés avaient été exemplaires. Suzanne et Jean-Christophe, le bac en poche, étaient partis pour Paris. Aux dernières nouvelles, qui n'étaient pas récentes, la fille avait fait son droit avec brio, tout en vivant de petits boulots. Quant au garçon, il avait la bougeotte. Il courait les saisons, mais ses parents ne savaient pas bien où il pouvait se trouver entre la côte l'été, la montagne l'hiver. Un bref coup de fil remontant à 2015 environ leur avait appris qu'il était à Avoriaz. Mais depuis, plus de nouvelles. Le coin les ennuie fort, conclut Mireille sans plus de ressentiment. Mais ils vont nous visiter tantôt. Oh oui, tantôt, confirma Georges. Puis c'était de nouveau le silence et la contemplation hébétée d'une photo des gosses dans un cadre décoré de tournesols en plastique, coincé entre un plat à terrine en forme de lapin et un velux aux jointures pleines de mousse.

Mireille avait travaillé toute sa vie dans des maisons de retraite. Pendant trente ans, elle y avait passé ses jours, et aussi ses nuits une fois qu'elle avait dû accepter des horaires infernaux pour maintenir le couple à flot, à la suite de l'accident de travail de Georges.

Ce dernier avait exercé en tant qu'ouvrier agricole, dans les champs de lin et de colza. Une nouvelle machine était arrivée un beau jour. Il tenta laborieusement de nous en expliquer le fonctionnement. Quoi qu'il en soit, la machine s'était grippée. Inconscient des dangers auxquels personne ne l'avait formé, Georges y était allé de ses mains nues. La machine s'était relancée, emportant avec elle le majeur et l'annulaire de sa main droite. Une main qu'il fut ravi de nous montrer pour illustrer son récit, la gueule fendue d'un sourire. Son patron l'avait pris en pitié, Georges n'avait pas cinquante ans au moment des faits, c'était impensable de le virer. Il lui avait donc assigné des tâches réalisables malgré le handicap. Avant que l'entreprise elle-même dépose le bilan.

Le mobile home de la Mussine, qui était au départ un petit coin de verdure pour leurs week-ends, était devenu leur seul foyer une fois leur T3 mal vendu, qu'ils avaient aussi mal acheté, et qui appartenait de toute façon à la banque. À l'écoute de leurs deux parcours professionnels, j'avais essayé de louer leur courage, m'appuyant sur le fait entendu qu'aujourd'hui, plus personne ne voulait faire ce genre de boulot essentiel. Ils me pénétrèrent d'un regard plein de mépris. Qu'est-ce qu'on aurait pu faire d'autre ? m'expliquèrent-ils, avant de détourner le regard de l'infinie buse que j'incarnais désormais. Mon infecte bienveillance fut terrassée par tant de lucidité. À cet instant, je cherchai des yeux s'il se trouvait quelque part un cutter pour m'inscrire le mot *connard* en travers du front. Mis à part un court voyage de noces à Ouistreham, ils n'avaient jamais pris de vacances.

Ils n'avaient cure d'internet, ne possédaient pas de smartphone, et le lien qu'ils entretenaient avec le monde extérieur passait presque exclusivement par ce qui pouvait arriver dans leur boîte aux lettres. Chaque matin depuis la Grande Démission, c'était la même déception. À son réveil vers dix heures, Georges se traînait invariablement vers ce courrier qui n'existait plus. Fini les prospectus d'outils de jardin, ceux de la foire aux vins des supermarchés, fini les gadgets et faux cadeaux sous condition de commande tels que les transistors FM « de collection » au look pseudo-rétro. Ils en demandaient peu, et voilà qu'ils étaient privés de si simples plaisirs. Nous conclûmes avec Florence qu'il nous fallait agir. C'était dans nos cordes.

Dans le mobile home voisin boudé depuis longtemps par ses propriétaires, nous n'étions pas trop mal installés. Une cuisinière raccordée à une bonbonne de gaz nous permettait de manger chaud. L'espace était fonctionnel, un coin lit, un coin cuisine, un coin cabine de douche et toilettes dont l'eau courante fonctionnait encore. Après quelques efforts, l'ensemble ressemblait finalement à ces *tiny houses* dont on avait récemment vanté les mérites comme une démarche très branchée. De génération en génération, les jeunes ménages comme le nôtre s'étaient appauvris, aidés en cela par la saine certitude d'être cool. Pour ma part, c'était vraiment flagrant. D'une lignée noble, mon grand-père paternel avait vendu le château de famille dans la Sarthe un an avant ma naissance. Je n'en avais même pas profité une seconde. Il avait ensuite dilapidé le produit de cette vente en louant pendant trente ans un splendide rez-de-chaussée avec jardin en plein Paris. À sa mort ne restait rien d'autre que quelques bustes de Louis XV et une canne-épée. Mes parents, dans la période fric des années 80, ne s'en étaient pas trop mal sortis au départ, louant une trop grande maison du côté de Ville-d'Avray… À chaque déménagement, les surfaces s'étaient rétrécies. Une fois adulte, ayant souscrit à l'arnaque des professions artistiques (après l'an 2000 c'était du suicide, il y avait bien trop de prétendants), je n'avais jamais vécu dans plus de trente mètres carrés. Or, lassés de notre appartement de Bernay, Florence et moi avions envisagé de devenir propriétaires. D'avoir un peu de jardin. Et compte tenu de nos capacités financières et des conditions du marché, la seule résidence principale que nous pouvions viser, c'était une de ces *tiny houses*, et encore, dans nos rêves les plus fous, avec le concours d'un banquier irresponsable. Et voilà qu'à la Mussine, nous avions finalement trouvé destin comparable.

Sur la petite table pliante du mobile home, à l'abri du regard de nos voisins, nous nous installâmes un petit atelier. Des ciseaux, de la colle, des bouts de carton venus de boîtes à chaussures et d'emballages alimentaires, des vieux exemplaires de *Match* par centaines, des années 70 à nos jours, trouvés dans une maison en travaux non loin de là, des *VSD* aussi, ou encore des *Point de vue – Images du monde*… Nous avions le devoir de recréer un peu de bonheur pour Georges et Mireille.

Et si la persistance du monde se résumait au contenu de leur boîte aux lettres, nous allions la remplir, ce que nous fîmes sans relâche les semaines suivantes.

Nous produisions en un jour le courrier d'une semaine, dégrafions les mensuels pour modifier la séquence des articles, découpions les gros titres pour en créer de nouveaux, apposés à d'autres séances photo. Ainsi, par exemple, un vieux dossier sur Lady Di qui disait à l'origine « Les secrets d'une princesse » était devenu « Elle est vivante… Et heureuse ! » À ma grande surprise, Georges s'était délecté de l'article, malgré quelques incohérences entre le titre, les chapeaux et le corps du texte qui racontait essentiellement, issu encore d'un autre article, un voyage avec Dodi en Namibie. Cette petite lui avait toujours plu, il était bien content de la savoir en forme.

La nuit, nous glissions dans leur boîte aux lettres tout le contenu que Georges découvrait chaque matin. Nous étions devenus les fabricants d'une actualité heureuse, racoleuse, et réécrivions le passé au présent d'une façon que nous imaginions plus à même de passionner notre public restreint. Le mur de Berlin reconstruit par le gouvernement chinois. Dossier inédit : Thomas Pesquet, gendre idéal ET premier homme sur Mars. Claire Chazal se marie sur le tard avec Michael Douglas. Christophe Dechavanne, envoyé spécial depuis Kaboul… L'article préféré de Florence, qu'elle considérait comme notre chef-d'œuvre, disait ceci : Céline Dion sans tabou : « René est mon père. Et je l'aime. » Mireille s'en était trouvée toute chose.

Puis vint le moment où Florence me suggéra d'aller plus loin dans notre œuvre de charité. Je trouvai d'abord l'idée cruelle, mais finalement irrésistible.

Ainsi, le matin suivant, Georges se leva comme à son habitude. Sur le coup de dix heures, nous l'entendîmes grogner et se cogner contre sa table de nuit. Il jura et s'habilla en heurtant tout le reste de son mobilier. Florence et moi, nous ne dormions pas, nous les espionnions derrière les voilages. Il salua Mireille qui buvait son Nescafé sur la terrasse. Même si elle se levait toujours en premier, jamais elle ne se rendait à la boîte aux lettres, elle laissait ce plaisir à Georges, c'était comme ça. De là où nous étions, nous ne voyions pas la terrasse, nous nous contentions d'écouter. Georges arriva dans notre champ de vision. Dans sa main droite tremblotait la clé à chaque pas sur sa droite, le côté de sa hanche abîmée. La petite porte en métal grinça, et le voilà de retour, il n'y avait pas grand-chose ce jour-là, à part cette carte postale qu'il n'arrivait pas à déchiffrer sans ses lunettes. Il disparut derrière la cloison qui nous barrait la vue. Le couple marmonna. La chaise de Mireille couina. Nous ouvrîmes la fenêtre pour ne rien rater, et tendîmes l'oreille. C'est Suzanne, s'exclama Mireille, la voix pleine de trémolos. Lui ne réalisait pas. Comment ça, c'est Suzanne, où ça ? La carte, imbécile, c'est une carte de Suzanne, elle est à Moscou. Une exclamation indescriptible resta en travers de la gorge du vieil homme. Qu'est-ce que Suzanne fout à Moscou ? Et Mireille se mit à lire.

Mes petits parents. Ça fait trop longtemps que je ne

vous ai pas donné de nouvelles. Je suis désolée, la vie va si vite. Vous me pardonnez, j'espère. Mon travail me prend un temps fou, et je fais tout pour que vous soyez fiers de moi. (Mireille se rassit, marquant une pause pour éviter de pleurer.) Mon cabinet m'a envoyée un peu partout dans le monde, à Londres, à Tokyo, à Chicago. Je fais de la fusion-acquisition, c'est quand des grosses entreprises rachètent des grosses entreprises. Et me voilà en Russie ! J'ai rencontré un garçon charmant, il s'appelle Yuri. Il est très riche et travaille chez Gazprom.

Si je vous écris (et là, j'avais dit à Florence qu'elle allait trop loin, mais elle ne m'avait pas écouté), c'est pour vous annoncer que je suis enceinte – un petit dessin de cœur – encore quelques mois et je saute dans un avion pour venir vous voir. Vous allez adorer Yuri. Je vous aime très fort, vous me manquez terriblement. Votre petite Suzanne. P.-S. : Jean-Christophe va bien ! J'ai eu de ses nouvelles l'autre jour, il vous écrit bientôt.

Ils étaient heureux et pendant vingt-quatre heures au moins ils n'eurent mal nulle part. Georges me proposa qu'on s'occupe du jardin. Toute la journée nous tirâmes les mauvaises herbes qui se nichaient partout. Des massifs d'hortensias se révélèrent à nous. Il m'apprit à tailler les haies en lignes bien droites. Les bras douloureux, le soir, ému aux larmes par le spectacle du résultat, j'entrevis – c'était nouveau – la possibilité du bonheur.

15

La vie avait trouvé une douceur toute particulière. Combien de temps s'écoula selon ces rituels ? Je ne saurais le dire exactement. C'était donc ça, me disais-je, abasourdi par tant de perspectives oubliées. Mireille et Georges n'étaient rien d'autre qu'une version de nous au futur. À tel point que Florence, un jour, me soutira cet étrange engagement : promets-moi qu'on finira *comme eux*. Ensemble quoi qu'il arrive, voulait-elle dire, j'imagine.

Pour occuper de longs après-midi oisifs, nous jouions à des jeux de plateau dont il manquait toujours la moitié des pièces, ce qui occasionnait des parties hachées. La Bonne Paye m'avait beaucoup fait rire enfant, mais passé l'âge de huit ans, il faut bien avouer que le principe était terriblement redondant.

J'éprouvais davantage de plaisir à me mettre aux canevas dont les placards en lambris coulissants de Mireille regorgeaient. Une telle collection n'était qu'à moitié de son fait, il s'agissait essentiellement de cadeaux associés à des achats par correspondance. Elle en avait une bonne cinquantaine : fleurs, chevaux, chatons, chalets, chiots, encore des fleurs, parfois un animal sauvage, un paon faisant la roue – les sujets semblaient aussi obligés que dans un salon officiel de peinture du XIXe siècle : il n'y avait jamais d'être humain dans ces images, ni d'inventions modernes telles qu'une voiture, un téléphone, tout ce qui nécessite de l'électricité pour fonctionner. Le monde des canevas n'est que tournesols, bêtes heureuses et cours d'eau bleu ciel, la présence de l'homme réduite à quelques traces de son œuvre : un vieil enclos de bois, voire un phare qu'on imagine abandonné, fiché sur des rochers dans le soleil du soir.

Chaque canevas, à sa manière, exprimait l'irréel dans lequel nous nous complaisions à la Mussine. La fin de la société civilisée avait bien eu lieu. Nous en avions été les témoins. Mais repliés ici, nous étions parvenus à oublier un peu tout ça.

Par une journée grise et lourde, c'était justement à l'une de ces images que je travaillais lorsque nous perçûmes au loin le ronronnement de moteurs qui approchaient. Le canevas en question représentait un chaton jouant avec une pelote de laine, sur un gazon. La ligne d'horizon à sa droite accueillait la silhouette lointaine d'un village avec son clocher et ses arbres, au-dessus desquels je m'évertuais à faire s'élever un nuage. J'étais très concentré sur le rendu, point par point, des volutes grises. C'était comme si les jours précédents m'avaient anesthésié du souvenir des dangers affrontés ou à venir.

Deux individus empruntèrent l'unique route qui traversait le village de loisirs, roulant très lentement, perchés en danseuse sur leurs motocross pour porter leurs regards au-dessus des haies de thuyas si soigneusement nivelées. Il était impossible de voir leurs visages, dissimulés sous des cache-nez anti-poussière. Leurs regards n'étaient pas plus visibles derrière leurs lunettes de moto, insondables miroirs aux reflets d'essence. L'un d'eux était torse nu et portait les marques de plaies en lignes fines formant des croisillons, comme les dos des suppliciés sur les galères dans un péplum. L'autre était attifé d'une robe de vieille dame sous laquelle on voyait saillir une sorte de plastron thoracique surmonté d'épaulettes larges et pointues.

Ils passèrent à notre niveau et nous observèrent avec insistance. Ils ne mirent pas pied à terre. Les deux faces anonymes étaient braquées sur notre petit groupe, glaçant l'ambiance d'un après-midi jusqu'alors assez paisible. Ils ne prononcèrent pas un mot, mais nous saluèrent au moyen des gaz de leurs engins débrayés. Ils firent quelques allers-retours, échangeant entre eux le reflet du monde sur leurs masques.

Les jeunes, souffla Mireille en levant les yeux au ciel. Et malgré la distance qui nous séparait d'eux, je fus saisi par la certitude que Florence était leur unique préoccupation. Le hasard voulut aussi que Georges ait choisi ce moment pour huiler sa tronçonneuse – il se consacrait depuis peu totalement aux travaux de jardin et possédait bien des outils dont il ne s'était jamais vraiment servi. Le vieil homme adopta involontairement une posture menaçante, du moins défensive, en se tournant vers la route son engin en main. Son corps représentait une masse conséquente, et avec une tronçonneuse en main, il faisait un effet certain. Les intrus firent encore quelques voltes, examinèrent les alentours, balayèrent du regard les entrées et les issues du petit vallon, puis les deux véhicules accélérèrent pour disparaître derrière le premier virage, repartant d'où ils venaient. Nous avions sans doute affaire à des éclaireurs. Je devinai qu'ils reviendraient bientôt en plus vaste compagnie pour s'occuper de nous, et plus particulièrement de Florence vers laquelle s'étaient tournés leurs derniers regards vides.

Nous n'essayâmes même pas de convaincre Mireille et Georges du chaos qui avait cours hors de la Mussine. Qu'il n'y avait plus de facteurs, plus de Lidl, seulement des gens qui s'arrogeaient le droit de faire tout ce qui leur passait par la tête. Nous avions bien envisagé de tout leur dire. C'était tout bonnement impossible. Il y avait tant à avouer, ils nous auraient demandé de recommencer tant de fois.

Il faisait jour, nous devions être mobiles, agiles et réactifs. Divaguer au gré des humeurs de Mathias n'était pas une option. Aussi nous le récupérâmes en pleine sieste sous les sapins et le fîmes rentrer dans sa caisse au prix d'âpres négociations. Le fauve avait goûté à la pleine liberté et n'entendait plus se soumettre à une quelconque régression de ses droits. Putain de syndicaliste, persifla Florence alors qu'il s'était permis de lui écorcher les avant-bras pendant que nous peinions à refermer la grille de la caisse qui puait le chien mouillé. Nous quittâmes le vieux couple comme des voleurs, promettant notre retour. Ces adieux furent sinistres : nous ne pûmes faire autrement que de nous enfoncer dans le mensonge. Nous nous fîmes l'impression de salauds abandonnant leur animal domestique sur la route des vacances. Mireille insista pour nous fournir de quoi manger, et sachant qu'ils étaient condamnés, nous acceptâmes ces dons qui complétaient ce que nous avions déjà volé dans leurs placards. Une demi-heure à peine après le passage des motards, nous sortions de la Mussine et quittions la route pour couper par les bois. Et déjà les moteurs s'approchaient. Un essaim d'oiseaux s'envola de la cime des arbres, claquant comme la foule qui tape des pieds dans le stade, impatiente que le spectacle commence.

16

Ce premier jour, à fuir les aboiements, les cris des rabatteurs, les rugissements de moteurs, toute cette rumeur de la horde qui nous cherchait comme dans une chasse à courre, nous empruntâmes n'importe quelle direction, pourvu qu'elle nous éloigne de la menace et de son grondement. La géographie était notre seule chance de nous en sortir. Lorsque nous pointâmes le bout du nez à l'orée d'un bois, la plaine hostile nous fit rebrousser chemin. S'inspirant de Rambo et d'autres héros traqués, nous suivîmes le moindre cours d'eau que nous croisâmes, pataugeant à hauteur de genou dans des rivières dont nous ne connaissions pas le nom, afin de tromper l'odorat des chiens. Nous faisions peut-être route vers Évreux, Dreux, ou pire, Paris…

La plupart du temps, nous traversions des sous-bois mal entretenus pleins de ronces, ou alors nous rampions dans des champs que personne ne moissonnait plus. Les moustiques et les araignées nous bouffaient le front, les bras, le ventre, les parties génitales. Et pour couronner le tout, Mathias était fou de rage. Ballotté en tous sens, il ne cessait de cracher et de s'attaquer aux parois en plastique de sa boîte avec ses griffes acérées : c'était pire que de la craie sur un tableau noir.

La nuit nous trouvions refuge dans des tas de purin, des excavations malsaines, des culs de basse-fosse au bout de chemins qui ne menaient nulle part. Dans les sous-bois, parfois nous découvrions des charniers de gendarmes ou de gitans, et nous volions à leurs côtés quelques instants de sommeil. Le jour, dans les rais de lumière qui perçaient à travers les arbres dansaient des paquets de moucherons, toujours plus énormes et malsains. Et la nuit, ne sachant pas lire les étoiles – je ne connais que la Grande Ourse comme à peu près tout le monde –, nous étions totalement perdus.

Soudain nous entrâmes dans le bocage. Mais lequel exactement ? Nous pouvions aussi bien nous trouver en direction de l'Orne plus au sud, ou du pays d'Auge en bordure de la Côte Fleurie. Alors que le soleil descendait doucement sur notre droite nous traversâmes un bois relativement dégagé nous laissant voir la ravissante vallée qui s'ouvrait derrière la lisière, et qui se déroulait en courbe vers le sud-ouest. Derrière nous, les chiens nous suivaient à la trace, ça criait dans tous les sens.

Tel un rétroviseur qui grossit les véhicules dans notre dos, mon ouïe ne cessait de m'indiquer l'imminence de la morsure d'un chien sur mes talons. Et les rares fois où j'osais me retourner, je ne voyais toujours rien, sinon quelques altérations des rayons rasants du soir entre les ormes et les bouleaux. C'est alors que nous atteignîmes une lisière. À nos pieds coulaient de longues parcelles plantées de pommiers à cidre. (Ceux-ci étaient parsemés de fleurs blanches, lumineuses dans l'horreur du crépuscule de notre errance : la vie se terminait là, j'en eus la conviction, au milieu de toute cette beauté obscène.) Les aboiements résonnaient tout autour de nous, comme de part et d'autre d'un cirque de montagne. Et notre seule option, c'était de courir à travers champs, en ligne droite. Deux lapins égarés sur la plaine de Waterloo.

Florence me devança car j'étais ralenti par Mathias que je portais à deux bras, la caisse collée contre ma poitrine. Le champ de pommiers était profondément bosselé, l'herbe y poussait dru et assez haut. Plusieurs fois je manquai de trébucher et par miracle, je parvins à rester sur mes deux pieds, évitant l'entorse fatale. Mon pantalon tombait sur le haut de mes cuisses, si bien que je dus écarter les jambes au maximum. En résultait une course disgracieuse qui devait faire peine à voir.

Je me retournai une fois encore, et pour la première fois je les vis. Une dizaine d'hommes, la poitrine barrée de longs fusils de chasse, levant haut les genoux, tiraient des chiens en laisse. Nous n'avions aucune chance. Toutefois, aucun d'eux ne tira, sûrement parce que je m'appliquai à coller au train de Florence pour la placer dans une ligne de mire voisine de la mienne. Les larmes glacées qui inondaient mon visage ainsi que mon corps parcouru d'une infecte adrénaline me rappelèrent ces cross cauchemardesques auxquels j'étais obligé de participer chaque année à l'école primaire, dans la forêt de Fausses-Reposes – les professeurs à l'unisson nous gueulaient dessus si on ralentissait le pas ou si, frappés par un point de côté, on osait s'arrêter… Dans les derniers instants d'une vie, on ne contrôle pas ses pensées, et dans mon cas, c'est ce souvenir ridicule qui me traversa.

Soudain, après une courte clairière, alors que le terrain remontait légèrement vers l'autre versant de l'étroite vallée, les fruitiers firent place à une nouvelle rangée d'arbres. Ils étaient bien étranges, ornés d'animaux morts dont les cadavres s'entortillaient aux troncs et aux branches. Je poursuivis ma course sans m'y arrêter. Un chevreuil levé dans le bois comme nous l'avions été me doubla à toute vitesse, porté par la grâce, bondissant à droite et à gauche à chaque foulée comme pour se moquer de moi.

Je fis encore quelques foulées avant de perdre la vue, ébloui par mille points lumineux. L'épuisement, les larmes et la sueur, le ventre vide, m'interdirent de faire un pas de plus. Je tombai au sol en veillant dans mon dernier geste à poser délicatement la caisse de Mathias, et je me recroquevillai pour attendre les coups…

Mais rien ne vint. L'espace tout autour de moi resta vide, inaltéré. Aucune vibration de l'air ou du sol. Et je réalisai que la rumeur de la horde se stabilisait à distance, comme un fond sonore irréel. Je rouvris les yeux, d'abord par quelques clignements prudents. Dans mon champ de vision s'agitaient quelques pâquerettes bercées par une brise légère. Et quelqu'un me toucha l'épaule. Je sursautai et poussai un cri. C'était Florence qui me caressait d'une main comme on console un chien battu, le regard fixé sur l'autre versant et traversé d'une intense réflexion. Relève-toi, relève-toi, dit-elle de la curieuse voix d'une autre. Je parvins à m'asseoir dans l'herbe, tremblant, et ce que je vis me parut parfaitement insensé. Tous ces types s'étaient arrêtés à quelques mètres de là, avec une improbable discipline. Une mystérieuse règle du jeu les empêchait d'avancer plus loin. Mathias poussa un miaulement presque inaudible. Je croisai son regard qui trahissait toute son incrédulité. Nous restâmes figés et hagards dans ce drôle de face-à-face, et la nuit tomba d'un coup. La bande de cinglés à nos trousses disparut. Nous mourions de faim et de soif. Mais nous étions indemnes.

La raison de ce miracle nous apparut lorsque nous descendîmes la pente pour décrocher quelques pommes à cidre des pommiers que nous avions dépassés (les fruits n'étaient pas mûrs, mais c'était un trésor), et alors nous pûmes nous attarder sur les étranges arbres aperçus dans notre course-poursuite. Là, dans le creux du vallon, une bonne cinquantaine de calvaires avaient été très récemment montés et fichés dans la terre, formant une ligne parfaite. Mais aucun christ sculpté n'était ici fixé, c'étaient de vrais corps crucifiés, dont l'état global laissait quand même deviner de nombreuses tortures préalables. Il y avait des femmes, des enfants, des hommes de différents âges, des gros, des types en costume, des paysans, il y avait de tout. C'était une frontière. La frontière d'un nouveau monde dont Florence et moi n'avions pas encore idée, alors que l'air de la nuit noire glaçait nos corps trempés de transpiration.

Nous nous dissimulâmes dans la première parcelle de forêt venue. Nous nourrîmes Mathias et nous-mêmes d'une boîte de thon et d'un fond de Cristaline. Nous chuchotions, comme nous allions chuchoter pendant les semaines et les mois à venir. À compter de ce jour, nous acquîmes le réflexe de nous dissimuler au monde entier, d'effacer nos traces, de tout faire en silence, l'oreille toujours bien tendue au plus loin. Pour survivre, il nous fallait faire les morts parmi les vivants.

17

Un chant, gracieux et brutal, me réveilla en sursaut. Un chant que je reconnus immédiatement comme étant l'appel du muezzin. Je n'avais dormi que quelques heures, semblait-il, mais je me sentais bien ce matin-là. Ce sommeil profond était le premier depuis des siècles qui en réalité n'étaient que quelques jours de fuite à un rythme soutenu. La peur, c'est épuisant.

Ce chant porté par l'aube pâle et à peine bleutée, comme une veine apparente, me rappella immédiatement un séjour au Maroc alors que je n'avais que dix-huit ans, quand tout ce monde devait encore tourner à peu près rond, puisque des gens prenaient des avions pour profiter de ce qu'on appelait des vacances. Mais à l'époque, tout ça me paraissait déjà dénué de sens, à cause du suicide de mon père qui nous avait pris de court alors qu'il était absolument prévisible. Ce printemps à Marrakech, mes insouciants copains de lycée et moi-même – seul au milieu du groupe – fumions des joints des nuits entières sur le toit d'un riad qui surplombait la vieille ville, et le chant matinal du muezzin nous invitait à une ivresse toute mystique. Dans le parfum de fleur d'oranger des matins marocains, mon père, qui était né en ces terres, y disparaissait à nouveau, mais cette fois tout en douceur. Au loin, comme l'écran d'un fantastique drive-in, la façade des montagnes de l'Atlas nous révélait en avant-première l'onde orangée du levant qui frappait sa pierre lunaire et ses neiges éternelles.

Mais ce jour-là en Normandie, c'était différent. Tout était plus sombre dans ce bois. Et résolument réel. La mousse sur laquelle nous nous étions étendus était humide, glaciale, et elle dégageait une odeur infecte, la nôtre. Le muezzin, sorti de nulle part, produisait son chant que les hésitations d'une légère brise modulaient à l'envi. C'était une mélodie très élégante, aux accents mélancoliques, mais jamais tire-larmes : en quelques mots c'était de la poésie, de l'émotion pure, même si je ne comprenais pas un traître mot de cette dévote ballade. Florence dormait, imperturbable. C'était un de ses super-pouvoirs, et même la fin d'un monde ne put le lui enlever. Voir Florence dormir la bouche ouverte, étendue sur le dos les bras en croix comme une amante qui s'abandonne, c'était comme apercevoir une petite île de bonheur pour le naufragé que j'étais depuis toujours.

Mathias n'était plus dans sa caisse où je l'avais vu s'endormir bien sagement. Il devait être en chasse quelque part, remuant son petit cul, planté devant la sortie d'une galerie de quelque rongeur. Lui au moins s'amusait de ces événements, capable d'oublier si vite toutes les misères. Une plage de silence se faufila, puis un nouveau couplet du muezzin retentit. Et tandis que je zigzaguais dans sa direction – le chant magnétique m'attire comme celui des sirènes, celles de la civilisation –, je perçus alors toute sa clarté amplifiée par une installation très professionnelle. C'était du son Dolby HD, ça ne faisait aucun doute.

Mon avancée dans ce sous-bois perché sur la colline me donna petit à petit à entendre un concert plus riche, plus complexe. Le rougeoiement des flammes me guida également, et j'atteignis les abords d'une ville moyenne que je contemplai depuis le surplomb où je me trouvais. Mes premières pensées penchèrent vers Évreux, mais je n'en étais vraiment pas sûr. Était-ce possible que nous ayons parcouru autant de distance ? C'était peu probable. Puis à mesure que le ciel s'éclaircissait, la silhouette massive d'un grand édifice religieux me confirma qu'il s'agissait de Lisieux. Elle ne m'avait jamais particulièrement emballé, cette basilique de Lisieux, érigée dans un style semblable au Sacré-Cœur de Montmartre, et qui ressemble si j'ose dire à un gros étouffe-chrétien, rempli d'une crème insipide et extravagante. Des flancs de collines découpaient le panorama, des hauteurs sur lesquelles s'élevaient çà et là quelques grands ensembles. Plus loin, à mesure que les brumes matinales se dissipaient, un petit bout de centre-ville fit son apparition.

Nous avions tellement vu ce genre de tableaux post-apocalyptiques au travers d'écrans, que ce matin-là j'observais la scène comme si je me retrouvais face à un diorama sophistiqué : un chaos sous cloche, aussi factice que réaliste, photogénique, soigneusement élaboré par des maquettistes. Mais à la différence d'un diorama, forcément muet, et compte tenu de la distance qui me séparait des choses, c'est le son qui m'impressionna en premier lieu.

Des tirs réguliers d'armes lourdes claquaient et résonnaient. Dans le lointain, des hommes hurlaient comme des enfants. D'autres éclats de voix se mêlaient aux crissements de pneus. Partout se jouaient d'invisibles drames. Des trajectoires illisibles se dessinaient dans le dédale d'un centre-ville presque entièrement en décombre, rougeoyant comme les braises d'un feu de la veille.

Dans les barres d'immeubles des quartiers en périphérie, intacts, un grand nombre de lumières étaient allumées aux fenêtres. On y avait donc maintenu, ou déjà rétabli, l'électricité. Et partout ou presque on y voyait des silhouettes, penchées sur la ville comme les spectateurs d'une grande fête populaire. Dans tout ce bordel, qui semblait paradoxalement très bien organisé, le muezzin poursuivait son office envoûtant. Il y avait des rires aussi. On hurlait joyeusement de part et d'autre, comme la rumeur d'un bal qui nous serait parvenue d'un village voisin.

La brume matinale qui stagnait dans la cuvette de Lisieux troublait la vision tel un sublime sfumato. L'onde humide à demi translucide adoucissait tous les détails. Et malgré le soleil qui se levait, et la chaleur qu'il nous apportait déjà, le brouillard lisse comme une mer se nourrissait des milliers de fumerolles s'échappant du centre-ville. Combien de temps restai-je fasciné par la vue ? Il m'est impossible de le dire, car j'étais redevenu un enfant à qui l'on vient de mettre des lunettes 3D pour la toute première fois. Les formes irréelles se détachaient les unes des autres, ordonnées pour défier toute logique des sens et de l'entendement, des hologrammes vastes comme l'univers, un trompe-l'œil fantastique venu du futur.

Il faisait plus clair maintenant, si clair que je réalisai que j'étais à découvert, quelques mètres à peine en surplomb de la rocade qui contournait la ville, un axe que je reconnus sans difficulté pour l'avoir emprunté de nombreuses fois, comme ce véhicule que j'entendis approcher. Je m'accroupis juste à temps et observai à travers les feuillages qui me dissimulaient un véhicule de type pick-up, un Dodge RAM flambant neuf, le genre de truc très américain que les artisans les plus fortunés adoraient s'offrir depuis peu. Le pick-up avança doucement sur le ruban d'asphalte désert. Sur le plateau arrière se tenaient debout quatre hommes armés et silencieux. D'une main ils se cramponnaient aux montants prévus à cet effet et de l'autre dirigeaient leurs canons vers le ciel. Le menton porté haut, ces hommes en blanc de fière allure patrouillaient, la mine alerte, assurés de leur puissance confortable. On les sentait vraiment épanouis, entièrement dévoués à leur mission de maintien de l'ordre.

Je sais bien que *vous* qui m'obligez à écrire chaque jour, vous attendez plus que toute autre chose que je vous confesse ce que j'ai vécu à Lisieux, quelles informations précieuses je peux vous donner sur leurs ressources réelles, leur organisation, leur arsenal, leurs projets, etc. Vous pensez que je peux vous aider car, c'est vrai et je vous l'ai avoué tout de suite, j'ai occupé au califat d'assez hautes fonctions. Mais vous devrez patienter un peu. Car ce n'est pas ce matin-là que je les ai rejoints. Non, cela ne s'est pas passé comme ça. Et si j'étais vous, je craindrais encore davantage l'ensemble vide, que vous prenez ici pour un mythe, un croque-mitaine que j'ai inventé pour vous détourner de ce que vous considérez comme le véritable ennemi.

18

Je laissai donc le Dodge RAM filer sous mes yeux, et bientôt il disparut dans la pente raide qui formait un grand virage contournant la ville.

Je frôlai la crise cardiaque quand une présence se frotta contre ma cuisse. Mathias déposa un mulot à peine mâchouillé à mes pieds. Il se tortillait sur le dos et plantait ses griffes dans la toile de mon jean, un modèle de la marque Rica Lewis que j'avais hérité du probablement regretté Georges. Les griffes pénétrèrent ma chair sans mauvaise intention, c'était un geste affectueux et je ressentis la douleur envoyée par une couche profonde de mon épiderme dont je n'avais jamais fait l'expérience. J'avais déjà perdu beaucoup de poids et, lentement mais sûrement, l'expression *la peau sur les os* commençait à bien me décrire.

Quelques rafales détonnèrent. Incommodé, Mathias bondit sur ses pattes et fit quelques foulées en retrait dans le bois, la queue basse. Il se mit à l'abri et aussitôt se retourna pour m'inviter à faire de même.

Les cuisses tétanisées, je dus m'aider du tronc de

l'arbre le plus proche pour parvenir à me relever. Ce faisant, mes doigts rencontrèrent un relief bien particulier dans l'écorce. Une fois debout je découvris un signe étrange, gravé à hauteur d'yeux, qu'on avait creusé sur ce tronc avec une étonnante précision géométrique. Un symbole que je reproduis ici : Ø

Le cercle, qui pouvait aussi bien former un « O » qu'un zéro, était assez parfait. Et le segment oblique l'était tout autant, traversant le cercle en son milieu et le dépassant de part et d'autre de manière équidistante. Pour un ancien graphiste comme moi, même complètement raté, les signes, logos, symboles, c'était un langage connu. Et pourtant, à ce moment-là, je ne parvins pas encore à identifier celui-ci, ce que je conçus comme une grave faute professionnelle. C'était peut-être un simple caractère typographique du genre norvégien, suédois ; scandinave, quoi. Mais alors que faisait-il ainsi isolé ? N'étant pas vraiment calé en ce domaine, je n'explorai pas tout de suite l'option d'un symbole mathématique. C'était pourtant, comme j'allais l'apprendre plus tard, bien de ça qu'il s'agissait.

Pour une raison que je ne saurais éclaircir, j'eus la conviction que c'était un signe autonome, dont la puissance symbolique méritait tout le soin employé par son auteur pour le graver ici. Soudain, je fus pris d'une peur panique, inexplicable, convaincu que ce « O » transpercé annonçait d'inimaginables douleurs. Une apocalypse dans l'apocalypse. Un démon guidant les foules vers les falaises. Alors je cherchai d'autres traces de présence. Et mes yeux tombèrent au sol sur des empreintes fraîches, de forme humaine, traces de godillots à talons, intégralement cloutés, ayant marqué la terre aussi profondément que des griffes d'alpinistes. Moi, je chausse déjà du 45. Et en comparant la taille de mes pieds aux empreintes, ces dernières dépassaient de beaucoup. Une force noire venait de prendre possession de l'air et des atomes. Et le monde entier devint lourd d'une menace nouvelle, d'un mal inconcevable.

19

J'ai bien conscience que vous, ici, ne prenez pas l'ensemble vide au sérieux. Mais je ne suis pas le seul à vous en parler. D'autres détenus ont constaté son existence, ou du moins les traces du passage de ses membres, je le sais, ils me l'ont dit. Il y a aussi ce type, un de mes voisins de cellule, qui ne cesse de gratter ce symbole dans le ciment du mur au-dessus de sa tête.

Je tente régulièrement de le faire parler, car moi aussi, j'aimerais avoir des réponses, je veux savoir qui ils sont, et ce qu'ils veulent. Ainsi, c'est quand le pauvre homme semble ouvert à quelques rêveries, un sourire étrange accroché aux lèvres, que j'essaie d'établir le contact. D'abord il m'écoute, l'air idiot, absent de son propre corps. Mais dès que je prononce les deux mots fatidiques, le type se recroqueville comme une huître aspergée de citron, les coins de sa bouche dégoulinent et il me fixe comme si j'étais transparent. À cet instant, j'ai l'impression qu'il se rappelle à sa propre existence, ce qui semble lui causer une indicible souffrance.

Aujourd'hui, j'ai retenté le coup, et j'ai l'impression

de progresser un peu. Comme à son habitude, l'homme s'est abîmé en lui-même. Ses yeux sont telle la surface d'un calme lac de métal sombre comme un canon de fusil, abritant sous sa surface le réveil de monstres éteints depuis la nuit des temps. Puis il s'est mis à rire en répétant : Il va venir, oh oui. Ils l'ont bâillonné – par le nez, il riait toujours – et compte tenu de l'état dans lequel cela l'a mis, je suis désormais interdit de lui adresser la parole, sous peine de me voir puni moi aussi.

20

Coincés entre le marteau et l'enclume, Florence et moi avions pris la tangente. Le terrain dans lequel nous évoluâmes était propice à la discrétion : la campagne au nord de Lisieux se divise en une succession de plis de terrain qui se rejoignent comme les nervures d'une feuille vers la vallée de la Touques, plus large et plus habitée, avec son fond plat propre à accueillir des villes conséquentes. Ces vallons sinueux sont jalonnés de discrets villages et de belles demeures isolées. Les rivières qui les creusent prennent leur source dans les plaines au nord-ouest, puis ils s'écoulent jusqu'au fleuve normand qui lui-même file jusqu'à la mer en coupant le pays d'Auge. C'est ainsi que nous commîmes l'erreur de pousser plus au nord. Mais je prends de l'avance sur ma connaissance du territoire, telle que j'allais l'acquérir grâce à Louis, le fils que la fin du monde me donna, dont je vous parlerai plus tard.

Nous devions être quelque part en juin car les premières fleurs du printemps étaient déjà toutes flétries ; la chaleur plus sérieuse désormais. Dans le ciel, des nuées de corbeaux toujours plus épaisses nous indiquaient les villages et les petits bourgs à éviter : là où les volatiles faisaient banquet d'une population de Français en grève éternelle.

D'un œil assuré, les corbeaux nous observaient comme de potentiels nouveaux plats au festin déjà en cours. Florence jouait l'amoureuse des bêtes. Petit petit petit, leur chantait-elle, les amadouant d'une main tendue pour leur offrir d'imaginaires bouts de pain. Et quand elle s'en était suffisamment approchée, elle déclenchait l'un de ses fameux *low kicks* ultra-violents dont elle avait la science. Les corbeaux avaient acquis une telle confiance en eux que bien souvent elle réussissait son coup. Certains ne s'en relevaient pas, atomisés par le choc. D'autres, plus robustes, roulaient sur eux-mêmes comme une vieille bouillotte et parvenaient à se remettre sur leurs pattes. Florence les persécutait alors à coups de *mawashi geri* – un coup de pied haut et circulaire grâce auquel elle les ramenait sans arrêt sur le sol, s'amusant à les laisser retenter leur chance, et ainsi de suite. (Lorsqu'elle s'exerçait à ses katas, elle aimait ce geste m'avait-elle souvent précisé, et c'est vrai qu'elle l'avait intégré comme une seconde nature.) Mais cesse donc de les énerver, intimais-je à Florence, nous imaginant bientôt poursuivis par des centaines de corbeaux et craignant qu'ils aient été capables de se passer le mot.

Nous étions donc en juin… Quelque part en Normandie, aux alentours de Lisieux. Nous suivîmes la frontière faite de petits Français crucifiés et lorsque celle-ci entama une courbe, nous continuâmes tout droit, au petit bonheur la chance, si l'expression tenait toujours. Car l'heure n'était définitivement plus à la fête.

Les champs brûlaient. Jour et nuit la cendre tombait du ciel. Et partout dans l'ombre humide s'agitaient des spectres hilares qui nous signalaient leur présence par des rires gras. Ils trimballaient des torches, et sous les lumières virevoltantes des flammes apparaissaient des masques : sacs en kraft Gifi avec deux trous pour les yeux, copies crasseuses de chapeaux à pointe style KKK, faces de pirates grimaçantes, loups, girafes en plastique thermoformées pour enfants, la gueule dégoulinante du tueur dans *Scream* ; et ceux qui ne portaient rien sur le visage étaient bien les plus effrayants.

Au centre des clairières, on allumait de grands feux. Autour on tirait en l'air, on chantait faux, et de ces regroupements non recommandables jaillissaient des phrases, un sabir, craché dans la nuit rouge et enfumée.

C'est très logiquement qu'avec Florence – car une fois de plus il nous fallait nommer les choses – nous baptisâmes Schlagistan ces terres désolées. Sans que ce soit notre volonté, nous nous étions manifestement rapprochés d'un traquenard périurbain. Il nous fallait au plus vite retrouver des zones dépeuplées, sans quoi nous serions prochainement les captifs de ces hordes insensibles à toute syntaxe et aux règles les plus élémentaires de l'art de vivre.

Comme nous avions lu ce bouquin intitulé *La Route*, qui raconte justement l'errance d'un père et de son fils en des temps qui ressemblaient aux nôtres, nous nous rappelions sa morale finale : pour survivre, il fallait s'en écarter, de cette route. Or les panneaux indicateurs étaient tous barbouillés à la bombe de peinture noire. Sur certains d'entre eux, de nouvelles directions avaient été taguées en lettres blanches. À droite : LA MORT. À gauche : LA MORT. Tout droit : LA MORT. Et parfois, on découvrait d'improbables indications telles que SUPERMARCHER, HOPITALE GRATUIT, CIGARETE PAS CHER... Les Schlags avaient manifestement un certain sens de l'humour. Les noms des villes typiques de Normandie étaient aussi tous modifiés sur les panneaux ceints d'un cadre rouge. Nous contournâmes ces nouvelles localités sans jamais y entrer : TERREURVILLE, GROSSEPUTEVILLE, ENFERVILLE, MALADVILLE, VIOLEURVILLE... Et la plus accueillante de toutes : PLUSRIENVILLE.

Aussi, nous tombâmes non sans émotion sur de nouveaux panneaux installés avec plus de soin au bord des petites routes, là où des chemins de terre filaient dans les bois vers ce qui devait être des hameaux ou des propriétés privées. Sur ceux-ci, on lisait REFUGE SÉCURISÉ – TOUT LE MONDE BIENVENU. Ou encore : LA COMMUNAUTÉ DES FLEURS – À 500 M – NOUS AVONS À MANGER ! Et les typographies évoquaient ces signalétiques en bois conçues par des enfants à l'occasion de kermesses inoffensives. Il y avait même des dessins de marguerites, des zozios ou des soleils tout sourire qui faisaient un clin d'œil. Allez imaginer ce qui vous attendait dans ces endroits. On devait sûrement s'y faire cueillir par une dame aux cheveux gris avec des yeux mouillés, flanquée de quelques gamins pour désarmer toute méfiance. Et selon toute logique, on y finissait égorgé sur la grille d'un barbecue géant.

Dans ces conditions, trouver de la nourriture devint très difficile. Nous nous jetions sur les minuscules groseilles encore vertes. Parfois nous trouvions des oiseaux ou des renards à demi dévorés par ce que nous imaginions être des bêtes sauvages échappées du parc zoologique du Cerza. Allumer un feu pour cuire ce qu'il en restait, ç'aurait été impensable. Alors tout ça était mâchouillé cru. Les malaises et les coliques devinrent récurrents. Nous empruntions les parties de forêts et de sous-bois les plus denses et progressions dans des méandres de ronces, d'orties et de liserons collants. Chaque halte sonnait l'heure de l'épouillage mutuel que nous nous prodiguions, retirant sans outil adéquat les tiques qui partout s'accrochaient à notre épiderme. D'expérience nous apprîmes à les laisser grossir quelques jours pour que l'opération de retrait soit possible. Les spécimens les plus récents étaient trop compliqués à saisir et à faire tourner. Les plaies minuscules s'infectaient et dégénéraient en plaques rouges. Il fallait attendre et laisser prospérer le parasite pour s'en débarrasser.

Quand ils n'étaient pas brûlés, des hectares entiers de blé, de colza et de lin pourrissaient sur pied dans les plaines alentour. Et quand le vent soufflait de l'est, sur la campagne régnait une odeur de putréfaction quasi permanente. Seul Mathias semblait s'accommoder de la situation. L'eau croupie des flaques ne lui causait aucun désagrément, c'était même *sa came.* Il se régalait de sauterelles et de rongeurs dont il déposait chaque matin ou presque un exemplaire à nos pieds.

Florence qui auparavant n'était pas grosse, pour ne pas dire qu'elle était maigre comme un clou, avait au terme de ces semaines perdu le peu de superflu qui recouvrait son corps. Je voyais ses genoux dépasser à droite et à gauche, et plus haut ses hanches tiraient la peau comme celle d'un tambour. Pourtant, chaque jour Florence pratiquait ses katas de close-combat et envoyait valser quelques coups de pied à hauteur de visage. Ensuite elle se plaçait face à un tronc et entamait ses gammes de coups de poing. Tout ça au ralenti car sinon la tête lui tournait immanquablement. Sa silhouette évoquait celle d'un petit bonhomme qu'on aurait fabriqué en piquant des mikados sur une cuillère en plastique jetable. Mais, chose impensable, jamais Florence ne se plaignit de notre situation, toute portée sur les choix et les arbitrages qui meublaient nos journées chaotiques. Il ne se passait pas une heure sans que nous ayons à choisir, sans beaucoup d'informations à notre disposition, quelle route prendre, quelle pente remonter, quels murs longer, ou quelle barrière franchir. Florence s'adonnait à ce drôle d'exercice mental, rappelant des aveugles jouant au golf, et se livrait au jeu des hypothèses, de l'intuition, avec le même entrain qu'une jeannette en pleine course d'orientation. Elle tenait bon, pratiquait sa routine d'exercices matinaux, se recouchait près de moi quelques instants et, sans effort, me souriait en me grattant le torse pour me provoquer et stimuler le vaisseau fatigué de mon corps. Allez, debout, gros patachon, murmurait-elle. Car, pour ma part, chaque fois que j'ouvrais l'œil, je regrettais de quitter le sommeil, dans lequel je désirais disparaître une bonne fois pour toutes. Mais Florence était là pour m'entraîner vers l'existence. Elle avait toujours fait ainsi, et la fin du monde ne changeait rien à cette mécanique vitale dont elle me faisait cadeau. Elle était comme un toboggan aquatique qu'on trouverait au pied de son lit. Il suffisait de s'y laisser tomber pour être rafraîchi, instantanément revigoré, et partir vers de nouvelles aventures.

Réveillé en sursaut et bizarrement en pleine forme, un petit matin, je la laissai dormir et m'enquis d'improbables provisions. Hébété, je sentais qu'il me fallait trouver quelque chose avant que tout espoir et toute force nous quittent définitivement. Bien que les flancs de Mathias nous fassent de l'œil, jamais nous n'avions ouvertement évoqué cette option avec Florence. Mais ni elle ni moi n'avions pu ignorer l'œil vitreux avec lequel nous observions chacun dans notre coin cette saucisse sur pattes qui nous accompagnait. C'était impossible à admettre… Mais je l'avoue ici, j'en rêvais quelquefois.

Qu'il ait pitié de moi, où qu'il se trouve. À ce sujet, je ne doute pas qu'il se soit déniché de nouveaux adeptes. Une cour respectueuse et digne de son auguste félinité. Et tout employée à chasser pour lui procurer les offrandes qu'il exige.

Ce jour-là donc j'arpentai un vallon très escarpé en contrebas d'une route qu'on pouvait deviner grâce aux glissières de sécurité métallique que je pouvais apercevoir par endroits, quelques dizaines de mètres en amont de ma trajectoire. Et c'est là que je le vis : le logo McDonald's sur un sac tout fripé. À la vue du M majuscule, j'éclatai en sanglots, bouleversé par cette sainte relique du monde d'avant.

Tout me revint d'un coup : les bips incessants lors de la prise de commande sur les bornes interactives, puis l'attente délicieuse baignée de l'odeur des friteuses, tous ces équipiers qui s'agitent coiffés de leurs filets capillaires, et puis ce moment génial où je récupère ma commande, suivi du déballage méthodique de mon menu Maxi Best Of, l'ouverture du sachet de sauce pommes frites – toujours un peu fastidieuse car on ne peut s'empêcher de croquer quelques frites avant, ce qui rend les doigts glissants. Et cette première bouchée fantastique dans le Big Mac, du côté le plus chargé en sauce, après en avoir prélevé les cornichons, bien évidemment… Une intolérable nostalgie, au-delà de la faim qui me dévorait à présent, me rappela ce qui ne serait jamais plus : toute cette abondante et formidable médiocrité à laquelle je tenais tant.

Les jambes tremblantes, je remontai la pente et me ruai sur le vieux sac McDonald's. Je me foutais totalement de son ancienneté : un petit hamburger oublié depuis des mois, j'en aurais fait mon affaire. (De plus, les produits McDonald's ne pourrissent jamais ou presque, tout chargés d'antibiotiques qu'ils sont.) J'inspectai le contenu avec autant de sagesse que nécessaire. Il y avait là les reliefs d'un repas pour deux gourmands : je déduisis que le premier avait pris un menu Golden, composé d'un Royal Deluxe, de frites normales, d'un Coca-Cola et de nuggets de poulet. Son compagnon avait préféré un menu Big Mac, des frites de type Potatoes, qui sont aussi mes préférées, et un grand Fanta – ça c'est carrément dégueu, ça ne se fait pas, un Sprite à la rigueur... En supplément, une boîte de nuggets *à partager* vendues par vingt.

Et puis le miracle. La Providence. Le saint Graal... Mais d'abord cette précision : lors des commandes à emporter, on pouvait soupçonner les employés d'être encouragés par leurs managers à oublier autant que possible les sauces : les marges d'exploitation s'en trouvaient forcément améliorées. Alors la plupart du temps on procédait à l'inventaire du sac avant de quitter les lieux. J'avais même vu des audacieux, même s'il ne manquait rien, juger qu'un simple duo de sauces pommes frites et ketchup ne leur suffirait pas. Ils se rendaient alors au comptoir et, pleins d'un aplomb qui m'avait toujours fait défaut, ils réclamaient davantage de sauces en tous genres, notamment la fameuse sauce moutarde pour tremper les nuggets. (Des nuggets que les écolos prétendaient être confectionnés à base de poussins broyés tout entiers à la machine.) C'était donc ce genre d'audacieux, faisant d'abondants stocks de sauces comme s'ils se préparaient à quelque période sombre, qui avaient passé cette commande dont j'avais récupéré les vestiges.

Sur les opercules intacts des petits pots, je déchiffrai malgré ma vue troublée par l'émotion les mots *Sauce Big*

Mac, *Sauce Royal Deluxe*, *Sauce Big Tasty*. Des séries limitées rarement disponibles. Je lapai instantanément deux Big Mac, les joues couvertes de larmes. Il me fallait ramener ce trésor au plus vite auprès de Florence pour procéder à un partage équitable. Je m'accroupis et entrepris de défroisser soigneusement les papiers d'emballage, ceux des burgers, des frites, des nuggets, dont je léchai l'intérieur, espérant qu'ils m'offrent la force de résister davantage à la tentation de tout manger tout seul. Il y avait là de conséquents résidus de graisse, des fragments de cheddar collés au papier… J'eus même la chance de trouver quelques fragments de steak et de sésame. Les craquements de la forêt me firent brusquement tourner le cou, et sans plus de prudence je retournai à mon labeur, pour en quelques minutes ne laisser qu'une liasse de feuillets lisses et intacts, brillants comme sous l'effet d'un liquide de rinçage Finish.

Florence chiala elle aussi. Elle se jeta sur le pot de sauce Royal Deluxe, alors que cette recette n'emportait pas habituellement sa préférence. Entamant un deuxième pot, elle fut saisie des remords instantanés de ce qu'elle conçut comme de l'égoïsme. Elle me le tendit pour que je le partage avec elle. Et moi, j'étais si fier de ma personne, que dans cet élan de grandeur, je lui assurai que j'avais déjà eu ma part et que je ne désirais qu'une chose : la voir manger à sa faim. La réalité : sur les comptes, je ne fus pas tout à fait honnête. Je n'avais pu résister à avaler trois ou quatre petits sachets de sauce pommes frites, mais de ceux qui se trouvaient en plus grand nombre. Sans ça, je n'aurais pas été aussi serein pour la regarder à nouveau dans les yeux. Après son troisième pot de sauce, les joues brillantes, Florence me remercia encore et s'endormit en une seconde, sa tête sur mes cuisses en tailleur.

Le décompte exact des sauces McDo ne fut pas mon seul mensonge en ce jour, car je ne désirais pas gâcher la fête. Sur le chemin pour retrouver Florence, dépourvu de carte au trésor à l'aller comme au retour, je m'étais égaré le long d'un cours d'eau qui me parut assez clair pour y boire. Mais en m'approchant je fus repoussé par l'infection. L'eau sentait le charbon et l'urine, l'odeur typique d'un feu de camp qu'on a éteint en pissant dessus. Je remontai la rivière et sur une berge, à cet endroit plus vaste et dégagé, je découvris ce que je crus tout d'abord être un gigantesque tumulus de compost chaud. Sur la grève s'entassait en réalité un amas de corps impossibles à dénombrer. Le combustible utilisé était bon marché, en témoignaient ces bouteilles d'allume-feu spécial barbecue qui gisaient partout par dizaines. On avait manifestement jugé que l'essence était trop précieuse.

On pouvait clairement distinguer dans cet amas partiellement carbonisé des membres, des bouts de vêtements en tous genres, des visages figés dans un cri, d'autres paisibles à jamais, des bras tatoués pleins de coups de soleil, des uniformes bleu foncé, des fragments de déambulateurs chromés enchevêtrés dans des corps de vieux démantibulés… Le regard se perdait en ce labyrinthe des atrocités sans pouvoir s'en extraire. C'était à la fois organique, informe, aléatoire, et parfaitement agencé, semblait-il. Il y avait des tibias, des dos, des coudes et des genoux pliés en sens inverse, des écorchés vifs, des abayas, des blouses blanches, des T-shirts sans manches arborant les marques d'huile de moteur Motul et Castrol, des vestes matelassées style Barbour noires de sang.

Au beau milieu du bas-relief se trouvait ce beau jeune homme noir, les yeux maintenus ouverts par des cure-dents, dont le cou avait pivoté à cent quatre-vingts degrés et qui nous fixait par en dessous, le menton collé à son omoplate, et toutes les lignes de force de la composition y ramenaient sans cesse le regard. Alors on s'en échappait comme on pouvait pour suivre le fil des corps de jeunes enfants, là les courbes d'une femme en petite tenue, ici ce qui ressemblait à des notaires de province ramenés en cubes les chevilles par-dessus les épaules. Et partout encore des fragments soigneusement agencés, achevant cette impression d'une interprétation 3D de *Guernica*, sans grâce ni lumière comme l'était l'original : bras coupé agrippant une lampe de camping, tête de cheval langue pendante, angle de fenêtre brisée en PVC blanc, bout de landau, boîte à musique, rétroviseurs aux miroirs étoilés. Ça ne faisait aucun doute : pour ses auteurs, l'installation relevait de l'œuvre d'art engagée. Et celle-ci n'était pas anonyme. Le signe Ø se trouvait gravé sur tous les arbres entourant la clairière au bord de l'eau.

Les recettes des sauces McDonald's avaient l'avantage d'être presque exclusivement composées de sucre, ce qui nous remit les idées en place. Mathias fut ravi de nous voir sortir de cette condition physique et psychique plus que lugubre dans laquelle nous nous étions abîmés ces derniers jours. La marche reprit à bonne cadence, il nous fallait quitter au plus vite les terres du Schlagistan. Aussi nous avancions à présent jour et nuit. Nous ne reconnaissions plus rien. Notre consommation de sauces était drastiquement raisonnée : un petit pot chacun, matin et soir. Seul Mathias vivait grand train et se gavait littéralement. Ramenant ses proies pour les déguster à nos côtés, il opérait avec une précision chirurgicale, ne laissant que les tripes de côté, intactes, avec le soin d'un serveur du Central de Trouville préposé à lever les filets des soles meunières. Ensuite il avalait lentement toutes les parties nobles. Nous souhaitions sincèrement qu'il profite davantage de sa chasse, mais jamais Mathias ne touchait à ce qu'il jugeait comme étant notre part. La générosité n'était donc pas une invention humaine. Et dans ce monde d'après la Grande Démission, on peinait à identifier quel bon sentiment nous avions bien pu inventer par nous-mêmes, sans en réalité singer le comportement d'un animal exemplaire.

21

Tout se passa très vite. Au beau milieu de la nuit, des cris étouffés me réveillèrent et je me redressai, étourdi, tentant de comprendre la situation alors que mes neurones redémarraient à peine. Ma vue mit un temps fou à accommoder. Seules quelques braises subsistaient du feu de la veille. Il y avait là par terre deux formes en mouvement, animées de spasmes brusques : c'était Florence qui se débattait sous le poids d'un homme qui d'une main lui couvrait la bouche en lui plaquant la tête au sol et de l'autre tentait de la déshabiller tout en écartant ses petits bras qui se débattaient. Il s'était rué sur elle pendant son sommeil et maintenant qu'elle était bien réveillée, ses hurlements de rage, bien qu'assourdis par la grosse main calleuse de l'homme, résonnaient dans la nuit noire. Dès qu'un de ses bras se libérait, Florence parvenait à placer un crochet dans les côtes de l'homme, mais faute du recul nécessaire, bloquée et allongée sur le dos de la sorte, les coups ne portaient pas comme elle l'espérait.

Du coin de l'œil, le type remarqua le mouvement que

j'entamais en sa direction. J'avais déjà saisi la première grosse pierre qui me passa sous la main et mon plan était simple : lui écraser l'arrière du crâne avec. Il réagit avec une rapidité et une adresse qui me laissèrent assez pantois – car oui, je le connaissais, et il ne m'avait pas habitué à de tels comportements – et voilà qu'en à peine une seconde, il se redressa, emportant Florence sous son bras. Cette dextérité dans la gestuelle criminelle tranchait avec le style cool et nonchalant que je lui connaissait. Il me fit face, serrant sa proie de son gros bras contre son torse, et la lame d'un opinel brilla sous la gorge de Florence. Moi, je restai figé dans les starting-blocks, un genou encore à terre, un pied devant, cette pierre grosse comme une balle de tennis dans la main droite, une arme dont je ne savais plus vraiment quoi faire.

C'était un matin, quelques jours auparavant, que François-Xavier nous était tombé dessus. L'odeur du lard qui était en train de frire nous avait tirés du sommeil. Son irruption dans notre vie correspondait pile à la fin de nos réserves de sauces. Et avec tout cet équipement qu'il avait à sa disposition, toutes ces bonnes choses qu'il partagea avec nous d'emblée, il ne pouvait pas ne pas gagner notre confiance. Mieux, il s'en était emparé. Ce matin-là, nous avions ouvert les yeux sur un type qui avait allumé un feu et cuisinait dans une gamelle, à distance raisonnable. L'air un peu ahuri, la main droite levée paume plate en avant, il nous avait salués tel un Indien d'Amérique, amenant manifestement la paix avec lui. Ça fait du bien de voir des copains, tels furent ses premiers mots. Et même si François-Xavier ne représentait pas tout à fait le genre de personne que j'appréciais – au premier coup d'œil, on devinait le grand bourgeois volontairement marginal –, je n'avais pu m'empêcher d'être sidéré par tant de normalité, après avoir vu tant de sauvages à l'œuvre.

Nous avions fait connaissance le plus naturellement du monde. François-Xavier ne semblait pas être plus dérangé que ça par le tour étrange qu'avait pris notre monde. Il vivait dans les marges depuis l'adolescence, sillonnait la France et la planète avec son sac à dos, n'avait jamais ouvert de compte en banque, vivotait de combines, de vendanges, d'entraide autour des épiceries solidaires ou dans des ZAD, mais aussi, par plus mauvais temps, de petits trafics entre rôdeurs près des gares, de récup', d'invendus dans les supermarchés, etc.

En un sens, il était dans son élément, et il avait acquis une science empirique et certaine d'un monde alternatif. Cette facilité à vivre dans le chaos, qui n'en était pas un à ses yeux, nous avait fait grande impression. Aussi François-Xavier avait vu du pays et rencontré tout un tas d'individus, ce qui en faisait un membre éminent de la race des monsieur-je-sais-tout.

Et dans le genre, il concourait hors compétition, à un niveau inatteignable pour ses malheureux challengers. Ainsi, nous avions appris que François-Xavier avait *fait* le Cambodge, il avait *fait* le Brésil, il avait *fait* la Thaïlande et le Laos à moto, il avait *fait* l'Égypte en autobus. Oh, et il avait *fait* le Bénin aussi, le Mali, et l'Inde bien sûr, qui restait sa plus belle expérience de partage. Les odeurs, les couleurs, et tous ces gens incroyables qui avaient si peu, et qui étaient en réalité beaucoup plus heureux que nous. Il adorait *les cultures*. Il était libre, François-Xavier. Un appart, autant se foutre en l'air immédiatement. Un boulot, il n'était l'esclave de personne. Une relation, même courte, très peu pour lui, trop compliqué, trop *bourgeois*, comme il qualifiait tout ce qui allait à l'encontre de son bon vouloir de ne rien vouloir. (J'en déduisais, sans pour autant poser le sujet sur la table, que ses voyages à la rencontre des *cultures* n'avaient pas manqué de se muer en *world tour* des prostituées.)

Florence, en bonne cliente, n'avait cessé de remettre une pièce dans la machine. Pour ma part, j'avais résisté autant que possible à mon envie de lui arracher l'anneau de pirate qui pendait à son oreille gauche. Les monologues de François-Xavier – d'abord si punk et marginaux – prenaient parfois un virage brusque vers le *name-dropping*, et cela sans vraiment que je m'y attende. François-Xavier avait rencontré Johnny Clegg lors d'un concert en Israël dans les années 90 et ils avaient fumé des gros pet' ensemble. Florence, que la chose avait amusée un temps, avait bu ses paroles.

Si je suis sévère avec François-Xavier, c'est que l'issue de notre relation fut assez décevante. Mais tout de même, ce fut le seul individu avec qui nous nous approchâmes de rapports civilisés entre individus, lors de cette fin de printemps qui vit le genre humain plonger dans la violence et, au-delà même du concept de vice, qui suppose la vertu quelque part, dans l'amoralité la plus complète. Il partagea avec nous, tirés de son sac, de délicieux saucissons secs, des conserves, du savon, un couteau bien aiguisé avec lequel il m'apprit à me raser. Pour fabriquer de la mousse, il coupait du savon en petits copeaux et, dans un godet équipé d'un couvercle, les mélangeait à de l'eau chaude. Puis il secouait la chose avec énergie, comme le shaker d'un barman. Je m'enduisais les joues avec un délice que j'avais peine à camoufler. La sensation de mon visage, émoustillé par le passage de la lame, était délicieuse. Puis l'eau fraîche donnait comme une nouvelle vie. Il avait aussi un miroir, dans lequel notre reflet nous fit grand effet : nous étions vieux. Déjà trop vieux pour mourir jeunes. Mais trop jeunes pour nous laisser aller à mourir.

François-Xavier avait *fait* la terre entière, OK. Mais d'où nous venait-il plus récemment ? s'était enquise Florence. Du GR d'Étretat sur lequel il se trouvait encore quand les dirigeants de Davos, aidés de quelques forces extraterrestres dissimulées dans les pyramides depuis putain vachement longtemps mon pote, avaient appuyé sur le bouton rouge du grand *reset*... Mais un autre *reset*, pas celui que les gens croyaient. Contrairement à la majorité du genre humain, François-Xavier savait parfaitement ce qui se tramait dans les coulisses du monde. Il s'y était même préparé, à la différence de tous ces moutons qui peuplaient notre vieux pays de bâtards de cathos. Il avait appris à survivre sans électricité, et tout ça. Les soirs de grandes théories correspondaient généralement à l'absorption d'un rhum ambré Negrita dont François-Xavier possédait quelques flasques. Une réserve sur laquelle il veillait avec sagesse, je dois bien le reconnaître. Et chaque jour, gueule de bois ou non, il prenait son paquetage au complet – avait-il peur qu'on le vole ? – et partait courageusement en expédition. Jamais ou presque il ne revenait les mains vides, il avait du flair, se disait-on.

François-Xavier semblait authentiquement heureux de pouvoir partager avec nous ces moments. Très vite, il avait décrété sans nous consulter qu'il nous aimait bien et que nous étions désormais vraiment copains, tous les trois. Ce privilège acquis, François-Xavier nous avait appris que ses amis l'appelaient FX. Il avait aussi dans son sac un duvet super épais en polyester matelassé et le déroulait dans un coin, puis gonflait un oreiller d'avion, et une fois bien installé s'endormait en un claquement de doigts. Nous étions terriblement jaloux de tout cet équipement : cela ne faisait aucun doute, le type était plus fortiche que moi. J'avais commencé à me faire un sang d'encre sur les sentiments que cette cohabitation pouvait créer chez Florence. Pour la première fois, j'entrevoyais concrètement la possibilité qu'elle me trouve inutile, inapte à lui prodiguer plus de confort. En toute logique, elle pouvait préférer quelqu'un de plus efficace.

Ce malheureux soir, cette grosse pierre dans la main droite, je faisais face à FX, et à son opinel sous la gorge de Florence. Il était assez compliqué d'analyser la situation, car les deux me regardaient fixement, m'envoyant des signaux très différents. Dans les yeux du routard, éclairés par l'éclat bleu clair de la lune, jaillissaient des flammes de haine. Il y avait de la peur aussi, mais de celle qui rend dangereux les médiocres prédateurs. Il jaugeait intensément, essayant d'estimer la dimension des couilles dont je disposais. Comme dit l'expression, on n'a pas deux occasions de faire une bonne première impression. Et il me semble que c'était déjà trop tard : j'étais classé dans la catégorie des mauviettes, ce dont je ne pouvais pas lui tenir rigueur.

Quant à Florence, ses yeux mi-clos me disaient sa froide détermination. En un sens c'était rassurant : dès qu'elle le pourrait, elle lui en foutrait plein la gueule, sachant que ce moment ne manquerait pas d'arriver. Elle faisait preuve de patience, tout simplement, et elle avait même cessé de se débattre pour mettre FX en confiance et faire en sorte qu'il détende son étreinte. En revanche, ce visage si calme qu'elle m'offrait, et qu'elle savait que son agresseur ne pouvait pas voir, me signifiait également qu'elle ne comptait pas sur moi pour agir en mâle comme l'auraient fait des types plus solides, comme Brad Pitt ou Liam Neeson, par exemple.

Je soupesai encore la pierre dans ma main, comme pour bien la lui montrer. Mû par une blessure narcissique aussi profonde qu'absurde, j'armai du bras droit et propulsai la pierre en espérant éclater la tête de FX, comme ces héros qui tentent le coup quand leur bien-aimée ou leur collègue est pris en otage. Et, dans les films, le plus souvent, le mec est un as. Et le forcené, n'imaginant pas qu'un tel risque puisse être pris, se retrouve avec un trou au milieu du front avant de lâcher sa prise et de tomber à la renverse…

La pierre passa un bon mètre au-dessus de François-Xavier. Après un court silence, nous l'entendîmes s'écraser lamentablement non loin de là. Une chouette hulula. Synchronisés, FX et Florence penchèrent lentement la tête sur le côté et me dévisagèrent, ahuris par tant de nullité.

Allez, dégage, pédé, cracha-t-il assez discourtoisement. C'est alors que d'un mouvement vif Florence envoya sa tête en arrière pour lui briser le nez avec le dos de son crâne. Un filet de sang généreux se mit à couler. Il en loucha de surprise, ce dont Florence profita dans l'instant. Elle se saisit de sa main droite qui agrippait l'opinel et tournoya sur elle-même. Le seul moyen pour FX de ne pas avoir le coude torsadé, c'était de suivre le mouvement comme il le pouvait. Il lâcha la lame et se retrouva le buste penché vers le sol, le bras complètement tordu, que tenait fermement Florence le plus haut possible.

Le sang qui lui remplissait la bouche étouffa un gargarisme de douleur. Et alors qu'il était encore sur ses pattes chancelantes, Florence acheva la séquence par un coup de pied très sec – un *sokuto geri* pour être exact – atteignant le pauvre homme au niveau de son genou gauche. Et si le bruit produit par l'explosion de son nez m'avait déjà suffisamment marqué, la symphonie de son genou qui se plia dans l'autre sens m'impressionna plus encore. FX s'écroula et laissa échapper un son presque inhumain, déraillant dans les aigus. Jadis orientés à douze heures, ses orteils indiquaient à présent sept heures trente.

Dès lors, usant de toute la souplesse dont elle disposait, Florence leva la jambe et l'abattit en un mouvement de bascule très propre, foudroyant l'homme de son talon en plein sternum. (C'était le fameux *kakato geri* qu'elle avait tant répété. Tout cet entraînement portait enfin ses fruits ; j'étais ravi pour elle.) Le geste, réalisé avec une précision et un transfert de force remarquables, me rappela ces espèces de grands marteaux que l'on voit s'agiter sur les vieux puits de pétrole. De sa bouche bée et de son nez, réduit en bouillie, ne s'échappaient plus que de sinistres sifflements. Florence enfin se recoiffa, inspira un grand coup puis expira avec une intense satisfaction comme si elle venait d'achever ses étirements du matin.

De manière assez pitoyable j'en conviens, je ne pus m'empêcher de décocher à FX quelques coups de pied dans les côtes. Et même un ou deux dans la tête. Ce faisant, je réalisai que je pleurais abondamment. Ce n'étaient pas des sanglots. Juste de grosses larmes qui roulaient à toute vitesse sur mes joues. J'avais eu très peur. Ça suffit, siffla Florence, rends-toi utile et fais-lui les poches. Comme il vivait toujours, la tâche fut assez dégoûtante. Il essayait de respirer tant bien que mal. Son pied droit, celui qui n'avait pas tourné sur lui-même, était agité de spasmes frénétiques. Je plongeai mes mains dans les différentes poches de ses vêtements comme s'il s'agissait de cadavres de pigeons soigneusement incisés. C'était chaud et je redoutai tout ce que mes doigts pourraient bien rencontrer. Mis à part un portefeuille Rip Curl presque vide attaché à son pantalon par une chaînette, je ne trouvai rien d'intéressant. Je ramassai l'opinel et glissai la lame dans le manche.

De son côté, Florence fit l'inventaire du contenu de son sac à dos. Nous trouvâmes d'autres saucissons secs au beaufort, aux noix, aux cèpes, des chips Pringles saveur crème d'oignon qui n'avaient pas tout à fait perdu leur croquant, une flasque de rhum Negrita inviolée que nous nous enfilâmes sans attendre. Il y avait aussi un réchaud à gaz, désormais inutile car sans aucune recharge, et un petit pied-de-biche avec du sang et des cheveux collés. Au fond du sac se trouvait une gamelle de campeur fermée par un élastique. Pensant y trouver couteaux et fourchettes, Florence l'ouvrit pour y découvrir toute une collection de bijoux féminins. Il y avait des chaînes en or, en argent, des petits pendentifs renfermant des portraits de couple, d'un côté madame, de l'autre monsieur. Il y avait des bagues de fiançailles, des bagues fantaisie de jeune fille, des alliances. Il y avait des boucles d'oreilles à clip en forme de girafe, de minuscules chaînettes de cheville, des piercings en tous genres, et un bracelet Hermès ravissant que Florence passa à son poignet, pour l'essayer, avant de le jeter au loin en réprimant un haut-le-cœur.

Sans regret, nous abandonnâmes FX à son sort. Quelle folie nous avait pris d'accorder notre confiance à quelqu'un ? Les occasions de me faire avoir avaient été nombreuses dans ma courte vie. Par exemple, jamais je n'étais parvenu à récupérer la caution d'un appartement lors d'états des lieux réalisés par des escrocs expéditifs.

En louant une voiture, je me voyais à chaque fois, lors du retour, chargé de surcoûts indus par des employés ayant flairé mon horreur du contentieux. J'avais également ramené des jolies filles à des fêtes, pour me les faire piquer sous le nez par de soi-disant meilleurs copains (selon eux, j'avais mis trop de temps à me lancer, et manifestement, les filles en question étaient d'accord avec ce constat). Mes rares expériences dans les affaires, comme devenir producteur de musique – ne rigolez pas, j'y avais vraiment cru, à cette histoire –, s'étaient soldées par des sommes conséquentes disparues avec mes éphémères associés. Comme ces premiers de l'An où l'on se promet de ne plus jamais boire de toute sa vie, trop de fois j'avais fait le vœu de ne plus accorder ma confiance à personne. Mais par la suite j'avais cédé, trop effrayé de toute la solitude qu'impliquait réellement une telle démarche.

Cet épisode-là nous vaccina une bonne fois pour toutes. Pour ne plus rencontrer personne, jamais, nous avions besoin d'un endroit à nous. Il fallait se fixer quelque part et y rester le plus discrètement possible. Le mouvement, ce n'était peut-être, après tout, pas la meilleure solution.

Il n'était pas impossible que Brad Pitt ait eu tort.

LIVRE III

22

Contre toute attente, atteignant l'œil du cyclone, les choses semblèrent se calmer, un peu, pour l'instant. Le chaos, la violence, le rapt, le saccage, la destruction, tout cela consomme énormément d'énergie. Et passé l'euphorie première, la Normandie sombra dans le silence. Florence suggéra que nous étions en août : l'atavisme de l'inaction propre à cette période ne pouvait se défaire en si peu de temps. J'imaginais plutôt des hommes épuisés, gavés de leur propre barbarie, qui réclamaient un peu de paix. La chaleur écrasante devait aussi faire partie de l'équation… Qu'en savais-je vraiment ?

Je crois pouvoir dire, sans exagérer, que nous trouvâmes cet été-là ce qui ressemblait à un éden, s'étalant sur quelques kilomètres à peine, aux portes du pays d'Auge, entre les communes du Pin et de Blangy-le-Château, avec celle du Brévedent en son milieu. Une vallée aux herbages tout bosselés où l'on ne peut faire passer de machines, un microcosme où coule une eau claire et peu profonde, sur un lit de galets. Image d'Épinal du bocage, avec son paysage si soigneusement dessiné par l'homme, en des formes se voulant les plus organiques et sauvages possibles, mais savamment conçues par des siècles de travail, la vallée du Chaussey, du nom de la rivière qui y coule, possède une géographie qui ne permet aucun mouvement de troupes. Et lors de nos premiers pas en ces lieux, arpentant les petites parcelles en pièces de puzzle disparates, les fermes oubliées, les petits castels ou d'élégantes maisons de maître, sur les sentiers à l'abri de voûtes de ronces chargées de fruits rouges, nous comprîmes que c'était l'endroit dont nous rêvions sans même envisager qu'il existe.

La rivière elle-même savait se dissimuler aux regards indiscrets. On l'entendait couler, là, quelque part, et au début, il nous fallut une demi-heure pour y tremper les pieds. C'était un petit cours, d'à peine trois mètres de large, jamais plus profond que le genou, et constamment couvert d'une végétation dégoulinante qu'on avait soigneusement laissée envahir les rives. Passé l'église du Brévedent, le Chaussey suivait scrupuleusement le pied d'une colline très abrupte et remplie de forêt. De part en part, les troncs effondrés formaient autant de gués qu'on traversait en jouant les funambules. Et dans les prairies où la rivière s'échappait ensuite, zigzagante, partout, dans les herbes montantes, batifolaient des chevaux redevenus sauvages, et de drôles de petits herbivores dont je ne connaissais pas vraiment le nom, gazelles ou impalas échappés du Cerza, avec leurs yeux au mascara. Nous y vîmes aussi d'immenses aras s'envoler avec fracas à notre approche. Et malgré leur taille, nous mîmes un certain temps à découvrir un troupeau de girafes. Par moments, au loin, jaillissant au-dessus de la cime d'une ligne de hêtres et de broussailles, un visage marbré mastiquant quelques ronces nous surveillait de son air placide. La tranquillité des bêtes, et donc des lieux, imposait ici sa grâce. Il y avait eu, certes, une planète sans hommes, en des temps jurassiques. Mais ce paradis était bien plus que cela : c'était une terre délivrée de l'homme, mais dessinée par ses soins avec tout l'amour dont il avait été capable, je crois.

Une unique départementale, la D51, formait de souples lacets, filant au centre de l'étroite vallée, et parfois une petite route s'en écartait pour rejoindre ici une jolie demeure, là tel hameau en pierres grises, un ancien prieuré transformé en villa, flanqué d'une chapelle de traviole… Et aussitôt les forêts fermaient l'espace. Un véhicule thermique s'y annonçait de loin, un effet encore amplifié par l'écho que favorisaient l'étroitesse de l'endroit et les pentes des collines côté nord, parfois si raides, pareilles à des murs alpins. Notre expérience du terrain, toute neuve certes, mais forte d'un enseignement empirique, nous fit sans un mot choisir les lieux comme étant parfaitement adaptés à une installation à moyen, voire à long terme, si nous étions prudents. Et si nous avions de la chance.

Nous jetâmes notre dévolu sur un pigeonnier, à l'écart d'un petit château qui, lui, avait déjà eu son compte. Le pigeonnier bâti sur une base octogonale, qui n'abritait rien d'intéressant, était intact – comme dans beaucoup de propriétés du coin, il avait été conservé comme élément décoratif. Il se dressait au coin d'un herbage en pente douce rempli de pommiers à cidre, invisible de la route, à deux pas du Chaussey qu'on pouvait enjamber pour aussitôt remonter la colline, un emplacement hautement stratégique en cas de fuite impromptue.

Le château voisin avait été pillé de fond en comble, sûrement lors des premiers jours, et une bonne partie de sa toiture, toute l'aile droite, avait chu, emportant les étages sous le poids d'une charpente impressionnante. Les véhicules des anciens propriétaires, un Porsche Cayenne et une Fiat 500, étaient brûlés, retournés les quatre fers en l'air sur l'aire de stationnement en gravier rose orangé, sensiblement de la même couleur que les briques qui habillaient les façades. C'était un château romantique, de la couleur d'un soleil du matin, et notre pigeonnier étaient en partie paré de ces mêmes briques roses qui recouvraient ses arêtes et marquaient la ligne horizontale des deux étages s'y trouvant, sous un toit pointu en ardoise correctement conservé. Florence fut enchantée par l'endroit, Mathias l'adopta aussitôt lui aussi, s'étalant de tout son long sur la terre fraîche et tassée, après avoir sommairement reniflé les huit angles obtus sans rien y trouver de suspect. Le sol frais, rempli d'odeurs à son goût, lui apporta un apaisement très communicatif. À peine les lieux apprivoisés, il s'étira et bâilla, vautré sur le flanc.

Quelques mètres plus haut subsistait un premier étage, auquel on accédait par un carré ajouré à l'aide d'une échelle en bois brut, pleine d'échardes. Elle était mobile, et nous pouvions la remonter et ainsi ne pas craindre d'intrusion nocturne, sauf par quelqu'un de maladivement curieux. Du premier étage, un escalier, fixe celui-ci, nous emmenait au deuxième niveau, niché sous les pentes du toit. C'est ici qu'on trouvait l'unique ouverture en chien assis, sans menuiserie aucune, offrant le charmant tableau des herbages en pente douce se déroulant au pied des collines. Le bruit de la rivière qui coulait à nos pieds n'était pas trop fort, juste ce qu'il fallait.

Achevant cette première visite, Florence et moi nous allongeâmes non loin, hébétés par tant de perfection, à l'ombre d'un gros rhododendron aux fleurs pourries. On se croirait dans *Côté Ouest*, plaisanta Florence, bienvenue dans le pigeonnier d'artiste, briques roses, boiseries, prairies nature, façon *campagne chic* pour une dolce vita à la normande. Elle ne croyait pas si bien dire : à partir de ce jour, je fus pris par l'obsession d'aménager notre nouvel endroit. N'était-ce pas ainsi que l'on devait s'occuper ? Les gens passaient leur vie, pour ceux qui en avaient les moyens, à *looker* leur foyer et leurs maisons de campagne, comme si la guerre, la maladie ou les invasions barbares n'existaient pas. Depuis les élégantes thébaïdes des Romains, on n'avait pas inventé mieux pour se distraire de la chute d'un monde. Nous avions trouvé la nôtre. Et on se mit au travail, comme si rien ni personne ne viendrait à nouveau troubler le cours de notre existence.

23

Tout avait basculé avant le début de la saison touristique. Au camping du Brévedent, qui se trouvait à quelques centaines de mètres de notre nouveau foyer, à la suite de l'annonce du confinement et de la fermeture des structures d'accueil quelles qu'elles soient, les rares résidents avaient été jetés dehors du jour au lendemain. En visitant les lieux, l'intérieur de quelques mobile homes en bois blanc, plutôt accueillants, témoignait de ce départ précipité. Les assiettes non débarrassées jonchaient les tables et les kitchenettes ; on avait oublié des doudous, des gels douche, des fonds d'épicerie dans les placards et des chargeurs de téléphone. Le camping disposait aussi de tentes aménagées avec des sols en bois, dans le style des lodges typiques des safaris. À chaque hébergement était attribué un barbecue, des modèles ronds sur trois pieds, copies honnêtes du modèle phare de chez Weber. Une signalétique disséminée un peu partout nous informait de l'ambition écolo des lieux, des composteurs, une petite épicerie zéro kilomètre, etc. Le plus formidable fut de découvrir le bloc des sanitaires, relié de manière indépendante à des récupérateurs d'eau. J'avais trouvé un flacon de gel douche Le Petit Marseillais pêche blanche et nectarine, une odeur qui me signifiait le bonheur des vacances d'enfance à la mer. Nous prîmes la douche la plus délicieuse de toute notre existence, certes froide, mais inoubliable, poussant au maximum la pression de l'eau. Florence gloussait de joie, nous sentions bon, nous nous étreignîmes, pleins de mousse, surpris par l'érotisme primitif et inattendu de la situation.

D'abord trop pressés, trop marqués par l'urgence de nos précédentes aventures, nous nous abîmâmes le dos à ramener vers le pigeonnier, à la hâte, des meubles de facture moderne et neutre tirés des mobile homes. On est cons, souffla Florence, prenons notre temps, le pigeonnier ne va pas s'envoler. Nous dûmes réapprendre à agir lentement, de manière réfléchie, reposant nos charges dans les coins d'ombre que nous trouvions sur notre trajectoire, elle-même étudiée avec encore trop peu de soin. Et par la force des choses, nous fîmes vœu de silence. Quand les mots pouvaient être remplacés par un geste, le geste suffisait. Bientôt, un simple coup d'œil suppléa bien des palabres. Nous développâmes une compréhension muette. Notre communication avec Mathias s'en trouva accrue à un point ahurissant. Ce n'était qu'un début, mais nous empruntions le chemin de la sagesse animale. Mathias nous voyait progresser, et forcé de constater l'économie de toutes ces paroles bruyantes auxquelles il ne comprenait rien, il fut bientôt convaincu que nous faisions tous désormais partie de la même espèce.

Lors d'une de nos premières nuits au pigeonnier, en attendant le sommeil, par la fenêtre j'observai les astres indifférents à notre sort, et je réalisai à quel point la fin de tout ne signifiait rien. J'étais né dans la paix des années 80, j'étais allé à Disneyland plusieurs fois, j'avais profité du prodige des antibiotiques, des vidéo-clubs et des pizzas livrées à domicile, et enfin j'avais vécu l'amour d'une femme. J'étais né dans un espace-temps sans douleur que les milliards d'individus nés avant moi pouvaient sans doute aucun m'envier. Que pouvais-je espérer de plus ? Perdu dans la contemplation du ciel scintillant, je pus me convaincre que je n'avais aucun regret. Sans avoir à me battre pour l'obtenir, j'avais eu ma part de bonheur. Un bonheur énorme, obscène, plein de crème glacée truffée de morceaux de cookies. Et très vite je disparus dans un sommeil lourd et heureux, délivré de l'espoir.

Comme j'étais bien nourri – les fruits rouges partout, les pommes, les stocks de l'épicerie du camping qui, on ne sait pourquoi, étaient presque intacts, et cette eau fraîche, claire et abondante qui coulait de tant de sources –, ma forme physique devint extraordinaire. Mes épaules s'élargirent. En quelques semaines de travaux intensifs pour faire du pigeonnier un endroit agréable – il fallait tout monter par l'échelle pour meubler le salon, et au deuxième étage la chambre –, j'avais acquis les jolis muscles nerveux du chamois.

Les douleurs lombaires, la sciatique, le cou bloqué

régulièrement, tout ce qui m'avait enquiquiné se volatilisait. Je dormais profondément, et me réveillais prêt à bondir comme un ressort. Et de tous mes sens, celui qui n'a pas de nom, perception de l'espace et de la vibration de l'air, se développa sans même que j'y fasse attention, comme une seconde nature qui ne demandait qu'à s'épanouir. C'est de cette manière que je perçus, dès les premiers jours au bord du Chaussey, lors de nos allers-retours les bras constamment chargés, que quelqu'un ou quelque chose nous observait, toujours avec prudence, loin de nous, mais bien là, quelque part. Et je n'étais pas le seul à comprendre ceci. Avec Florence, il nous arrivait parfois de poser nos charges, de nous masser les biceps. On se regardait : tu le sens, toi aussi ? Nous nous tournions de concert dans la même direction, et bien que rien ne paraisse au travers des haies impénétrables, cela ne faisait aucun doute que des yeux nous suivaient. Chaque poil hérissé sur nos membres nous l'indiquait. Mais ce que nous savions aussi, sans mot dire, avec un impénétrable instinct, c'est que nous n'avions rien à craindre de cette présence, aussi farouche qu'obstinée à observer nos travaux.

En quelques jours à peine, le résultat avait quand même de l'allure. Sur ce que j'appelais maintenant notre mezzanine, sous le toit, était installé un vrai lit queen size grâce au couplage d'une paire de sommiers 180 × 80 cm. Deux tables de chevet pas trop dégueulasses, du faux vieux signé Maisons du Monde il me semble, flanquaient chaque côté. Y trônaient des lampes en régule figurant des faisans, dégotées dans ce qui restait d'un pavillon de chasse du XIXe, où gisait un monstrueux billard français que personne n'avait eu le courage de soustraire au salon qu'il occupait presque entièrement. Certes, nos lampes n'étaient reliées à aucune électricité, mais ça rendait bien, d'autant que nous y avions adapté des bougies fichées dans le pas de vis des ampoules. Nous avions aussi monté une petite commode style colonial en manguier. Enfin nos affaires étaient propres, pliées et rangées dans des tiroirs : signe indiscutable d'un effort de civilisation.

Une fois la mezzanine correctement installée, je me mis en tête d'en parachever le style dans un esprit vaguement *cottage* : je n'avais jamais été très cohérent, côté déco, je suivais le vent de mes coups de cœur, sans véritable projet d'ensemble. Et c'est cette boulimie de menus objets, occasionnant un encombrement certain, et pas toujours très heureux dans les associations, qui commença à irriter Florence. Avant, cela avait déjà constitué un sujet de brouille entre nous, mais elle était parvenue à refréner ce comportement qui, si j'en avais vraiment eu les moyens, n'aurait pas manqué d'être pathologique. Par chance pour Florence, nous étions la plupart du temps fauchés, et les belles sommes que nous touchions parfois partaient en fumée le temps d'un week-end, dans des restaurants et des hôtels hors de prix qui, le croyait-on, nous soulageaient de ne pas mener grand train tout le temps. Quoi qu'il en soit, l'argent n'avait plus cours, et tout autour de nous, les maisons, châteaux ou manoirs abandonnés constituaient autant de brocantes en libre-service.

Cela avait commencé doucement. J'avais trouvé toutes sortes de vieux ustensiles de jardin, des brocs à eau en porcelaine blanche, des pots de différents formats en vieux métal patiné, ainsi qu'un cadre brisé avec la photo d'un curieux amiral de la flotte monégasque coiffé d'un tricorne, tout un ensemble que j'avais disposé harmonieusement sur notre commode et sur les tables de nuit. Une pièce dont j'étais assez fier restait notre tête de lit : une vieille porte en bois sculptée, repeinte en bleu-gris très clair, posée à l'horizontale. Des bouquets de fleurs séchées s'épanouissaient un peu partout. L'endroit était exigu, mais à l'aide d'un appareil photo équipé d'un objectif grand angle, j'aurais pu décemment poster une belle annonce sur Airbnb. Pour l'intitulé, j'avais pensé à « Loft in the bocage ». Le jeu de mots me plaisait, ça sonnait très *retraite paisible*, un thème visiblement populaire sur la plateforme de location, selon mes souvenirs. J'imaginais les touristes anglais découvrant l'annonce et prononcer le mot *bocage* avec l'accent. Le carton était assuré.

Un type super intelligent a écrit un jour quelque chose comme : tout le malheur de l'homme provient du fait qu'il ne peut demeurer dans une pièce, assis sur une chaise. Ce type – Descartes ? Pascal ? Montaigne peut-être… Je les mélange tous – avait eu raison de ne pas mettre la femme dans le même panier. Ainsi, je sortais de plus en plus souvent seul, d'abord quelques fois par semaine, et pas trop loin. Puis ce fut irrésistible, il me fallait saisir l'espace, connaître chaque mètre carré de cette vallée dont j'étais le nouveau seigneur. Je ne cessais de visiter tous les lieux que je croisais pour en ramener de splendides portraits aux cadres patinés, femmes vêtues de velours et à l'air sombre, militaires aux joues roses et aux cheveux d'argent. En rebroussant chemin, mes tableaux sous le bras, je sentais toujours cette présence qui m'épiait.

À la croisée de chemins de forêt, un soir, je vis des ombres projetées sur le sol du chemin perpendiculaire au mien. Ils étaient toute une foule à s'exciter. Les silhouettes de la horde semblaient danser en agitant des armes au-dessus de leurs têtes, et le sol tremblait sous leurs pas… Mais aussitôt, je remarquai que ces ombres dansaient sans plus avancer, comme s'il se trouvait là, derrière l'angle formé par les bosquets impénétrables, quelque manège de mannequins mécaniques, reproduisant à l'infini les mêmes mouvements, à la manière des personnages factices de l'attraction Pirates des Caraïbes. J'avançai finalement jusqu'à cette intersection sylvestre : deux cerfs, en contre-jour dans les lueurs du soleil déclinant, se battaient en duel, entrechoquant leurs bois qui claquaient comme des cloches, soufflant d'épais nuages de leurs humeurs conquérantes.

Dans cette vallée comme ailleurs, il s'était passé de vilaines choses, et la plupart des belles demeures n'étaient, globalement, plus que ruines vides. Mais dans les meubles impossibles à bouger, des armoires d'une tonne ou des bahuts trop longs, je trouvai des merveilles qui n'avaient intéressé personne. Trésors de famille qui, pour celui qui cherche uniquement la valeur marchande ou le plaisir d'étincelles, ne valent que l'ennui de l'encombrement.

C'est le service complet en porcelaine de Limoges signé Bernardaud qui, entre Florence et moi, mit le feu au torchon. Mais laissez-moi vous le décrire sommairement. Tout d'abord, il s'agissait d'un service de 1910 sans doute, absolument complet : assiettes classiques, assiettes à soupe, assiettes à entremets, plats de service en deux tailles pour viande et poisson, plat creux pour les crudités, soupière, saucière, légumier, et même un improbable pot à lait. Sur le fond blanc, les décorations, contrairement aux feuillages attendus entourés de rinceaux roses ou violets, habillaient ici les pourtours de motifs plus géométriques, dans une dominante de vert tendre et frais, incroyablement modernes.

À mon retour – j'étais en nage, manœuvrer dans les herbages la brouette pleine du service tintamarrant, bien qu'emballé dans des rideaux en velours (qui au passage me plaisaient beaucoup, bien que nous n'ayons aucune double-fenêtre pour les installer), ne fut pas une mince affaire – à mon retour donc, Florence brisa la loi du silence et m'envoya en l'air comme jamais. Il était vrai que dans le pigeonnier, on croulait maintenant sous un petit patrimoine. Et pourquoi pas un râtelier à fusils de chasse, abruti ! s'exaspéra Florence qui s'était retenue trop longtemps. Je me gardai bien de lui dire que j'avais longuement hésité, la veille, à nous rapporter ce genre de râtelier que j'avais trouvé fort beau. Je m'aveuglai d'abord quant au sous-texte évident de ce conflit qui allait nous miner quelque temps : je ne savais pas rester en place à ses côtés. Sans les divertissements habituels du monde d'avant, la télé, l'ordinateur, le téléphone, un bar pas loin, ici à l'abri de la vallée tranquille, la vie en ménage me terrifiait. Je me vautrais dans la quête de belles pièces comme on s'abîme dans le jeu, fuyant notre couple, et comme un joueur, je croyais toujours pouvoir me refaire, en l'occurrence grâce à quelques émerveillements qui l'auraient acquise à ma cause. Nous avions eu, comme tous les couples, des moments difficiles. Mais là, tout ce bonheur si simple, privé de l'intensité qui nous avait mus depuis des mois, oui, tout ce vide qui ne demandait qu'à être habité les yeux dans les yeux, c'était peut-être trop d'un coup pour moi.

24

Florence pas plus que moi ne supportait le conflit bien longtemps. Jamais elle ne fut ce genre d'être humain à s'épanouir dans la discorde, et si vous l'aviez connue, vous sauriez qu'elle était plus généralement incapable d'intrigues et de ragots nuisibles. Probablement avait-elle compris ce qui me poussait à écumer les demeures et à me saisir de tous ces vestiges qu'on y avait abandonnés. Aussi elle céda. Oui, Florence avait compris ce que j'essayais de faire : recoller les morceaux d'un passé brisé, comme on recollerait un à un les minuscules éclats d'un vase, d'un immense miroir, d'un presse-papiers en boule de verre, ces sulfures soufflés sur l'île de Murano, remplis de répliques d'anémones emprisonnées, éclatées en millions de morceaux. Essaie de nous ramener quelque chose d'utile, cette fois-ci, avait-elle murmuré en me laissant partir, quelques jours après notre dispute.

À quelques kilomètres du pigeonnier, j'entrai dans une splendide maison collée à la départementale. Cette demeure sur trois étages, avec son grand jardin d'hiver aux ferrures Art déco et ses encorbellements tarabiscotés dont on devinait la blancheur passée, me faisait de l'œil depuis le premier jour où je l'avais aperçue, mais sa situation géographique, plantée sur un promontoire, à même la D51, ne me rassurait qu'à moitié. Alors que je déchiffrai sur la boîte aux lettres, délavé par le soleil et l'humidité, le nom de M. et Mme d'Ardenay, je sentis plus distinctement cette présence qui me suivait depuis des jours. Les craquements de branches se faisaient toujours plus proches. Et quand je me retournais, cherchant à débusquer l'observateur, il ne faisait même plus grand cas du bruit produit par ses retraits brusques.

Je fis la connaissance du couple d'Ardenay, ou de ce qu'il en restait, sous les verrières de la véranda Belle Époque. Les plantes d'intérieur avaient suivi leur croissance et, sans entretien, avaient envahi les grands panneaux vitrés, en se tortillonnant jusqu'au sommet, couvrant à présent les plafonds de verre en pente douce, laissant à peine passer la lumière du soleil qui projetait au sol, dans toute la pièce, un motif de forêt profonde. Au centre, un vieux lustre plein de pampilles pendait, lui aussi envahi par les plantes grimpantes, créant des entrelacs de feuilles dentelées et de scintillements.

Les derniers d'Ardenay se tenaient là, installés dans de profonds fauteuils cabriolets Louis-Philippe formant un petit salon installé dans l'axe d'un encadrement voûté qui donnait sur la salle à manger. De leurs beaux vêtements épais qui tenaient tout seuls dépassait ce qu'il restait de leurs corps, semblables à deux avocats pourris. Sur les tissus velours crème des fauteuils n'ayant pas perdu tout leur éclat, des fluides corporels issus de leur lente décomposition dégoulinaient, jusqu'à s'incruster dans le parquet en point de Hongrie. Le temps et les bestioles avaient fait leur œuvre, si bien qu'il était impossible de savoir exactement quelle avait été la cause de leur trépas. Entre eux deux, sur un chariot à boissons en bois d'acajou à deux niveaux ceint de bordures dorées (le fameux style Hollywood Regency), se trouvait un service à thé figurant des panthères noires aux taches dorées, couchées le long de buissons verts évoquant des buis taillés en pointe ou des cyprès, signé Cartier, découvris-je en regardant sous les tasses. J'imaginais M. et Mme d'Ardenay se donnant la mort tel le couple Zweig, désespérés par le tour obscur qu'avaient pris les choses, en dégustant ici une dernière composition de la maison Mariage Frères, empoisonnée par leurs soins. La pose de l'homme était avachie, la tête en arrière, abandonnée à cette fin désirée. Tandis qu'elle se tenait plus strictement, les mains crispées sur les accoudoirs, signifiant qu'elle s'était finalement accrochée à la vie, traversée d'ultimes regrets.

Les murs des salons du rez-de-chaussée et des chambres étaient peints en gris gustavien, associé à des moulures aubergine. Ce qui contrastait fortement avec le hall d'entrée et toute la cage d'escalier d'apparat, où le regard portait jusqu'au dernier étage en suivant les lignes verticales d'un papier peint rouge de Chine alternant des bandes mates et brillantes. Quant aux hommes qui avaient pillé l'endroit, ils semblaient avoir autant de goût que de détermination car les cheminées elles-mêmes avaient été déposées, laissant derrière elles de larges encadrements béants et grumeleux. Mais pour une raison inconnue, ils n'avaient pas touché à l'installation du couple, épargnant leur si charmant chariot à boissons et les reliefs de leurs derniers instants.

Dans un coffre en bois massif, je trouvai toute une collection de taies d'oreillers brodées aux initiales des malheureux propriétaires et de leurs aïeux. Ce genre d'attentions prodiguées à soi-même me tira quelques larmes. Il n'y avait pas si longtemps, des gens avaient célébré leur identité en confectionnant ces trousseaux, et j'imaginais chaque nouvelle génération de la famille d'Ardenay, fidèle à ce rituel essentiel : se rendre chez une petite bonne femme pour choisir en quelle couleur, avec quels caractères, elle imprimerait la marque de sa présence au monde sur son linge de lit.

Des familles telles que celle-ci, depuis plus de mille ans, certaines plus puissantes ou ambitieuses sûrement, avaient bâti la France, ses immeubles de rapport en centre-ville, ses villas du bord de mer, ses châteaux ou manoirs de Normandie, mais aussi du Nivernais, du Bourbonnais, de Franche-Comté et d'ailleurs. Et de ces corps pourris sur le parquet au rez-de-chaussée, il ne restait de leurs lignées et achèvements que ces dérisoires majuscules en point bourdon. Porté par l'émotion que me procurait la contemplation de ces lettrines rouges sur ces carrés blancs, je prolongeai mon exploration du coffre pour y découvrir très exactement ce que, sans trop y croire, j'espérais. Une paire de taies, datant de plusieurs décennies, avec nos initiales à Florence et à moi. Les lettres E et F offraient de nombreuses hypothèses : Enguerrand et Françoise, Édouard et Fanélie, ou peut-être Émile et Félicité… L'esperluette liée aux deux majuscules à la graphie recherchée formait un tout plein de boucles et de fioritures maniérées.

Au troisième étage, on trouvait quatre pièces sous combles, vides pour trois d'entre elles, ce qui semblait avoir été le cas avant les pillages. La quatrième accueillait un vieux lit, tête et pieds en bois sombre, d'une taille étrange, hybride, ni une place, ni véritablement deux places non plus. Y gisait la grand-mère, sûrement très malade – des boîtes de pilules encombraient une des tables de nuit. On pouvait supposer qu'elle avait terminé ses jours seule ici, privée des soupes et des soins dont, malgré la sénilité, elle attendait l'occurrence quotidienne. Allongée sur le dos, la vieille nous avait quittés en toute noblesse, les mains à plat sur sa poitrine, posées en croix sur son gilet à boutons dorés. Il y avait aussi un petit cabinet de toilette mobile, où l'étroit plan de marbre à hauteur de mains était ajouré pour accueillir un lavabo amovible en émail blanc. Sur l'autre table de nuit, un volume des *Mémoires d'outre-tombe*. La ficelle rouge sang servant de marque-page indiquait que la lecture était inachevée, mais non loin du terme. Sur une commode à l'écart, je trouvai de quoi faire le bonheur de Florence : la série complète des *Rois maudits* et des ouvrages d'Henri Troyat sur les souverains russes. Je connaissais la passion de Florence pour ces textes, moi qui n'avais jamais eu le courage d'y mettre le nez. Il était peut-être encore temps. Par respect, je ne touchai pas aux *Mémoires* inachevés. Ils étaient très bien là où ils étaient, comme les richesses des pharaons qui les accompagnent dans la tombe, et je ne concevais pas en déposséder l'élégante défunte.

En sortant de la maison, les bras surchargés, je trébuchai sur la dernière marche du perron et tout le linge de maison, les livres, ainsi qu'un coffret rempli de cuillères à café s'étalèrent au sol. Abattu par ce dont j'avais été témoin chez les d'Ardenay, et par tout un ensemble de choses perdues dont je cherchais à saisir les spectres, je m'assis sur cette dernière marche et me couvris les yeux, telle une autruche qui croit pouvoir faire disparaître le danger en enfouissant sa tête dans le sol. J'avais tellement besoin de pleurer un bon coup, depuis si longtemps, et voilà que je sentis le truc monter, là, assis sur les marches froides.

C'est à cet instant qu'il se montra.

J'entendis des pas qui s'approchaient lentement sur le gravier, avec une douceur qui aurait pu passer pour de l'hésitation. Un enfant planté sur des jambes trop longues se frottait le nez d'une main, l'autre rangée dans la poche de son jean trop large, dont la ceinture bien serrée à la taille soulignait sa maigreur de mime. Je lui donnai treize ans, ou huit, sa silhouette en tige aux proportions incertaines ne collait pas à ses joues encore rondes. Passé la stupeur de cette apparition, je crus en fait me voir moi-même, ou l'un de mes cousins de Bretagne ; ne manquait plus qu'un petit vélocross pour reconstituer une photo de mon enfance dont j'avais bien l'image en tête.

Dites, vous n'allez pas chialer, monsieur ? m'envoya-t-il de sa voix tout éraillée. Et il raclait le bout de ses godasses de ville sur les graviers. Quel petit con, me dis-je. L'autre soir, votre dame a bien gueulé, j'espère que ces trucs vont lui plaire, dit le garçon. Électrisé par son insolente fraîcheur, je me relevai et commençai à ramasser tous les objets éparpillés. En me filant un coup de main, il se présenta. Puis il prit gentiment sa part. Très lentement, je me remis en route, Louis marchant à mes côtés en silence, comme si nous avions fait ça toute notre vie.

Par la fenêtre, Florence faisait une drôle de tête. Elle descendit à notre rencontre et Louis passa devant elle et monta l'échelle avec tous les livres en équilibre dans ses petits bras pleins d'éraflures, comme s'il était familier des lieux. Je restai face à Florence qui, ouvrant ses paumes et écarquillant les yeux pour avoir une explication, ne reçut de ma part que les mêmes expressions stériles. C'est notre compagnon mystère, parvins-je à articuler, un pouce tendu vers une direction floue. Tu me ramènes un gosse ? chuchota-t-elle. Son doigt figura un petit moulin qui tournait à hauteur de sa tempe.

C'est joli chez vous, déclara Louis qui était réapparu, faisant sursauter Florence. Et dans l'improbable silence qui suivit, il tourna autour de nous et du pigeonnier, jetant de petits coups de pied çà et là dans des fragments de silex qui traînaient. Il nous épiait de manière fugace, puis repartait pour un tour, tandis que, dès qu'il avait le dos tourné, le silencieux dialogue de muets reprenait entre Florence et moi, sans rien établir de plus qu'un vague sentiment d'être deux hurluberlus. Alors, à tantôt, dit-il le dos tourné. Et sans un mot de plus, ni un signe de la main, Louis s'écarta et traversa l'herbage vers l'est, les mains toujours dans les poches. Il disparut au travers des haies. Je sus que nous allions le revoir. Pour une raison étrange, il me manquait déjà. Dans le regard de Florence, une drôle de lueur vacilla pour m'indiquer quelque chose du même ordre.

Tandis que Florence se plongeait dans *Les Rois maudits* – elle avait toujours adoré l'excessive chaleur pour se réfugier, lire et dormir à l'ombre, elle aurait pu faire ça toute sa vie, esprit calme qui contrastait tant avec les mouvements qui ne cessaient de m'agiter vainement –, je m'aventurai dans la même direction que Louis, espérant probablement le retrouver. Ce gosse sorti de nulle part venait de remplacer à lui seul le grand vide qui depuis longtemps avait envahi toute réalité. Car en effet, aucun homme n'était resté très longtemps dans ma vie. Les hommes abandonnaient, disparaissaient, tournaient le dos, mouraient de maladie ou de leurs propres mains, c'est ce que j'avais appris à leur sujet. Avec l'âge, j'avais craint de m'approcher d'eux : au mieux, ils n'étaient bons qu'à se volatiliser, et au pire, à trahir. Mais le petit homme était venu, n'avait rien promis, et il reviendrait. Il vivait et ne craignait pas de vivre. Un pouvoir que j'espérais, peut-être, acquérir à ses côtés.

Louis me rappelait aussi tout ce bonheur de l'enfance effacé. Voici pourquoi j'avais récemment décidé de détester à ce point les enfants, tous les enfants. D'une part j'avais peur pour eux : nageant dans l'insouciance, ils ne pouvaient, finalement, pas faire autrement que de se noyer dans l'âge adulte. D'autre part ils étaient, bien malgré eux car ils n'avaient rien demandé, les ambassadeurs du paradis perdu. Les émissaires d'une intolérable tristesse sans retour.

25

Sur le parking vide de l'église du Brévedent était installé un panneau à l'intention des touristes. Illustré de cartes indiquant les boucles de randonnées à pied ou à vélo dans la vallée du Chaussey, un baratin touchant nous détaillait les lieux. On y comprenait bien pourquoi ils étaient si accueillants. Convenant mal aux labours, le pays augeron était favorable aux herbages pour élever et engraisser les bœufs. Depuis le XVIe siècle, on y produisait une viande exceptionnelle, principalement à destination des tables parisiennes. Avec une étrange fierté, le texte indiquait également ceci : Ne cherchez pas le centre du bourg du Brévedent, vous ne le trouverez pas ! Avec cette église plantée au milieu de nulle part, la commune, comme toute la vallée d'ici à Blangy-le Château, était caractérisée par un habitat très dispersé. Une organisation rendue possible par un grand nombre de sources un peu partout, là où, ailleurs, les gens s'étaient rassemblés autour d'un unique puits. Autrefois essentiellement agricole et cidricole, la vallée se faisait une fierté d'être à présent « ouverte sur les activités de loisirs et de tourisme», comme en témoignait le camping classé 4 étoiles non loin de là.

J'avais vécu à une époque où les gens s'étaient mis à suivre des systèmes de guidage par satellite, oubliant instantanément le tracé du génie civil. Moi, dans n'importe quelle maison de vacances, dans le moindre coin du monde où je m'égarais, la première chose que je cherchais, c'était une carte, manie désuète du siècle passé. Mes préférées étaient celles en relief que l'on trouvait dans les chalets. Enfant, je ne me lassais pas de faire courir mes doigts sur ces panneaux thermoformés qui constituaient autant de miniatures des gigantesques montagnes que je voyais par la fenêtre. Comment avait-on procédé pour en répliquer, aussi parfaitement, tout le drapé ? C'était une preuve de plus du génie des hommes, espèce dont les hasards du néant m'avaient fait membre à part entière.

Sur le parking vide de l'église, les cartes du Chaussey couvraient à peine quelques kilomètres. Les anciens explorateurs, les cartographes, étaient des êtres inestimables. Ils avaient eu la chance, l'audace, d'être les premiers à tracer la réalité des côtes, le lit des fleuves, les remparts des montagnes et les frontières des empires. Ils assumaient aussi leur ignorance et laissaient, avant Magellan, les côtes s'achever dans le flou. Ce jour-là, je me trouvais dans un monde où cette modeste place était à prendre, j'allais pouvoir me consacrer à établir la carte d'une nouvelle Normandie, avec ses nouveaux seigneurs, ses royaumes, ses enclaves de paix, ses monstres et ses utopies.

Le lendemain de notre rencontre, Louis est là, assis sur une grosse pierre non loin de l'entrée du pigeonnier. Le matin, la proximité avec un coude de rivière où l'eau stagne, plongée dans l'ombre, nous amène parfois une légère odeur de vase.

Alors que je ressemble encore à un vieux polochon écrasé, nauséabond d'une nuit suante dans des draps un peu passés, la mise de Louis est impeccable. C'est dimanche, m'annonce-t-il d'une voix entendue, ajustant les pans flottants de sa veste de chasse à carreaux verts trop grande pour lui. En silence nous regardons le soleil se lever au travers des haies bocagères devenues folles, strates de noisetiers, de frênes et d'ormes, d'aubépines et de méchants massifs de ronces, dans lesquels s'ébrouent et se poursuivent, sans s'érafler une aile, des bouquets d'oiseaux excités comme des feux d'artifice.

Les stries de lumière font scintiller l'herbe humide, un tapis éblouissant si on le fixe trop longtemps par ces endroits embrasés. Les bêtes se réveillent et hurlent leur présence au monde, partout, et Louis me fait remarquer un beuglement particulier, celui d'une vache laitière abandonnée à son sort, comme il en existe encore quelques-unes dans les replis de la vallée.

– Il est temps d'aller la traire celle-ci, nous irons tantôt, mais pas trop tard, elle souffre, tu entends ?

Je lui raconte qu'autrefois, des types de Paris militaient pour libérer les vaches, pour, disaient-ils, les rendre à l'état sauvage. Tu me fais des blagues, me répond Louis. Et les bêtes se calment, car le jour est levé maintenant, et ensemble, sans un mot, nous embrassons le vide qui flotte dans les spectres de brume. Pour ensuite se répandre tout autour de nous.

26

Louis m'accompagna au camping vide, où se trouvait un petit étang adjacent au Chaussey. Ses contours étaient si harmonieux que le plan d'eau semblait avoir été creusé à la seule intention des loisirs des vacanciers. Les cannes à pêche nous attendaient, enroulées dans une bâche étanche, dissimulées sous le plancher surélevé d'un des lodges, avec tout le nécessaire, les appâts, etc.

Louis prit tout son temps pour m'expliquer. Je ne suis pas vif, avec ce genre de trucs : les mécanismes, les fils, tout ça. L'enfant me demanda de m'écarter et jeta sa ligne au loin. Son geste était si juste, si bien commenté, que j'imaginai pouvoir le reproduire du premier coup. Louis attrapa trois beaux spécimens. De mon côté, quelque chose avait bien mordu une ou deux fois, mais j'étais incapable de remonter mes prises. Louis m'apprit à vider les poissons. C'est ma mère qui cuisinait, moi je ne sais pas faire, je sais seulement les vider, m'avoua-t-il. J'attrapai un des barbecues roulants mis à disposition des vacanciers fantômes et le tirai derrière moi jusqu'au pigeonnier.

Je brûlai de savoir d'où il débarquait chaque matin. S'il était seul. Si derrière lui suivait une vaste et indistincte armée prête à refonder la civilisation. Ne dit-on pas que les enfants sont l'avenir du monde ? Mais il était difficile de faire parler un petit homme, aussi parfois le plus sage était de ne pas trop lui en demander. De ce moment, à celui où il disparut, jamais je ne passai un jour sans voir Louis. Et il me raconta certaines choses, mais pas tout.

Je sortis le service Bernardaud. La table fut dressée par Florence sous les pommiers, au bord du Chaussey. Je caramélisai des lamelles de pommes et levai les filets pour dresser mes assiettes en cuisine, avec quelques fleurs des champs. Et je sifflais *Raindrops Keep Falling on My Head* en écoutant d'une oreille Florence qui discutait prudemment avec Louis, un peu comme si elle s'aventurait au premier contact avec une intelligence extraterrestre. Les jours suivants, Louis viendrait invariablement les bras chargés de provisions, de légumes. De lait encore tiède. Où trouvait-il tout ça ?... Je supposai quelque potager secret dissimulé dans les replis de la vallée qu'il connaissait intimement. Et l'eau de la rivière glougloutait et certains jours, un héron planté dans un coude à trente mètres de là se trempait une patte sur deux, très consciencieusement. Alors oui, je sais de quoi ça a l'air... Mais c'est ainsi, sans exagérer, que les choses se passèrent un certain temps, en ce mois de septembre qui ne voulait pas voir arriver l'automne.

Un matin nous réussîmes à réveiller Florence avant le lever du jour. La veille, pris par la nuit tombée d'un coup, Louis était resté dormir avec nous sur le canapé au premier étage du pigeonnier. Il me mit dans la confidence, mais Florence, terriblement soupe au lait, détestait les surprises, presque autant que de se lever tôt. Nous prîmes la route alors que l'aube était encore d'un bleu des profondeurs océaniques. Les herbages bruissaient de notre passage. Arrivés au bord de la rivière, nous la traversâmes, en équilibre, sur un arbre effondré et remontâmes à flanc de colline. Vous vous foutez de ma gueule, pesta Florence, car c'est vrai que la pente était raide, et qu'on n'y voyait pas grand-chose. Louis se faufilait comme un lièvre tandis que nous récoltions des volées de gifles dans le visage. Les sentiers que nous suivions étaient ceux des bêtes, réseaux de croisillons formant une trame savante. Talonnant d'abord aveuglément Louis, je perçus de mieux en mieux ces infimes sillons qui marquaient le passage répété des animaux. Pistes qui disparaissaient au moindre clignement d'œil, pour reprendre forme si l'on croyait suffisamment à leur existence.

Une fois le crêt de la colline atteint, nous le longeâmes en suivant la vallée vers le sud, quand apparut un renflement marqué par un grand cirque déboisé, tel un alpage secret. En bordure de ce grand pré, sur les troncs qui le délimitaient, virevoltait encore un panneau PROPRIÉTÉ PRIVÉE. En contrebas, une variation infime de la lumière fit jaillir le serpentin du Chaussey et nous révéla, le long de son cours de mercure, un lac, d'une forme douce et encore incertaine, en partie dissimulé dans le monde sans ombre ni relief de l'aube. Un monde parfaitement immobile qui, tout doucement, s'anima, comme si les genêts, les arbustes, les massifs de ronces, se métamorphosaient en créatures. Et ces formes sombres se devinèrent de mieux en mieux.

La lueur du soleil jaillissait à peine, mais les petits troupeaux se formaient déjà, comme le dessin d'un enfant génial. Les gnous et les gazelles étaient les premiers, et en arrivant, chaque groupe eut quelques hésitations sur la place à prendre ce matin-là. Un objet froid toucha mon épaule. C'était Louis qui me tendait des jumelles. Il me fallut un temps fou pour saisir une présence dans mon champ de vision. Par moments, je pensais être sur le bon chemin, échouais sur une lisière, puis je repartais dans l'autre sens. Finalement, sur les conseils de Louis, grâce à un premier repère posé dans l'axe des sujets à observer, je procédai à un très lent balayage vertical, et je les vis enfin de plus près. Vingt, non, trente animaux sauvages, qui buvaient et se baignaient, lamas, gnous, phacochères, impalas, et quelques girafes retardataires qui, comme sous les indications d'un metteur en scène, traversèrent au premier plan le cadre circulaire des jumelles. En jetant un coup d'œil de son côté, je vis Florence, une main sur la bouche, l'autre enserrant l'épaule de Louis, éblouie par la scène.

Louis nous apprit énormément de choses très utiles. Il nous apprit comment regarder la terre et marcher dessus dans le bon sens, il nous apprit à traire une vache folle de rage. Il nous apprit quels petits fruits inconnus se mangeaient ou non. Il nous apprit à piéger les oiseaux, à les plumer, à les vider. Il nous apprit que ses parents avaient été tués, et qu'il les avait découverts au retour d'une simple balade en forêt qu'il avait entreprise pour tromper l'ennui, lors de ce confinement qui l'avait privé d'école. Rejoignant la ferme silencieuse, il avait trouvé les malheureux dans la cuisine, les mains ligotées aux chaises, la tête posée sur la nappe, un trou dans l'arrière du crâne. Il avait passé deux jours assis à leurs côtés, sans bouger d'un cil, et il y serait encore probablement si un voisin de son âge, à qui il était arrivé le même drame, n'était pas venu le voir.

Il m'apprit qu'il n'avait peur de rien, mis à part deux choses. La première, c'était de peut-être, un jour, ne plus parvenir à se souvenir du visage de sa mère. Moi-même, j'avais été saisi de la même angoisse, tâchant récemment de me rappeler un véritable moment passé avec mon père. J'avais alors réalisé que ces quelques images de lui n'étaient plus que celles des tirages que j'apercevais parfois en rangeant des papiers. Je n'affichais pas ces photos au mur car, je le croyais, son image se trouvait bien là dans ma mémoire. Comme une amitié ou un jardin, le souvenir des morts se fane si on le délaisse. À l'idée de voir disparaître le visage de sa mère pour toujours, Louis s'autorisait à sangloter, ce qui, chez lui, se résumait à accumuler les larmes le long de ses paupières sans que jamais elles ne roulent le long de ses joues. N'était-ce pas la preuve qu'il ne l'avait pas suffisamment aimée ? Plus il tentait de la ressaisir en pensée, plus l'image de sa mère, s'effrayait-il, se dégradait davantage. Comme un rêve que l'on s'acharne à restituer au petit matin.

On devrait essayer de la dessiner, suggéra Florence, et c'est ainsi que chaque jour ou presque, après avoir réuni le matériel adéquat, Louis se mit au dessin. Florence n'avait aucune patience, mais tout allait pour le mieux car Louis, lui, en avait pour deux.

Florence elle-même avait beaucoup travaillé pour en arriver là, lui raconta-t-elle. Elle avait d'abord fait des études de textile et de mode. Ses premiers dessins plus ou moins personnels, outre les nus académiques et autres exercices indispensables aux classes préparatoires, consistaient en des silhouettes qui n'avaient pour but que de rendre lisible le vêtement, seul véritable sujet du travail. Et alors qu'elle était tout juste sortie de l'école, on avait voulu l'embaucher chez Martin Margiela. Deux semaines avaient suffi pour qu'elle réalise que la mode était un milieu détestable. Provoquant l'effarement de ses pairs, elle avait quitté sans se retourner ce poste dont tout le monde rêvait, à part elle. Et c'est toute seule dans sa chambre qu'elle s'était mise à croquer des personnages, des barmans, des passants, puis des politiques, des stars… Elle-même ne sachant pas bien pourquoi ni comment, elle était devenue dessinatrice de presse et publiait ses vues acerbes du monde sur la version web d'un grand quotidien. Son talent dans l'exécution des attitudes, des regards, comme tout son humour plein d'esprit, s'étaient alors cristallisés comme par magie. Elle avait progressé encore et encore, et s'était lancée dans des ouvrages importants sur les thèmes qui la passionnaient depuis toujours : l'histoire et les mythologies. Deux univers qu'elle traitait avec autant d'érudition que de facétie. Florence avait de jolis titres à son catalogue, chez de prestigieux éditeurs. Mais, à la grande déception de Louis, aucun n'était plus disponible en librairie. Faute de librairies.

Mathias, épuisé par sa vie nocturne trépidante, fut un des premiers modèles de Louis, tant il dormait profondément. Louis fit de lui quelques délicieux dessins. Dans chaque trait jaillissait la malice de trouver le suivant. Sans projeter la forme finale, l'enfant doué se laissait guider, de proche en proche, voyant correspondre l'arête du museau avec les coussinets bien rangés, traçant de tête des repères orthonormés qui lui permettaient de produire tous ces entrelacs de pattes, de motifs tachetés et de pointes d'oreilles. Oublie que c'est un chat, tu le retrouveras mieux à la fin, disait Florence. Épris de liberté et d'une gourmandise manifeste des formes, les dessins de Louis se caractérisaient aussi d'une manière bien particulière, une signature qui commença à se révéler en dessinant Mathias.

Une fois bien acquis le principe selon lequel on commence à dessiner un corps par l'intérieur, les contours extérieurs ne semblèrent même plus l'intéresser. Le visage était bien installé, lové entre les pattes avant, elles-mêmes rejointes par les pattes arrière dans cet enchevêtrement de confort dont les chats ont le secret, puis l'enfant laissait l'essentiel du sujet s'évanouir dans le blanc du format vide. Dans les dessins de Louis, la frontière entre les êtres et le monde s'évanouissait.

Pour une raison que je mis un certain temps à élucider, ces images de Mathias, aussi précises que spectrales, me plongèrent dans une mélancolie de plus en plus palpable. Je crus d'abord qu'il s'agissait de jalousie, si absurde que cela puisse paraître. Mais bien vite je réalisai que c'était bien plus grave que ça : les dessins de Louis étaient l'expression d'un enfant qui n'avait pas divorcé d'avec le monde. À son échelle, le monde d'avant – qu'il commençait déjà à oublier – n'avait pas duré assez longtemps pour qu'il ne laisse aucune chance à celui d'après. Le monde, à ses yeux, n'était pas qu'une somme d'éléments et d'êtres hostiles, coupés les uns des autres. Il dessinait un monde des possibles, duquel je m'étais coupé depuis trop longtemps. Du chat, Louis tirait une douloureuse vérité.

Il prit tout son temps avant d'essayer de retrouver le visage de sa mère. Les premiers échecs lui causèrent de grands tourments. Louis était hanté par cette dernière image réelle qu'il avait vue d'elle, la joue écrasée sur la toile cirée de la table de la cuisine, l'œil tout rond d'un poisson hors de l'eau, la flaque de sang presque noire, l'arrière du crâne ouvert comme si une taupe venait d'en sortir. L'image brouillée de sa mère éteinte devenait le fantôme d'une image, un insoutenable reflet transformé en grand flou.

Mais il persévéra. Progressivement, nous découvrîmes ce visage – yeux, nez, bouche –, flottant dans la page blanche. Chaque version devenait plus vivante, plus précise. Les traits les plus appuyés cernaient la fossette myrtiforme, ce petit creux qui relie le bas du nez à l'ourlet de la lèvre supérieure. Et selon les versions, par le menton, l'arrondi d'une oreille à peine évoquée, une mèche ou un fragment de col de chemise, la forme d'un visage un peu potelé se laissait deviner. Mère et fils avaient tous deux ces mêmes joues rondes. Après des dizaines de tentatives, un beau jour, Louis dit : La voilà. Agités du même tic, Florence et lui contemplèrent de longues minutes le dessin, méditant en se frottant le bout du nez jusqu'à ce qu'il devienne rouge.

Le temps se rafraîchissait doucement. Il y eut quelques grosses pluies, annonçant les suivantes. Et les soirs de temps sec, autour du feu, Florence nous faisait la lecture des *Rois maudits*. Toutes ces tortures, ces traîtres étripés, ces bébés rois empoisonnés dont le teint virait au bleu foncé devant l'assistance des seigneurs du royaume, ça avait le don d'enchanter Louis qui s'avouait pourtant perdu dans toutes ces ascendances et alliances complexes. Florence convint que ce n'était pas clair, et qu'il fallait se représenter tout ce petit monde à l'aide d'un arbre généalogique. Encore un, murmurai-je, car c'était là une des nombreuses passions obsessionnelles de Florence.

Lors de sa période Aliénor d'Aquitaine, qui avait duré suffisamment longtemps à mon goût – car Florence était comme ça ; passer du temps en compagnie des morts lui procurait un plaisir fou –, elle avait fait et défait, dans des cahiers entiers, les arbres des familles royales de France, d'Angleterre et de Navarre. (C'était à peine un an après notre rencontre ; nous venions de nous installer ensemble ; l'épisode m'avait un peu terrifié.) Comme celle de tout organigramme complexe, la réalisation d'un arbre généalogique lisible suppose de nombreuses étapes, partant du simple inventaire des filiations pour aboutir à l'organisation graphique. On se retrouve vite avec des lignes qui se croisent dans tous les sens, une branche plus fertile qui prend trop de place et qui déborde sur d'obscurs défunts sans descendance. Alors on recommence, et cette histoire peut ne jamais finir.

Si la filiation des Capétiens se révélait pas évidente à absorber dans son ensemble, le lexique chamarré des héros historiques de Druon fit mouche dans le vocabulaire de Louis. C'est là délice de seigneur, s'exclamait-il à table, pour me féliciter de mes œufs mollets panés grâce à de la chapelure récupérée dans un fond de placard. Comme moi, il adorait Robert d'Artois et son audace : un colosse gueulard, sans gêne et dépensier, qui ne cessait d'emprunter de l'argent aux Lombards, parlant de poitrines laiteuses et de gibiers saignants avec un appétit semblable, chaque jour assez ivre pour honorer les seconds et dévorer les premières.

Une nuit, au pied du pommier, alors que Florence était fatiguée de lire et s'était endormie, nous restâmes avec Louis à fixer les braises hypnotiques. Louis se saisit d'un fragment de branche et lentement, il traça le symbole Ø dans le tapis de cendre claire qui débordait du feu.

27

Comme pour repousser de véritables explications, aussi douloureuses qu'inévitables, l'enfant tenta d'abord de m'expliquer ce que, d'un point de vue mathématique, ce symbole signifiait. Voici, à peu près, ce que j'en compris. Ou plutôt, ce que je ne compris pas, car tenter de l'expliquer me donne un mal fou. L'ensemble vide n'est pas le zéro, ni le vide : c'est un *ensemble*, une sorte de sac virtuel, mais qui ne contient rien. La seule image tangible que je peux vous proposer, c'est le reflet du néant dans un miroir, lui-même cerné d'un cadre qui n'existe que théoriquement. Je l'avoue, j'avais abandonné les mathématiques à peu près à l'âge de Louis, lorsqu'il s'était agi de *fonctions affines*. En classe, les vertiges me prenaient. Mais ce n'était rien à côté de la suite du discours de Louis…

Il y avait d'abord beaucoup de rumeurs et de récits que Louis et ses amis avaient recueillis en croisant des survivants. On décrivait l'ensemble vide comme étant parfois des centaines, parfois des milliers, et ils voyageaient partout comme des ombres laissant derrière eux cendres, cadavres et désolation. Certains parlaient d'une secte satanique. D'autres évoquaient des cannibales, des illuminés, des prisonniers décidés à répandre le chaos, des sacrifices de masse, des légions entières qui, de leur plein gré, se jetaient depuis les falaises de calcaire le long de la vallée de la Seine, au bord desquelles dansaient d'immenses brasiers. Ces feux, Louis les avait vus. Si immenses qu'il en avait perçu les formes et les couleurs, alors qu'il avait poussé jusqu'aux collines d'Acquigny, grimpant jusqu'à la cime des arbres les plus hauts qu'il avait trouvés.

On parlait de ce château fort perché sur un piton rocheux au-dessus de la Seine, le Château-Gaillard, d'où un sombre seigneur, un sorcier prétendaient certains, régnait sans partage sur les corps et les âmes, de Vernon au Havre, et jusqu'à Fécamp au nord, peut-être au-delà. On parlait d'un culte des morts, de messes noires, d'expériences et de femmes fécondées par des porcs pour créer une nouvelle race de soldats, insensibles à la douleur et délivrés de l'envie de vivre. On craignait des morts-vivants dont il ne fallait pas croiser le regard, sous peine de se transformer à son tour et, toute raison perdue, de n'avoir d'autre choix que de grossir leurs rangs. On disait même que là-bas, de l'autre côté de la Seine, sur les terres de l'ensemble vide, qui ne cessait de s'étendre et d'absorber plus de fidèles fanatiques, il faisait maintenant constamment nuit. Louis aussi, lors de ses pérégrinations plus au nord, avait vu les signes sur les fronts des cadavres, les mises en scène grandioses, des monticules de corps enchevêtrés, installés sur les places des villages, dans les clairières, à la croisée des chemins.

Ce sur quoi tout le monde était à peu près d'accord, dans ce fatras de légendes, c'est qu'au départ, à Gaillon, quelqu'un avait pris la parole dans les jardins du château Renaissance qui surplombe la ville. La Grande Démission venait de claquer aux oreilles de chacun. On se pressait chaque matin plus nombreux pour écouter cet homme qui demandait de le suivre pour tout reconquérir et porter une vérité nouvelle.

Dans la foule enivrée de ses paroles furieuses, on s'était mis à brûler les plus faibles, en offrande à un dieu mort et sans nom, et bientôt, ce fut le château lui-même qu'on avait incendié. L'homme haranguait ses nouveaux fidèles dans les jardins ceints d'un enclos, dont chaque voûte, chaque arc ayant survécu au feu évoquait les côtes saillantes d'un squelette d'éléphant abandonné en plein soleil.

Dans toute la ville, l'ensemble vide s'était déversé. Et quand Gaillon avait été entièrement saccagée, qu'il n'y avait plus rien eu à détruire ni de corps à sacrifier, le prêcheur s'était mué en guide, et des hordes de jeunes gens l'avaient suivi le long des boucles de la Seine. L'écho de milliers de voix, frappant la surface du fleuve, était parfois parvenu aux oreilles de Louis. Nous sommes l'ensemble vide. Et du vide renaîtra l'ensemble. Et le long des veines des vallées de Normandie se répandaient leurs paroles, répercutées par l'écho et relayées par les bonnes gens terrifiés.

28

Florence ressentit bientôt comme une indispensable nécessité de poursuivre l'éducation de Louis. Elle entendait lui faire l'école, interrompue quelques mois plus tôt dans les circonstances que l'on connaît. (J'avais soupçonné Florence d'être rassurée par ce rôle de préceptrice, dont certes le côté vieux jeu l'amusait, mais qui avait surtout l'immense avantage de nous détourner de celui de parents qui s'imposait petit à petit par la force des choses. Être parents, sur le papier, c'était vraiment trop flippant.)

Naturellement, elle prit la charge de l'histoire, comme l'histoire de l'art, disciplines somme toute voisines qui, ce n'était pas idiot, méritaient d'être enseignées conjointement. Elle appliqua ainsi une pédagogie originale et habile. Louis fut d'abord initié à une grande vision d'ensemble. Les principales ères répondaient aux manifestations artistiques et à leurs mutations. Les civilisations antiques, leur polythéisme et leur culte d'un corps divin – les sexes d'enfant des statues qu'on avait, ensuite, couverts de feuilles de vigne. Chose épatante : de mémoire, sur les murs du rez-de-chaussée du pigeonnier, Florence avait tracé au charbon la silhouette de la Victoire de Samothrace. Venait ensuite le Moyen Âge, dévot, guerrier, tristement monothéiste et hiératique dans ses représentations. J'étais tombé lors de mes années de lycée sur un document remarquable : le *Manuel de l'inquisiteur* signé Bernard Gui. Certaines des menues horreurs qui s'y trouvaient m'avaient fortement marqué. Je les restituais à Louis pour illustrer par l'exemple le fait que, globalement, les types de cet âge n'étaient pas commodes. On sortait de là, moyennant tout de même la mise au bûcher de bon nombre d'esprits libres, vers le temps des grandes découvertes. L'existence de nouveaux continents, une terre toute ronde, cela ouvrait quand même des perspectives extraordinaires. On changeait de monde et toute représentation s'en trouvait simultanément bouleversée par l'invention du point de fuite. On assistait au come-back de l'Antiquité, c'était la Renaissance. Puis les Lumières dont certains représentants semblaient pourtant singulièrement manquer. Les tissus de conneries de Jean-Jacques Rousseau répondaient à l'authentique génie d'un Diderot pour ne citer que lui. Mais c'était globalement *l'éclate*, ce XVIIIe siècle. En témoignait le style rococo, le faste délirant de Versailles, Fontainebleau. Nous n'eûmes pas le loisir d'aller plus loin. La Révolution, Napoléon et tout ce passionnant imbroglio du XIXe méritaient tant d'approfondissements… Néanmoins, Florence avait posé les bases du regard de l'enfant sur le chemin des hommes à travers le temps, au prisme des arts et de la guerre, des corps et des idées. J'assistais moi-même aux cours, captivé par le talent de mon épouse.

Oui, mon épouse, car en effet, nous nous étions mariés. Louis avait officié, avec autant de malice que de maladresse, lors de la cérémonie, dans la petite église du Brévedent. Et le garçon s'était permis d'hilarantes improvisations. Il avait souhaité un destin brillant à notre unique enfant, Mathias. Il nous avait fait promettre une éternelle assistance mutuelle, et avait voulu s'assurer, pour être tout à fait honnête, que Florence se chargerait de ma protection physique jusqu'à ce que la mort nous sépare. J'avais fait mine de mal le prendre. Au moment où il nous avait autorisés à nous embrasser, il s'était couvert les yeux et avait laissé échapper un soupir de dégoût très exagéré. Vous avez terminé ? s'était-il enquis avant de retrouver la vue. Il nous avait suivis jusqu'au pigeonnier en jetant sur nos épaules des Corn Flakes périmés, avait sorti une incroyable bouteille de champagne d'on ne sait où. Florence, après trois verres, avait eu les joues toutes rouges. L'euphorie de la cérémonie avait fait place à un silence un peu gêné. Louis avait compris que malgré toute l'affection que nous lui portions, il devenait un peu de trop.

À peine avait-il tourné les talons, masquant une gentille vexation, Florence m'avait sauté dessus. Et cette nuit-là nous retrouvâmes une activité sexuelle délirante, chose oubliée depuis si longtemps, comme si nous avions attendu une sorte d'occasion officielle pour nous y remettre. Même jeune, je n'avais pas vraiment le souvenir d'avoir pu réitérer l'exploit autant de fois... La nuit était vite passée. Et c'est coincé entre les cuisses de Florence que j'avais aperçu, du coin de l'œil, le jour se lever par la fenêtre. Sur le rebord de laquelle étaient venus se poser de minuscules oiseaux, comme autant de gentils voyeurs, observant la tête penchée nos ébats interminables.

Ce mariage, ce n'était pas rien pour moi : Florence avait, les cinq dernières années, repoussé toutes mes demandes. Pourquoi voulais-je à tel point l'épouser ? C'est difficile à dire. Mes parents ne s'étaient jamais mariés. J'avais été élevé dans l'idée de l'horrible ringardise d'un tel acte. Cette non-union était d'ailleurs la cause de la perte du titre de comte qui devait me revenir, étant le fils aîné du fils aîné. Ma mère m'avait raconté comment mon père avait été tanné par le sien pour qu'il l'épouse. Mais il s'y était toujours lâchement refusé : c'était le « rien à foutre » des années 80. Il me fallait peut-être réparer ça... Un jour que je rentrais tard au pigeonnier, après la tombée de la nuit, Florence m'avait dit oui. Oui, quoi ? Oui, on se marie. Pourquoi maintenant ? avais-je demandé, un peu emmerdé car, disons-le clairement, ce n'était pas le moment idéal. J'ai craint que tu ne reviennes jamais, m'avait-elle expliqué. Et si tu disparais, je veux au moins garder ton nom.

J'eus la charge du français et bien sûr de la géographie. Sur de grandes planches en contreplaqué, cette mémoire que je ne savais pas si bonne m'autorisa à tracer de lointains continents, les pays, les capitales. J'eus beaucoup de mal concernant l'Asie centrale. Tous ces pays terminant en *-stan* se placèrent un peu au hasard. Sur le reste, ce n'était pas trop mal. Mais ces cartes, si précises soient-elles, étaient somme toute assez désincarnées. Alors un soir, Louis, qui n'avait jamais quitté la France, nous demanda de lui raconter nos voyages. Ce fut l'occasion de réaliser avec Florence que notre vie avait été assez splendide. Avant notre rencontre, il y avait eu ma découverte, enfant, des pyramides d'Égypte ou encore de Pétra. Deux sites que ma mère m'avait fait visiter après nous être levés à trois heures du matin, afin de les voir à la lueur de l'aube. Je racontai la Floride et surtout Disneyworld, Seaworld, Universal Studio et cette attraction King Kong qui m'avait tant marqué. Quant à Florence, elle avait passé presque un an au Brésil, en compagnie de son ex ornithologue, à parcourir les jungles pour observer les oiseaux rares. Dans un autre registre, elle se remémora ces voyages en famille à Venise où la joyeuse bande, non sans avoir prévu un marathon culturel, avait en réalité passé le plus clair de son temps au Harry's Bar. Son oncle et sa tante qui se vouvoyaient, et qu'on surnommait Dupont et Dupond, avaient la passion des églises, des cryptes et des cryptoportiques. Mais aussi des plaisirs de la table et des liqueurs. Ils savaient vivre, ça on ne pouvait le nier. Florence gardait d'extatiques souvenirs de ces séjours. Elle ne cessait d'y revenir et d'insister sur la mise impeccable des serveurs du Harry's et la saveur du Bellini qu'on y servait, que jamais elle n'avait retrouvée ailleurs.

Concernant nos vacances en commun, nous revint à l'esprit cette drôle de malédiction qui frappait Florence.

Tous nos voyages avaient, mêlées à d'autres prétextes, des motivations principalement artistiques. Il s'agissait d'aller ici et là pour voir tel ou tel chef-d'œuvre. Et invariablement, en arrivant sur les lieux, les œuvres étaient prêtées ou en restauration. Ainsi, les Rothko de Londres avaient attendu notre venue pour s'envoler vers une exposition exceptionnelle au Japon. À Tolède, pile les trois jours où nous y étions restés, une improbable grève des gardiens de musée nous avait interdit la contemplation des Greco. Cette histoire qu'on aimait beaucoup raconter dans les dîners occasionnait une de mes blagues favorites : j'avais une maîtresse exclusivement dédiée aux voyages. Ce qui, à la différence de nos amis, faisait moyennement marrer Florence.

Nous atteignîmes nos limites assez vite. Tout cet effort de mémoire, de restitution et de transmission était assez épuisant. Je conçus alors l'idée de visiter un établissement scolaire pour y récupérer les manuels indispensables à la poursuite de l'éducation de Louis. Il nous fallait approfondir, et aussi toucher à ces disciplines dans lesquelles Florence et moi n'avions pas particulièrement brillé : la biologie et la physique.

Louis m'apprit que le collège le plus proche, qui se trouvait être celui où il avait fait son début de sixième, avant le confinement, était à Cormeilles. En évitant les axes principaux, il y en avait pour deux heures de marche. Sans se presser, et en prenant en compte l'exploration des lieux, une journée suffirait à remplir la mission. Louis entreprit de me dessiner une carte... Et soudain, l'évidence me frappa. Cette soif de connaissance du territoire qui m'entourait, Louis pouvait y remédier. D'un air entendu, il m'assura que oui, bien sûr, lui et ses compagnons – dont je ne connaissais toujours rien – avaient exploré les proches environs. Avec son aide et ses explications, aussi claires que possible, je m'attelai enfin à la réalisation d'une carte de cette nouvelle Normandie qui nous entourait.

Louis fut le premier à me confirmer l'existence très concrète d'une société islamique installée dans la ville de Lisieux et ses alentours, et qui s'étendait vers le sud sans qu'il en connaisse les limites réelles. Comme nous, il avait d'abord vu les frontières constituées de calvaires humains. Mais à présent, ces jalons barbares étaient remplacés par un mur dont on achevait déjà la construction. Ce qu'il se passait derrière ces murs, il n'en avait pas la moindre idée.

Non loin de Lisieux, sur la commune du Breuil-en-Auge, se trouvait un château et son domaine appelé la Spiriterie, jadis haut lieu touristique du pays d'Auge, d'un chic accompli, où l'on produisait du calva et des spiritueux en tous genres. Le château était de taille considérable, les dépendances nombreuses, le tout posé sur un grand lac entouré de chênes centenaires et de saules pleureurs, c'était magnifique et très pratique pour y installer un royaume. C'est là que Louis et ses compagnons, en s'approchant avec prudence, avaient pu voir un autre groupe formé de gens bruyants et très portés sur la violence. Tout autour du château et de ses dépendances, de nombreux poids lourds étaient garés, et ces véhicules ne cessaient de faire des allers-retours. J'en déduisis que ce devait être, vraisemblablement, la base de nos fameux Déménageurs.

Vers l'ouest, en s'approchant de la côte, Louis avait d'abord vu des scintillements sur les hauteurs des collines. C'est en se faisant tirer comme un lapin qu'il avait compris qu'il s'agissait de lunettes de fusils reflétant les rayons du soleil. Du côté de Deauville donc, on trouvait encore un autre groupe, visiblement très farouche. Il semblait bien imprudent de s'y aventurer car de ce côté-ci, on tirait à vue sur tout ce qui pouvait s'approcher. Louis et les siens devinaient que derrière cette frontière bien gardée, tout le littoral s'était organisé plus que décemment. Des contrées riches de nombreux élevages de chevaux, de quelques plantations de pommiers, et où, surtout, ils pouvaient pêcher. Je conclus qu'entre ces forces en puissance, l'endroit où nous nous trouvions, Le Brévedent, constituait ni plus ni moins un no man's land.

Une fois cette carte effectuée – j'en étais ravi –, je confiai Florence à Louis une journée et m'aventurai vers Cormeilles, aux frontières du Schlagistan, à la recherche de ces manuels scolaires. Et pourquoi pas d'autres trouvailles, si la chance me souriait. Le chemin fut facile grâce aux indications de Louis. J'évitai les départementales et les agglomérations, ne croisai pas âme qui vive. J'atteignis Cormeilles alors que le soleil était à mi-course, au beau milieu du ciel immaculé. Je n'eus aucun mal à localiser le collège Europe. Quel drôle de nom, quand j'y repense. N'avait-on pas assez de personnalités illustres en France ? L'établissement moderne, de mauvaise facture, portait le nom d'un continent mort, dont la seule réalisation récente se résumait à une monnaie. Cela me déprima un peu.

À l'approche de l'enceinte l'odeur fut proprement insupportable : une putréfaction torride que jamais je n'avais sentie auparavant. Devant les grilles étaient stationnés quatre ou cinq autobus, toutes portes et coffres à bagages ouverts. Sur le chemin vers l'entrée gisaient quelques anoraks et sacs à dos.

Je traversai un préau pour découvrir, dans une grande cour de récréation, un paysage tout à la fois choquant et très soigneusement mis en scène. Dans ce miroir de l'enfer s'étalait à perte de vue un cimetière où les croix étaient montées à l'envers, et où l'on avait crucifié les corps de centaines d'adolescents, la tête en bas. À la présence des autobus devant, et au nombre impressionnant d'enfants ici exécutés, je compris qu'on avait procédé à leur concentration en ces lieux, comme pour quelque épreuve du brevet. Les croix étaient très nettement fichées dans l'impénétrable béton. Au moyen de quel engin, de quel outil avait-on réalisé cet ouvrage ? Sous le soleil de midi scintillaient les clous énormes, enfoncés dans les pieds recroquevillés. C'est le choc du béton grumeleux sur mes genoux qui m'informa que je m'étais effondré. Et malgré chaque soubresaut des convulsions qui m'agitaient, je cherchais un air subitement absent du monde, mon regard se reportant irrésistiblement vers ce carnage méticuleux comme pour me convaincre de son impossibilité. La disposition des croix plantées selon de parfaites diagonales me rappela les cimetières militaires américains. Suivant un incompréhensible dessein, on avait soigneusement tondu les pelouses adjacentes.

Ce n'est qu'après coup que je remarquai le corps d'un petit homme en costume, qui pourtant gisait à quelques mètres seulement de moi, mais dont la présence avait été occultée par l'installation sidérante. Il faut dire que son cadavre était méconnaissable. La forme m'avait d'abord évoqué des débris quelconques. Les jambes repliées sous le torse, le dos vers le ciel, formant une boule docile tel un croyant en prière ou un animal soumis, ses bras démantibulés faisaient en revanche désordre. Une joue collée au béton, son visage tourné me faisait face, figé dans une expression de stupeur. C'était sûrement le principal ou un conseiller d'orientation. Ce genre de type lamentable qui n'avait, par le passé, jamais su correctement indiquer à aucun enfant quel chemin emprunter, quelle bonne question se poser, lui-même arrivé à ce poste, bien au chaud, à la faveur d'un énorme malentendu. Quel genre de formation avaient reçu ces formateurs ? Cela demeurerait un éternel mystère. J'imaginais l'homme se présenter seul à la rencontre des assaillants pour discuter de leurs intentions, et la suite des événements avait visiblement ébranlé sa foi en l'être humain.

À mon retour au pigeonnier – un trajet dont je n'ai aucun souvenir –, Florence et Louis interrompirent leurs exercices d'arts martiaux pour m'accueillir. Alors, ces manuels ? Le collège a brûlé, dis-je en mentant. Et je partis me coucher, croyant que le sommeil pourrait tout effacer.

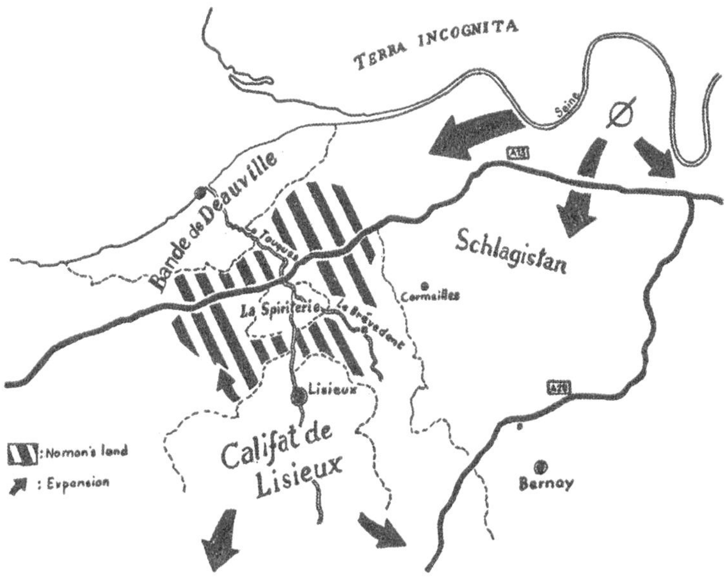

Normandie – septembre 2020

29

Aujourd'hui, il m'est difficile d'écrire. Tout un chahut me parvient des étages de l'hôtel du Golf, et autour, au travers des vasistas, je vois des jambes qui courent dans tous les sens. Il y a des moteurs qu'on démarre, des cris, des manœuvres. Les choses tournent mal, c'est évident. Et d'ailleurs, le vide qui se fait autour de moi en est la preuve. De mes codétenus il ne reste qu'à peine cinq pauvres carcasses inutiles, couchées sur le côté, l'œil vague. Il ne leur manque qu'une pipe d'opium. Le besoin en hommes s'est brutalement accru ces derniers jours et c'est par dizaines qu'on les a tirés des sous-sols. Même les plus faibles. Les combats se sont manifestement intensifiés. Il ne reste ici que les neurasthéniques ou les infirmes.

Cette dernière semaine, l'archiviste qui récupérait mes feuillets, d'habitude si calme, m'a arraché ces pages comme s'il allait tout jeter au feu. La peur débordait de son regard. Toute son assurance avait disparu. Voilà trois jours qu'il ne descend même plus. La panique ruisselle des étages supérieurs. Ce matin, j'ai entendu plein de femmes et d'enfants qui pleuraient, puis des portières claquer dans tous les sens. On part se mettre à l'abri quelque part. Peut-être embarquent-ils sur des bateaux, espérant trouver refuge plus loin, dans le Cotentin ou sur les îles Anglo-Normandes. En Amérique.

Quoi qu'il en soit, il faut que je me dépêche si je veux tout raconter. Personne ne me l'a demandé, non. J'ai réalisé que tout ce qu'on me forçait à écrire, je m'étais mis, progressivement, à l'écrire pour moi. Oui, depuis plus longtemps que je le crois, j'écris pour moi-même. Enfin, pour Florence. Pour que de notre vie, de sa vie, il reste quelque chose.

Quelque chose de vrai. Ou quelque chose de beau.

C'est souvent la même chose.

30

L'été indien s'était volatilisé en quelques jours à peine. Un crachin de pluies acides se mit à balayer le paysage, fondant ciel et terre en un tableau maussade, éraflé de glaciales horizontales.

Florence était inconsolable : Mathias avait disparu depuis plusieurs jours. Le froid aidant, elle sombra dans une dépression qui se traduisit concrètement par une capacité de sommeil hors du commun. Je ne l'avais jamais aimé, ce mois d'octobre – la grisaille, la nuit venant de plus en plus tôt, mon anniversaire qui tombait le 29, annonçant avec lui la fête des morts à venir. Et ce mois d'octobre là en particulier s'annonçait, Mathias perdu, d'une tristesse inégalée. Louis ne se montrait plus depuis quelque temps, les pluies incessantes le décourageant, j'imagine, de traverser les forêts boueuses pour nous rendre visite.

Chaque matin, nous déposions des bols de nourriture en tous genres au pied du pigeonnier, et plus loin, aux quatre coins des herbages. Malgré le risque encouru, nous sifflions l'air que Mathias connaissait bien et auquel il répondait habituellement, nous l'appelions par son nom, hurlant à tue-tête dans tous les bois environnants. Le plus difficile était de concevoir un but à notre existence, maintenant que Mathias n'était plus là. Incapable de mettre un pied dehors la plupart du temps, je restais enfermé dans le pigeonnier, aux côtés d'une Florence catatonique, réfugiée dans un sommeil sans fin.

Avec le suicide de mon père, j'avais fait l'expérience de la disparition brutale, chose tout à fait nouvelle pour Florence. (Certes, après que tout avait déraillé au mois de mars, nous supposâmes que ses parents, qui vivaient à Paris, ne s'en étaient pas tirés – ils occupaient un bel appartement en rez-de-chaussée, lequel, on pouvait s'en douter, avait dû faire des envieux. Mais ce n'était pas pareil : Florence n'avait jamais fait face à la disparition d'un être cher, là sous son nez.) Florence s'éveillait de temps en temps pour se plaindre du froid et de l'humidité qui rendaient le lit glacial. Alors j'allumai des feux sur la terre battue, et suspendis les couvertures sur un fil tendu pour les réchauffer. Lorsque je remontai pour la couvrir, elle se retourna dans son oreiller et bredouilla : Cherche encore, mon amour. S'il te plaît, cherche encore.

Je me donnai trois jours et trois nuits, maximum. Le dilemme était de taille car il me fallait laisser Florence seule, avec tous les dangers que cela comportait. Elle n'était pas dans son état normal. Incapable de se défendre. Plongée dans une profonde léthargie. Plutôt que notre sac de camping rouge, j'optai pour le sac kaki de François-Xavier. Il s'agissait de ne pas se faire remarquer. J'y glissai quelques provisions et m'en allai remplir la gourde. En remontant à l'étage du pigeonnier, je comptais d'abord réveiller Florence et lui expliquer mon projet. J'y renonçai et me contentai de lui laisser un mot sur la table de nuit. Ma première version disait : Mon amour, je suis parti à la recherche de Mathias, je serai de retour le plus vite possible. Fais-moi confiance. Ne bouge pas d'ici. Je t'aime.

Quel idiot je fais. Même moi j'avais peine à croire en l'éventualité d'un succès. Je n'avais aucun droit de lui donner de l'espoir. Ma deuxième version était plus directe. Ne bouge pas, je reviens.

Louis, qui connaissait toute la région, m'aurait été si précieux. Et je me rendais compte à quel point il me manquait. Mais contrairement à Mathias, le jeune garçon m'avait prévenu qu'un jour ou l'autre il devrait partir. C'était un matin, au bord de l'étang, dans le camping vide. La veille j'avais trouvé, oublié en haut d'une armoire, un splendide voilier de bassin, voile écrue et coque de bois laqué. Le petit mécanisme à remontoir actionnant le gouvernail, qui, s'agitant, faisait office d'hélice, était opérationnel. J'en avais fait cadeau à l'enfant. Et nous nous étions rendus au bord de l'eau pour l'y glisser et voir le voilier traverser le plan d'eau en silence. Ses anciens propriétaires avaient pris soin de baptiser l'objet. Son nom, *Espoir II*, était inscrit en cursives au pinceau bleu sur l'acajou. Le bateau produisait un bruit charmant, semblable à ces petites embarcations dont le moteur résonne dans le golfe du Morbihan. Un « toc-toc » respectueux de toute la beauté qui l'entourait. Incapable de virer de bord, le bateau miniature n'eut d'autre destin que de filer droit pour s'échouer sur la rive d'en face. Nous fîmes le tour de l'étang pour tout simplement recommencer dans l'autre sens.

C'est là que Louis, les yeux fixés sur le voilier qui entamait sa deuxième traversée, m'avait annoncé qu'un jour, il ne savait pas quand, il devrait partir, et ce sans pouvoir nous prévenir. Et que ce jour venu, il ne me faudrait pas le chercher, ni espérer son retour. Il m'avait dit aussi que s'il venait à disparaître, je devrais en faire autant, et au plus vite, car cela signifierait probablement que l'ensemble vide s'approchait de nous.

Cette menace qui prenait forme ne put me détourner de mon projet fou. L'éventualité de vivre sans essayer de retrouver Mathias était inconcevable.

31

En formant d'abord une ronde en ellipse autour de mon point de départ j'entamai ce que j'espérai être une battue méthodique d'un périmètre d'abord restreint. Les deux premiers jours je ne croisai personne. Un orage éclata la deuxième nuit et se prolongea toute la matinée du troisième jour. Que pouvais-je espérer d'une telle expédition ? C'était navrant. Chaque pas souffrait d'une indécision qui me labourait les neurones au scalpel. J'imaginais Florence se faire kidnapper et devenir le jouet de malades mentaux. Pour parer autant que possible à une intrusion dans le pigeonnier, j'en avais saturé le premier niveau à l'aide de débris divers et de petites machines détraquées comme des motoculteurs ou des coupe-bordures. Ce faisant, en reculant vers la porte d'entrée, j'en avais condamné l'accès avec tout ce qui m'était passé sous la main.

Le troisième après-midi, alors que j'évoluais dans un bosquet, le genre dont Mathias raffolait pour se dissimuler et faire la sieste, je fus surpris par un vrombissement, d'abord très lointain, mais qui s'approchait doucement.

Je courus à travers les ronces et, me trouvant dans un semblant de clairière, je levai le nez pour voir de mes yeux ce qui semblait, au son, n'être rien d'autre qu'un avion. Et je le vis passer entre les branches. Il volait assez bas. C'était un modèle militaire. Les sigles me firent d'abord penser à un appareil américain, puis logiquement je penchai plus vers une origine britannique. En Angleterre, malgré les rumeurs du mois de mars sur internet, tout le monde avait dû garder son fameux flegme. Leurs avions ne survolaient probablement la France que pour constater l'ampleur des dégâts, et sûrement pour bien se foutre de notre gueule. J'imaginais des sociétés de tourisme organisant le *French Disaster Tour*, avec un speaker fournissant l'explication de cette débâcle par toute l'arrogance dont nous savions faire preuve, ainsi que par une dose excessive de lâcheté que nos voisins nous prêtaient de manière unanime.

Ce troisième soir, alors que le jour déclinait doucement, j'estimais ma position comme étant plus au sud que je ne l'avais jamais été, presque au débouché de la vallée du Brévedent. Le temps gris et plombé n'avait pas permis à mes affaires de sécher. J'avais le cœur lourd comme tout le reste. De sinistres galettes Wasa sans saveur, c'était tout ce qui me restait. Rien de tout cela n'était raisonnable. Quelle imprudence j'avais commise.

Quand tout à coup, un miaulement au loin. Le sang me frappa dans les tempes et je me dressai sur mes deux jambes, saisi de vertige. Le silence. Le silence encore. Puis un deuxième miaulement qui me confirma que je n'avais pas rêvé. Il me fallait me calmer car les battements de mon cœur résonnaient dans mon crâne plus fort que tout. Je pris une immense respiration et me plongeai dans une apnée que j'espérai faire durer au maximum.

Évoluant par à-coups d'à peine dix mètres, puis m'arrêtant pour tendre l'oreille de nouveau, je maudissais le bruit de chacun de mes pas sur les brindilles cassantes. Un nouveau miaulement me fit réajuster ma trajectoire, plus à gauche, puis plus à droite. Je mis dix minutes à m'assurer de la provenance des plaintes de l'animal. Il y avait de la peur, de la colère. Toutes ces nuances peuvent paraître exagérées, mais croyez-moi, une vie passée avec des chats m'avait offert les clés d'une telle compréhension de leurs vocalises. (À ce sujet d'ailleurs, le chat domestique possède une palette bien plus vaste que son cousin sauvage, et ce, grâce à cette relation séculaire avec l'humain, qu'il s'est appliqué à dresser, et non l'inverse, avec le succès qu'on connaît.) Déjà la déception me submergeait car ces miaulements ne portaient pas la signature du timbre de Mathias.

Au pied d'un bouleau mort, dissimulé sous un amas de branches effondrées, je découvris le piège. Une cage rectangulaire dont la porte s'était rabattue pour enfermer un gros chat roux. Dans son agitation, il avait renversé une gamelle rouillée initialement remplie d'abats, peut-être des poumons de volailles ou de lapins. C'était à l'origine un piège à furet, à renard, que sais-je. Le gros chat roux n'était pas commode. Ne comprenant pas mon intention il s'était rabaissé, poils hérissés, et me lançait de sérieux coups de griffes alors que je me débattais avec l'ouverture du piège. J'y parvins tout de même et l'animal fila sans un remerciement.

Les gens qui avaient placé le piège ne devaient pas être très loin. Et l'usage d'une cage témoignait d'un certain degré de civilisation. Mon hypothèse fut celle-ci : c'était l'œuvre des habitants de la Spiriterie, qui ne se trouvait qu'à quelques kilomètres de là. Je repris ma marche, enfiévré. Et quelques centaines de mètres plus loin, je manquai de peu d'enfoncer le pied dans un piège à loup. Je n'avais jamais vu cet objet en vrai, mis à part dans les cartoons de Tex Avery. C'était un outil monstrueux. Prenant conscience de l'horreur que je venais d'éviter de justesse, je me sentis devenir pâle. Mais cela confirmait mon intuition : non loin de là on s'était organisé pour cette chasse passive. Le ciel obscur et pourpre invita les animaux à lancer leur chorale crépusculaire.

Une demi-heure plus tard, j'étais aux abords de la Spiriterie, après avoir traversé quelques pâturages dans le fond plat de la vallée de la Touques. Le bétail docile qui y paissait me laissa tranquille. Les Déménageurs s'étaient vraiment bien débrouillés. J'approchai par le côté est du lac. À ma gauche, au sud, se dressait le château du Breuil, tout illuminé, derrière lequel j'entrevis les principales dépendances. Je m'approchai du bord du lac et m'apprêtai à longer la rive richement plantée quand j'aperçus les silhouettes de deux hommes en armes.

J'étais dissimulé derrière un énorme tronc, et il n'était plus question de battre en retraite. Je n'eus d'autre choix que de me plonger dans l'eau froide, le plus silencieusement possible. Par chance, les types prenaient leur temps et fumaient des clopes. Le jeune était bavard, et l'autre lui opposait des râles exaspérés. Je remerciai le jeune car il couvrait l'inévitable bruit de mes brasses, compliquées par tous ces vêtements que je portais. Sous la surface de l'eau, j'abandonnais mes chaussures et réussis tant bien que mal à rejoindre une petite île qui me faisait face, à une cinquantaine de mètres de là, me sauvant certainement de la noyade. J'avais toujours été un piètre nageur.

Je pus contempler le château du Breuil qui s'ouvrait comme un livre devant moi, avec sa structure en U offerte au lac. Sur la vaste pelouse centrale, un groupe d'une vingtaine d'individus se distrayaient. Disposés en cercle et tous armés de gigantesques massues, répliques fidèles de gourdins préhistoriques, ils frappaient à tour de rôle deux malheureux affublés de déguisements de lutteurs de sumo gonflables, l'un avec une ceinture rouge, l'autre bleue, dont les gros ventres en plastique étaient tout salopés du sang qui coulait en cascade de leur cuir chevelu, de leurs narines et de leurs lèvres enflées. De puissants projecteurs montés sur pieds aux quatre coins de la cour provoquaient une vibration, une intense saturation des couleurs, un peu comme Staël avait peint les footballeurs du Parc des Princes.

Dans l'aile gauche, au travers des larges fenêtres, je pus constater qu'on faisait banquet. Je distinguai de grandes tables couvertes de viandes rôties et de spiritueux de toutes sortes. Des types en tenue de chasseur, d'autres en parodie de châtelain, d'autres encore en tenue de manutentionnaire enchaînaient les toasts, mangeait avec les mains et, passablement ivres, se relayaient pour de brefs discours qui ne comportaient pas plus de cinq mots. Et tous s'esclaffaient en frappant sur les tables avant que le prochain blagueur se lance à son tour.

L'ambiance dans l'aile droite était beaucoup plus calme. On avait installé de ce côté-ci un lupanar où patientaient çà et là, mortes d'ennui et habillées comme des escort-girls traînant dans les suites du Peninsula, des femmes qui me parurent néanmoins assez sublimes. Elles étaient disposées comme des trophées, assises en duo jambes croisées sur des cubes événementiels lumineux, d'autres dans un chesterfield violet long comme un minibus. Assis à ce qu'on imaginait être des tables de jeu, des croupiers livides, en livrée blanche, nœud pap noir, tuaient le temps en mélangeant les cartes selon différentes techniques spectaculaires. Il était manifestement trop tôt pour qu'un des Déménageurs y déambule. Mais tout ce petit monde se tenait prêt pour les premiers invités, comme un plateau de Ferrero Rocher posé à l'écart en attendant l'heure du dessert.

Je n'avais jamais visité les lieux mais j'en avais eu un aperçu sur le site internet en envisageant de m'y rendre, quelques années auparavant, sans jamais me décider. Je savais donc qu'à l'arrière du château se trouvaient des cuves et différentes installations, chais de maturation, boutique de souvenirs, etc. Maintenant que j'étais là, trempé et seul sur mon îlot fiché au milieu du lac, je ne savais plus bien ce que je cherchais. Quelques mètres à droite du château, dans la pénombre, j'aperçus les silhouettes de deux types qui traînaient chacun une caisse pour animaux aux dimensions impressionnantes. Je n'en avais vu de telles que dans les aéroports, le genre de truc adapté au transport en soute des molosses non acceptés en cabine. Les types avaient l'air de trimer sérieusement, les bêtes remuaient comme des cinglées. L'un d'eux, excédé, mit un coup de pied dans sa caisse. Ce qui n'arrangea rien, bien sûr.

En traçant une ligne droite du regard selon la direction d'où ils venaient, je remarquai enfin deux algecos à l'écart de tout cet art de vivre, installés sur la rive me faisant face, à une centaine de mètres du château. La distance à parcourir à la nage m'impressionna. Ces algecos paraissaient si près, et si loin à la fois. Je pris la décision de me déshabiller entièrement pour me donner une chance d'y parvenir. Ne conservant que mon vieux caleçon tout détendu – bon Dieu, c'était précisément celui que je portais lors de notre départ de Bernay –, je me plongeai lentement dans l'eau d'un noir agité des reflets du château.

J'optai pour une brasse lente en gardant le nez dehors. L'eau parfaitement plane ne devait être troublée, au risque de me faire remarquer et de devenir l'objet d'un nouveau jeu que ne manqueraient pas d'inventer les grands enfants qui poursuivaient leurs loisirs répugnants dans la cour à ma gauche. Arrivé à la berge après un temps infini, je dus poser mes pieds dans la boue pour me redresser et, les mains sur le gazon de la rive, je réalisai que des lumières jaillissaient des bâtiments annexes, quelques projecteurs à l'éclat brutal, qui portaient leurs rais incisifs jusqu'aux algecos. Les arbres épais obstruaient ces faisceaux, formant ainsi de longs couloirs d'ombre qui, pareils à des gouffres sans fond, n'étaient que ténèbres. Me rappelant Martin Sheen dans *Apocalypse Now*, je plongeai mes mains dans la sombre vase du lac et en enduisis mon corps nu qui, sans ça, n'aurait pas manqué de me transformer en spectre fluorescent visible à trois bornes. Je me demandai en rampant ce que je pouvais bien foutre en telle situation. Ma raison m'avait quitté et l'odeur formidable de l'herbe humide fut en ces instants le seul fait réel vers lequel toute mon existence semblait tendre.

La porte du premier algeco s'ouvrit. De part et d'autre des largeurs du rectangle de la construction provisoire étaient disposés des rayonnages en métal brut, le genre qu'on assemble sans vis, destinés aux remises de jardin ou aux garages. Là s'empilaient des dizaines, peut-être même des centaines de cages à animaux domestiques, de toutes tailles, dans lesquelles chiens et chats adoptèrent chacun une attitude très différente en me voyant arriver. En un coup d'œil, je pus constater qu'il y avait les résignés, ceux qui restaient couchés l'œil mort, accablés par l'enfermement et par le souvenir de leur maître perdu. Quelques chats, pareils à des philosophes en exil, me toisèrent d'un regard méprisant, je n'étais qu'un maton de plus, ils n'attendaient plus rien des bipèdes, ils avaient compris et prononcé leur sentence à l'encontre de notre espèce.

D'un geste brusque je fermai la porte derrière moi pour couper la lumière et, dans une certaine mesure, le noir remit un peu de calme dans ce camp de concentration animal. Le cœur battant et l'oreille tendue, je m'accroupis contre le mur situé à côté des gonds de la porte : si celle-ci s'ouvrait pour une vérification sommaire, j'avais une chance. Je priai pour que cette agitation n'alerte personne, et bientôt mes yeux s'habituèrent à l'obscurité relative, légèrement altérée par de faibles faisceaux perçant les étroites meurtrières aux vitres floues de graisse et de crasse. Sur l'étagère du milieu, une silhouette écarlate se dessinait à mesure que ma vue se précisait. En position de sphinx, un chat aux yeux d'un bleu-vert familier.

Une poussée d'adrénaline acheva de rendre ma vision claire. Je prononçai son nom et tendis les doigts au travers des étroits interstices de la cage où il se trouvait. Les yeux de Mathias s'écarquillèrent. Il se redressa, tendit ses pattes en avant et s'étira en relevant le bassin autant qu'il le pouvait, puis il approcha son visage et frotta ses joues au bout de mes doigts, d'abord prudemment, puis avec frénésie. Il laissa échapper quelques miaulements qui n'étaient ni demande ni plainte, mais bien les saluts émus de nos retrouvailles.

C'est alors qu'il se figea, en alerte, et son regard passa plusieurs fois du mien à la porte d'entrée. Par un carreau, je vis une ombre longer l'algéco et se diriger vers la porte. Sans que je distingue clairement leurs propos, un homme parlait d'une voix douce à une jeune fille. Ils n'étaient plus qu'à quelques mètres... Je courus me cacher au fond, là où entre le mur et le rayonnage un interstice de cinquante centimètres me permit de me dissimuler derrière une énorme caisse de transport dans laquelle un vieux saint-bernard ronflait.

32

Accroupi, je retenais mon souffle. Mon cœur battait si fort que j'imaginais qu'ils ne manqueraient pas de l'entendre à peine à l'intérieur. Par bonheur, l'endroit n'avait pas été raccordé à l'électricité, aussi ils laissèrent la porte ouverte pour qu'un peu de lumière des spots lointains puisse entrer. La fille hésitait bruyamment entre un chat, puis un autre, elle se mit à négocier avec l'homme, son père sans doute, pour obtenir plusieurs chiens et chats, ce à quoi l'homme semblait se refuser, non sans une évidente couardise qui ne demandait qu'à être forcée.

À mesure qu'elle avançait, je frémissais à l'idée de la voir porter son choix sur Mathias, et de me le faire ravir, là sous mon nez, si près du but. Depuis le coin où je me trouvais, je la vis atteindre enfin la cage de mon chat. Comme je l'avais fait moi-même, elle passa ses petits doigts à travers la grille : Minou, minou, minou. Il est trop mignon celui-là.

Au loin retentirent les bips répétés d'une marche arrière de poids lourd, et aussitôt un fracas, un éboulis, quelques manœuvres d'amateurs. Des cris paniqués fusèrent. L'homme, qui visiblement exerçait des responsabilités, murmura : Putain d'incapables. Il donna l'ordre à sa fille de ne pas bouger de là et s'éloigna d'un pas autoritaire. Tout hypnotisée par le regard de Mathias, la jeune fille d'une dizaine d'années resta là où elle était. Tu as de beaux yeux, toi ! Tu vas venir avec moi, oh oui, oui, oui, minaudait-elle.

Je bondis hors de ma cachette. Elle sursauta et se figea, incapable de crier, les yeux exorbités. C'est alors que je me rendis compte que je pouvais tirer avantage de mon allure épouvantable : un corps nu couvert de boue, d'herbe et de feuilles.

Elle ouvrit grand la bouche pour emplir ses poumons d'air, décidée à pousser un formidable cri. Mes phalanges s'abattirent sur sa bouille avant qu'elle puisse brailler : c'était la seule solution. Florence m'avait bien appris comment administrer un direct efficace. La réussite d'un tel geste tenait au fait de viser par-delà sa cible. C'est ce que je fis. Un réflexe. Ses dents produisirent un son pareil à un sac de billes qu'on laisse choir sur le ciment d'un préau. Elle se retrouva par terre, les yeux mi-clos.

Quelques minutes après, j'étais déjà loin, contournant le lac par son côté opposé au château, la cage de Mathias serrée tout contre mon torse. Pour semer les chiens que j'imaginais déjà à ma poursuite, je traversai la rivière de la Touques par trois fois en tenant Mathias au-dessus de ma tête, à bout de bras.

Alors que j'étais dans le pré en direction des collines

qui annonçaient l'entrée de la vallée du Brévedent, au loin des hurlements de rage et une folle agitation se confirmaient tout autour du domaine du Breuil : on avait sûrement découvert la fille et donné l'alerte. Des moteurs aussi se mirent à rugir, mais j'avais déjà atteint les bois épais qui tapissaient les coteaux. Et jamais je ne courus plus vite que cette nuit-là, ne ressentant plus aucune entrave. Je profitai de l'excellente condition physique que j'avais acquise les semaines précédentes. La rumeur de mes assaillants, dispersés en trop de directions possibles, s'estompa, puis bientôt le silence de la nuit m'entoura, entier et rassurant. Comprenant parfaitement la situation, Mathias était resté silencieux et ne bougeait pas d'un poil, étalé au fond de sa cage pour ne pas se blesser sur les parois coupantes et rouillées durant notre grande évasion.

Jusqu'au petit matin, je sillonnai la crête de la colline nord de la vallée, agile, bondissant comme Daniel Day-Lewis avec son grand fusil lui barrant la poitrine dans *Le Dernier des Mohicans*. Je m'imaginais pénétré du même regard animal et sexy, encouragé par le metteur en scène et toute l'équipe de tournage d'un film dont j'étais enfin le véritable héros. Des voiles de brume se levèrent avec l'aube grise et incertaine. Un matin lugubre qui ne pouvait lutter contre la joie dans mon cœur, pareille à des éruptions solaires, un méga-feu détruisant tout le spleen du monde sur son passage.

Je retrouvai Florence dans tous les sens du terme. Nous restâmes sans bouger du lit vingt-quatre heures durant avec Mathias, tous trois enlacés. Le plus gros câlin de l'histoire de l'humanité. Notre chat, d'habitude peu disposé aux étreintes prolongées, se lova dans nos aisselles et se contenta parfois de se redresser sur ses pattes pour s'étirer, avant de reprendre une position plus confortable encore. Au-dehors s'enchaînaient les orages entrecoupés de grésil. Portée par un vent d'est, la pluie tombait à l'horizontale et inondait en partie le pigeonnier. Nos larmes trempaient les oreillers. L'humidité suintait sur tous les murs. Nous n'avions plus rien à manger, ou presque. Mais nous nous en moquions, la joie d'être ensemble était plus forte. Jamais Florence ne sut ce que j'avais dû commettre pour récupérer Mathias. Elle ne me demanda aucun détail, même quand je lui expliquai que nous n'étions plus en sécurité ici. Des gens nous cherchaient à présent, avec toutes les raisons de ne jamais abandonner. Mais elle garda son calme et me dit simplement : On va s'adapter, Eliott. On va s'adapter.

La discussion ne fut pas longue. Les options, restreintes. Nous étions morts de froid et l'hiver s'annonçait très sérieux. Une fois de plus, tout nous poussait à fuir. Mais où ? Vers quel refuge ? Ne serions-nous jamais tranquilles ? me lamentais-je, presque en larmes, épuisé par ces aventures, hanté par cette petite fille étendue dans l'algéco, là-bas aux abords du château du Breuil. Il n'y avait pas trente-six mille solutions. Nous rêvions de société, d'ordre et de sécurité. Nous décidâmes logiquement de trouver refuge au califat.

Honnêtement, se déguiser en musulmans convertis pour rejoindre Lisieux ne me procura aucune honte ni gêne. Tout d'abord, en termes de déguisement, j'avais fait pire. Ne m'étais-je pas escrimé durant toutes mes années de jeunesse à me travestir en gars cool pour me faire accepter de mes semblables ? N'avais-je pas ouvert des comptes sur les différents réseaux sociaux pour y raconter une existence censée me rendre plus aimable ? Plus précisément, entre ma vingtaine et ma trentaine, je m'étais tour à tour travesti en homme de pouvoir, en jeune entrepreneur dynamique, en intello dégingandé, en mec un peu *street* – pas nécessairement dans cet ordre –, et ceci en fonction des différents milieux qu'il m'avait été donné d'approcher, ou que j'entendais conquérir (ou plutôt dont j'espérais l'acceptation). Rien n'avait marché. Toute ma vie, je n'avais cherché qu'une seule chose : m'intégrer. Peut-être que cette fois-ci serait la bonne. Car le projet était solide. N'avait-on pas vu des Français convertis, des rouquins aux joues roses, des Normands, des Bretons, accéder à des fonctions respectables à la faveur de leur voyage en Syrie ? L'ascenseur social à l'arabe semblait fonctionner, et s'il suffisait de se soumettre à quelques coutumes inoffensives, c'était somme toute assez simple.

Florence bouscula toute notre installation. Elle s'aménagea un espace de travail digne de ce nom. Les matelas, pour notre dernière nuit en ces lieux, étaient posés au sol dans un coin. Les sommiers, elle les avait carrément balancés par-dessus bord. Ils gisaient fracassés au pied de l'échelle. Et elle se mit à l'ouvrage grâce aux études de textile qu'elle avait abandonnées. Avec nos draps, elle allait nous confectionner des tenues crédibles. Elle entreprit donc de tracer la forme de patrons parfaits. Les découpes se feraient à l'opinel. Intrigué par tout ce chamboulement et pressentant un nouveau déménagement, Mathias faisait la gueule dans un coin, assis en boule, les yeux mi-clos.

Je n'entendais pas quitter Le Brévedent sans tenter au moins de voir Louis une dernière fois. La chance qui m'avait conduit à Mathias se renouvellerait peut-être, pensais-je. Je profitai donc de ce dernier jour pour faire cette ultime expédition, espérant davantage chasser tout regret que véritablement trouver trace du jeune garçon qui m'avait pourtant ordonné de ne pas le chercher. J'errais quelques heures seul, m'embourbant dans les bocages mous et détrempés.

Lorsque je regagnai le pigeonnier, la nuit déjà précoce s'annonçait. Ayant travaillé à une vitesse hallucinante, Florence achevait les derniers ourlets de nos tenues de convertis. Forte d'une riche culture des formes et des vêtements, elle avait opté me concernant pour un qamis semi-long sur un sarouel très Lenny Kravitz. C'était super confortable. Une calotte au pourtour dentelé hérité d'une housse de coussin d'apparat achevait ma silhouette et me couvrait les cheveux, qu'elle me coupa court. Pour elle-même, Florence s'était confectionné un djilbab deux pièces à l'aide de rideaux en velours noir que j'avais rapportés du pavillon de chasse. Ne souhaitant pas pousser d'entrée jusqu'à la burqa, elle s'adapterait si nécessaire. Il faut dire qu'on ne savait pas bien à quoi s'attendre ni où nous mettions les pieds, si ce n'est que nous espérions simplement trouver un lieu où, vraisemblablement, régnait un ordre certain, une société structurée, et de la nourriture digne de ce nom. Mais au stade premier de l'intégration, il ne fallait pas se risquer à être plus islamiste que l'islam.

LIVRE IV

33

À peine sept mois après notre arrivée au califat, au printemps de l'année 1442 – l'an 2021 pour le *kafir* que j'avais été précédemment –, nous sommes devenus les heureux occupants, au titre de services rendus au calife, au Prophète et à leurs grandeurs respectives, de l'une des plus belles villas de Lisieux.

Située dans le quartier huppé de Beau Site, qui porte admirablement son nom, la bâtisse du XIXe aux dimensions gracieuses ne comptait pas moins de douze pièces, disposées sur deux étages. Le rez-de-chaussée aux vastes proportions ouvrait sur une piscine aux parois en carrelage fait main, et sur un parc paysagé entretenu avec le plus grand soin. Sur la pente douce s'élevaient de majestueux sujets. Le parc dominait toute la ville depuis le flanc ouest de la colline où se trouvait justement la basilique Sainte-Thérèse (qui n'allait pas tarder à changer de nom, la réflexion était toujours en cours en ce mois d'avril).

J'étais le premier surpris de ma destinée en ces lieux, que je ne manquerai pas de vous expliquer au plus vite.

On pouvait sans erreur parler d'une *irrésistible ascension* qui, je le crois sincèrement, devait davantage à mon travail, à mes talents de graphiste et de calligraphe, qu'à mes dispositions à intriguer. Mais en réalité, je devais tout à l'ancien responsable de l'entretien des jardins de la ville, Karim, devenu récemment ministre de l'Information, chargé de la propagande et des affaires culturelles, alors même qu'il avait fait de moi son protégé et m'avait ensuite nommé son premier secrétaire et directeur artistique de toutes les questions touchant à son ministère. Les chantiers étaient vastes et variés. Je me découvris l'âme d'un forçat de travail. Et les récompenses, vite récoltées, ne firent qu'encourager mon zèle.

Dans notre manoir, allée de la Rosière, auquel on accédait par une impasse qui gravissait la colline en formant de doux lacets, Florence et moi coulions des jours heureux, mais cela n'avait pas été le cas dès notre arrivée. Nous avions mangé notre pain noir, c'est peu de le dire, et j'y reviendrai sûrement. Mais à présent que le destin m'avait souri, enfin, que j'avais obtenu plus d'honneurs, de grâces et de richesses que tout le monde d'autrefois n'aurait pu m'en promettre, la vie était authentiquement délicieuse. Voici, chaque matin, quelle était à peu près ma routine…

Dès l'aube, mes yeux s'ouvraient sans angoisse, parfois stimulés par Mathias qui déambulait sur les oreillers, miaulant et réclamant son lait, parfois simplement en accord avec le rythme du soleil auquel je vouais, en ce printemps-là, un culte plus sérieux qu'envers l'islam. Le chant matinal du muezzin n'arrivait que lorsque je me plongeais dans la piscine tiède. Pour la première fois de ma vie, on reconnaissait mes talents et je les exerçais auprès d'équipes dévouées à ma cause sous l'autorité de Karim qui, outre notre complicité, était un chef et bien plus encore : peut-être le père qui m'avait quitté trop tôt, ou l'ami que je n'avais jamais eu.

Tandis que je m'appliquais à réaliser une trentaine d'allers-retours dans le bassin, indispensables pour soulager mon nerf sciatique, notre cuisinière s'occupait de mettre en place mon petit déjeuner sur la table de la terrasse près des baies vitrées, avec vue sur la ville éveillée par l'est rugissant. (Aïcha disposait de quelques esclaves en cuisine dont je n'avais jamais su le nombre exact, ni leurs noms, ils filaient comme des fantômes dès qu'ils m'apercevaient.) Je dégustais de croustillantes crêpes enduites de beurre fondu et de miel mille fleurs. J'arrosais tout ceci de jus d'oranges pressées dont j'ignorais tout de la provenance. C'était le paradis.

Passant un peignoir de bain estampillé Relais & Châteaux, je glissais vers mon dressing où une tenue parfaitement repassée m'attendait.

Durant toute ma vie d'adulte, mes joues étaient restées dramatiquement glabres. Ma barbe y poussait éparse et je m'étais toujours rasé de près, ce qui ne m'avait jamais permis d'être un type vraiment à la mode dans le monde d'autrefois. Mais depuis que nous avions rejoint le califat, il m'avait fallu la laisser pousser pour donner le change. Je me permettais quand même de me raser le contour des lèvres, là où les irritations occasionnées par les poils étaient le plus douloureuses. J'entretenais donc une barbe en collier assez ridicule mais de circonstance. C'était là le principal désagrément qu'on pouvait trouver à ma nouvelle vie. Il y avait aussi cette sciatique qui avait refait surface, car je passais maintenant le plus clair de mon temps assis à mon bureau.

Une fois bien mis, bien habillé, l'esprit dissert et dispos, je traversais la chambre où Florence dormait encore, étalée en étoile dans le lit aux dimensions démesurées. Nos draps étaient soyeux, jamais avant je n'avais dormi dans une literie de telle qualité car je n'en avais jamais eu les moyens. Aux pieds de Florence se prélassait Mathias qui digérait son petit déjeuner et qui semblait s'être très bien accoutumé à arpenter nos tapis clairs au design abstrait et contemporain, copies de peintures dans le style de Motherwell.

Dans une très élégante sacoche Le Tanneur, je réunissais les dossiers en cours sur mon immense bureau en verre trempé que j'avais installé dans une pièce du rez-de-chaussée, dans l'axe de bow-windows qui s'ouvraient sur le parc, au frais. Car en effet, je ramenais chaque fin d'après-midi beaucoup de travail à la maison. Et ceci m'occupait chaque jour qu'Allah faisait, jusque tard dans la nuit. C'est à force de travail que j'avais acquis ma position, et loin de me reposer sur mes lauriers, ou sur mes privilèges, j'imaginais que je risquais de tout perdre à faire le rond-de-cuir. Sans vouloir me vanter, depuis Colbert ou Marigny, il n'y avait pas eu de serviteur de l'État plus dévoué que je le fus ici, en tout cas pas parmi les politiques français dont j'avais pu constater l'inaction dans les périodes récentes.

Je ne chômais pas. La nouvelle signalétique des rues, les frontons de tous ces bâtiments dont l'affectation avait changé, les documents officiels et en-têtes des différentes administrations, les bons de rationnement pour les familles les plus démunies, les portraits géants du calife ornant les façades aveugles des immeubles en centre-ville, et surtout la nouvelle monnaie dont on m'avait confié le soin du design, et plus compliqué encore, de sa production.

Ici, au califat, les convertis jouissaient d'une véritable tranquillité, et certaines exceptions, comme moi, étaient carrément privilégiées du fait de leurs compétences et de leur force de proposition. Certes, les convertis s'acquittaient d'un impôt élevé, dont moi-même je n'étais pas affranchi.

C'était entre autres une des facilités attrayantes de l'islam : pour s'y convertir, il suffisait de proclamer en être, contrairement au chemin de croix qu'imposaient les autres monothéismes. Les Français de souche se trouvant après tout en grand nombre à Lisieux et autour, il aurait été finalement assez compliqué de s'en débarrasser. Et surtout, par pragmatisme, on s'était vite rendu compte de leur utilité.

À la suite de la mise en circulation de la nouvelle monnaie, dont le calife avait tiré grand contentement, j'avais eu aussi le privilège d'un véhicule de fonction. On rationnait drastiquement l'essence : elle servait aux générateurs alimentant les industries vitales, à l'imprimerie – que j'avais relancée après des nuits entières à me battre avec ces immenses machines pour en décrypter le fonctionnement –, aux différents ministères, ainsi qu'à l'éclairage des principales places de la ville, et des logements luxueux que nous, serviteurs de l'État, avions le privilège d'occuper. Les huiles comme moi roulaient donc dans des véhicules flambant neufs, heureusement préservés lors des premières émeutes, des véhicules prêts à l'emploi qui se trouvaient en nombre chez les concessionnaires de la périphérie de Lisieux.

Dans le monde d'autrefois, je m'étais rêvé en graphiste star, à qui l'on aurait confié la refonte du logo des musées nationaux, ceux des événements sportifs, des géants des médias et de la presse, des marques de sport, le design d'étiquettes de produits de luxe… Il y avait par exemple, quand j'étais étudiant, cette légende concernant le supposé créateur du logo CNN qui – c'est ce que racontait l'histoire – avait négocié un contrat incroyable stipulant qu'il toucherait un dollar par seconde d'apparition du logo à l'écran. Ma situation actuelle dépassait tous ces fantasmes déçus, l'humiliation sociale à laquelle je m'étais résigné dans ma vie d'autrefois. On célébrait enfin mon talent et ma capacité de travail, mon sérieux, ma rigueur, mon sens de l'équilibre des formes, de la typographie, de la calligraphie. J'étais infiniment heureux du travail que je fournissais aux pouvoirs en place de mon nouveau pays.

Ainsi, chaque matin pour me rendre à mon bureau, je m'installais au volant d'une sublime XK8 anthracite qu'on m'avait donné à choisir chez le concessionnaire

Jaguar de Lisieux. De toutes les marques d'automobiles haut de gamme, c'est la firme au félin qui s'était implantée ici, pour mon plus grand bonheur car les anglaises avaient toujours remporté ma préférence. Au lieu de tous les modèles récents qui, à mon sens, avaient perdu de leur charme, j'avais jeté mon dévolu sur les lignes rétro de la XK8, un modèle de 1996 qui était vraiment la dernière Jaguar digne de ce nom, la formidable héritière de la Type E. Nous l'avions d'ailleurs découverte traînant sous la poussière au fond des ateliers, et non pas dans le showroom principal où s'alignaient des berlines et des SUV sans personnalité aucune. Dans ma XK8, je faisais figure d'original, un rêve que j'avais toujours caressé sans trouver les moyens d'y parvenir par le vêtement ou l'esprit.

La boîte automatique fonctionnait à merveille et disposait d'un mode montagne, grâce auquel je dévalais de manière onctueuse la colline où j'habitais, sans même toucher aux pédales, laissant le frein moteur faire son œuvre pour préserver mes plaquettes. Les pièces détachées, surtout pour ce modèle, ne seraient pas simples à dénicher à l'avenir. C'est pourquoi, une fois le contact mis, je me laissais bercer cinq bonnes minutes par le ronflement du moteur V8 afin qu'il puisse atteindre la bonne température qu'une jauge à aiguille très vintage m'indiquait au centre du tableau de bord épuré. Chaque matin, je m'émerveillais du goût certain de l'ancien propriétaire pour la réalisation de cet habillage intérieur sur mesure. Sur les portières, de subtiles nuances de gris légèrement bleuté pour les tons les plus clairs, de gris foncé piqueté pour les parties basses. La dominante des panneaux de bois n'était pas en ronce de noyer classique, mais d'une essence exotique sombre et laquée. Les selleries étaient d'un crème léger et lumineux. C'était une auto absolument unique, à l'image de mon extraordinaire situation à Lisieux.

Chaque matin donc, je pénétrais en ville par l'avenue des Omeyyades (ex-route d'Orbec, une ville non lointaine qui au printemps 1442 était en train d'être conquise sans trop d'ennuis selon les communications récentes du ministère des Armées – les gens y crevaient de faim, on leur avait promis ce qu'ils attendaient). Je jouais raisonnablement avec le mode sport dans la ligne droite – c'était quand même assez mal vu de gâcher de l'essence pour de si fugaces émotions –, et j'atteignais le rond-point de l'ancienne place Jean-Paul II, qui se nommait à présent place Hassan II. Karim m'avait assuré de l'admiration que vouait le calife au royaume du Maroc qui, je le savais déjà, était un des plus vieux et plus solides royaumes du monde, dont la souveraineté établie dès l'an 789 n'avait subi aucune altération ou presque. Préserver son indépendance pendant plus d'un millénaire, voilà chose admirable qu'on ne voyait pas à tous les coins de rue de l'histoire des hommes.

Sur le rond-point se dressaient de gigantesques palmiers ainsi qu'un immense portrait de notre calife accueillant ses sujets sous sa garde au cœur de Lisieux. Compte tenu de l'habitacle exigu de ma Jaguar, j'apercevais à peine les pieds des quelques malheureux qui se balançaient au bout des cordes accrochées aux lampadaires. Ce genre de spectacle me consolait de ne pas disposer des plaisirs d'une version cabriolet.

Mes rares passages dans le Lisieux d'autrefois m'avaient laissé un souvenir assez terne. La ville, majoritairement détruite pendant la guerre, avait été reconstruite sur le modèle d'immeubles en briques rouges à trois étages. Les trottoirs un peu trop larges n'étaient jamais bondés, deux chiens belliqueux pouvaient aisément s'y croiser, tirés par leurs maîtres respectifs, sans risquer de se blesser l'un l'autre. C'était aussi le genre de ville où les boutiques du centre étaient trop grandes, on avait du mal à occuper ces mètres linéaires de vitrines en chaussures ou en chapeaux dont personne ne voulait plus. Aussi ces baux étaient-ils principalement repris par des banques ou des assureurs, seuls capables d'en assumer encore les loyers. Il en résultait des alignements de boutiques froides où les encarts pour tel ou tel contrat auto+habitation jalonnaient des devantures panoramiques en verre dépoli.

Mais à présent, tous ces emplacements en rez-de-chaussée avaient été redécoupés en échoppes étroites. On avait fait tomber les vitrines et arrangé des successions de petits commerces, dont les arrière-boutiques s'approfondissaient en d'obscurs couloirs, pour certains éclairés au néon quand les propriétaires disposaient de leur propre générateur.

Tout au long de la rue s'agglutinaient des boutiques de textiles et de vêtements à la mode musulmane, des coiffeurs pour homme, des réparateurs de motocyclettes, des restaurants de plats à emporter qui faisaient cuire les brochettes sur des lits de charbon devant les clients. Les pâtisseries à la fleur d'oranger embaumaient, luttant avec les odeurs de gras chaud, d'huile de moteur et celles des déjections des mules et autres bidets qu'on épuisait à la tâche. La population ne cessait de grandir. Chaque jour, de nouveaux arrivants se présentaient aux portes de Lisieux, attirés par la promesse d'une oumma dont se félicitait le calife ; une bonne parole qu'il répandait autant que possible au moyen de caravanes expédiées par-delà les frontières de la ville – ces fameux cortèges de VTC que nous avions vus sillonner le territoire, sans bien savoir alors de quelle mission ils étaient les porteurs.

Je finissais tant bien que mal par atteindre, après l'avoir contourné par l'est, l'entrée de l'ancien parc de l'Évêché, et entrais dans le manoir du même nom qui lui faisait face, un édifice qui avait précédemment été un hôtel de standing, et qui abritait désormais le ministère de l'Information où j'officiais. Car enfin j'avais ma place dans le monde, et je ne pouvais m'empêcher de savourer ce sentiment extraordinaire, repensant à ce triste matin de novembre de l'année précédente, lorsque Florence et moi, vêtus de tenues faites de draps et de rideaux, avions franchi les portes du califat de Lisieux.

34

Des hommes en armes nous avaient accueillis, escortés par-delà les enceintes, on m'avait d'abord soigné, puis fait attendre des heures dans un lieu de transit plein de courants d'air. Nous fûmes fouillés, puis interrogés, ensemble. C'est Florence qui principalement avait parlé. Déjà autrefois, ses talents d'imitation de la novlangue qu'on nous servait à la télé me remplissaient de joie. Ici encore, elle avait fait des merveilles. Florence avait conté cette version fantastique de nos péripéties que nous avions préparée en amont de notre arrivée. Et regardez ce que ces chiens ont fait à mon mari ! s'obstinait-elle à répéter en montrant ma blessure, maintenant désinfectée à la bétadine et pansée.

Ça encore, c'était son idée : me mutiler pour rendre plus crédible notre arrivée et favoriser l'intégration. Il fallait du sang pour émouvoir nos hôtes. Et quel débat ça n'avait pas été ! Elle avait carrément pensé au départ me couper quelques doigts, évitant par la même occasion que je sois envoyé immédiatement sur le front. Je m'y étais opposé, c'était quand même beaucoup trop radical. Ce soir-là, en pleine forêt, intimidée par ce qui nous attendait le lendemain, et sachant que l'occasion ne se représenterait pas de sitôt, Florence avait sifflé notre dernière flasque de rhum Negrita, soigneusement conservée. L'alcool, quand elle buvait pour noyer le trac, la rendait tempétueuse, colérique et obtuse.

Écoute, Eliott, cesse de faire ta chochotte ! s'était-elle emportée. J'avais dû user de toute ma diplomatie et d'arguments à la fois compacts et audibles pour trouver une alternative. Dans le fond, elle avait raison, il fallait faire de nous des victimes cherchant refuge. Mais de là à sacrifier mes doigts les plus utiles de ma main droite… Après discussion, on s'était mis d'accord pour me couper une oreille. Florence avait toujours adoré Van Gogh, je l'avais prise par les sentiments. Voilà, ça c'est cool, avait-elle concédé. Au petit matin, nous chauffâmes l'opinel à blanc sur les braises. Sur le coup, ce ne fut pas très douloureux. Florence avait vu juste : nous avions par ce stratagème endormi une grosse part de méfiance. Et on nous accueillit à Lisieux comme d'honnêtes musulmans cherchant assistance.

Comme s'il avait été au courant de tout, Mathias s'était composé une sagesse exemplaire. Il avait même attendri les surveillants, arme en bandoulière, qui s'attardaient volontiers auprès de lui, passant leurs doigts à l'intérieur de sa cage pour lui gratter le front. Mathias se laissait faire et plissait les yeux de plaisir, le malhonnête. C'est vous, le couple au chat ? On peut le voir ? Nos gardiens se révélaient de grands enfants. Rares étaient ceux qui dans leurs péripéties avaient gardé avec eux leurs animaux domestiques. En cela nous étions remarquables.

On nous fournit des papiers, avec de nouveaux noms plus adaptés à la civilisation ici en puissance. Florence hérita du joli nom de Faiza, qui signifiait « la victorieuse ». J'étais à présent Échir, soit « le compagnon ». Cet officier d'état civil avait décidément bien cerné notre couple. Mathias resta Mathias. Qu'un animal porte un nom chrétien, ça ne posait manifestement pas de problème.

C'est ensuite dans un hôtel Ibis Styles que nous avions été logés. La chambre était correcte. Bien que ni l'eau ni l'électricité ne fonctionnent, chaque matin nous nous rendions dans la cour où se trouvaient d'immenses citernes de récupération d'eau de pluie dont nous tirions de généreux seaux. On y rencontrait bon nombre de frais immigrés comme nous, quelques convertis, vrais ou faux je ne saurais le dire, et aussi nombre de musulmans indiscutablement sincères qui avaient rejoint Lisieux avec enthousiasme. On s'y entraidait volontiers, le savon comme les conseils se partageaient en bonne intelligence. Les conflits étaient rares, le vol inconcevable.

Chaque semaine, non loin de là, au supermarché Aldi devenu comptoir administratif, grâce aux bons de rationnement datés et tamponnés que l'on fournissait à tous, Florence et moi récupérions une cagette pleine de graines, de farine, de thé noir, de bocaux de légumes… Croyez-le ou non : sucre en poudre et viande, une fois par semaine, faisaient partie du paquetage. Une deuxième cagette hebdomadaire nous procurait le charbon nécessaire à notre cantine, et quelques produits d'entretien, parfois en dosettes héritées d'hôtels chics dont on avait réquisitionné le matériel. À nous de transférer ces produits dans de plus larges contenants et de les couper à l'eau pour en augmenter les volumes – une notice plutôt bien faite nous le conseillait. Nous passions un temps fou à nous reposer : on m'avait autorisé une semaine de convalescence avant de m'assigner une tâche dans la cité. Nos journées se composaient essentiellement d'intendance domestique, de repas et de siestes. Dans la table de nuit de notre chambre, nous avions trouvé un coran tout neuf.

Un beau matin, des pick-up étaient venus nous chercher sur le parking de l'hôtel Ibis Styles. On y chargeait les hommes valides dont je faisais maintenant partie. Rangés en file devant l'entrée, les véhicules se mettaient en route une fois leur plateforme arrière bien remplie. Je n'étais pas mécontent de retrouver un peu d'action. La plaie de mon oreille avait bien cicatrisé, j'étais prêt à me mettre au boulot mais, dans le même temps, je redoutais un peu de découvrir quelle tâche on pourrait m'assigner. Or j'avais vite compris que le profil des travailleurs n'importait guère. Maintes fois le pick-up stationna en différents endroits de la ville. Les responsables sur place entraient en discussion avec le chauffeur du véhicule, et lors de toutes ces premières étapes, il semblait que les hommes ne manquaient pas. C'est ce que je déduisais sans rien comprendre à l'arabe. Dans toute cette agitation, certaines informations passaient visiblement assez mal.

Tant est si bien qu'en fin de matinée, on m'avait fait descendre du pick-up en compagnie d'une demi-douzaine d'hommes et on nous avait indiqué l'entrée d'un parc. J'avais aussitôt réalisé quelle chance était la mienne : j'étais passé devant des décharges improvisées, des sites industriels dans lesquels on fabriquait je ne sais quoi, des charniers qu'il fallait couvrir de chaux et de terre... Et voici que j'étais préposé à l'entretien des espaces verts. Le parc de l'Évêché, en plein centre-ville, faisait triste mine. Son entretien depuis la Grande Démission n'avait pas été une priorité. Maintenant il fallait agir, et je faisais partie de l'équipe chargée du grand nettoyage.

J'avais passé les semaines suivantes à désherber les allées de gravier formant une grande croix si l'on voyait les choses d'en haut ; elles étaient envahies de mauvaises herbes, de chardons et de choux mollassons. Il avait aussi fallu ratisser les feuilles mortes qui chaque matin recouvraient le travail accompli, afin d'y voir plus clair. Il y avait quelque chose d'interminable à tout ce labeur. Les massifs latéraux qu'un liseron collant et urticant avait envahis nous donnèrent un boulot monstre. Chaque essence était entourée, étouffée par cet embrouillamini gras. Je rentrais le soir les bras lacérés, les ongles terreux et tout grignotés, mais en un sens assez heureux du travail accompli. Ces premières semaines furent moins drôles pour Florence qui, assignée à résidence ou presque, s'ennuyait comme un rat mort. Pour tromper ce désœuvrement, elle avait entamé une lecture sérieuse du Coran. Florence avait été inscrite enfant au catéchisme, non par réelle conviction de ses parents, plutôt pour faire un peu comme tout le monde dans cette petite ville bourgeoise de Samoreau où elle avait grandi. Sans être croyante, elle avait toujours été plus tolérante que moi à l'égard des monothéismes. Malgré des passages terrifiants ou soporifiques, elle sut trouver quelques beautés en ce texte et soulignait des phrases pour m'en faire la lecture, le soir, à mon retour du travail. Elle voyait de la poésie cachée dans ce que je considérais, malgré tout, comme un galimatias d'horreurs et d'injonctions désagréables. À tel point qu'elle me parut presque s'abandonner sincèrement à cette spiritualité nouvelle. Voire s'y convertir, faisant là de nécessité vertu. (Mathias, lui, faisait franchement la gueule. Il passait le plus clair de son temps assis sur le rebord de l'étroite fenêtre, mangeant du regard tout cet univers qui lui restait interdit.)

Un soir, je trouvai Florence sur les nerfs. Elle avait tenté une sortie en ville et celle-ci s'était révélée assez désastreuse. La conversion au texte que je croyais à l'œuvre avait été de courte durée. Son expérience de femme seule évoluant dans Lisieux l'avait mise hors d'elle. Il y avait d'abord eu les regards de tous ces hommes portés sur elle. Malgré sa silhouette annihilée, de même que son visage dont ne dépassait que le regard, elle avait eu l'étrange sentiment d'être à poil. C'était carrément dégueu ! s'emporta-t-elle. Ils me regardaient comme un bout de viande qu'ils auraient bouffé sans retirer la cellophane. Elle avait forcé l'allure et gardé la tête haute. Les hommes, sur les trottoirs qu'elle empruntait, ne s'écartaient jamais, bien au contraire. Ils lui fonçaient littéralement dessus, mais d'un pas lent, prenant soin de plonger leur regard dans le sien pour qu'elle puisse y lire ce qu'elle avait perçu comme un très subtil mélange de désir bestial, d'indifférence feinte, de mépris appuyé, et d'envie de meurtre.

Sans parvenir à de tels extrêmes, j'avais moi-même, et je le confiai à Florence qui m'écoutait à moitié, éprouvé le potentiel érotique du niqab. Oui, je me rappelais bien qu'au Maroc, les femmes qui avaient le plus éveillé mes sens étaient celles dont je n'avais vu que les yeux, d'un or vert cerné de khôl. Et sous leurs tenues informes, j'imaginais trouver les dentelles les plus scandaleuses. Dans les rues de Marrakech, ce désir insoutenable et interdit m'avait causé vertiges et tourments. Certes, il y avait plein de jeunes filles habillées à l'occidentale, maquillées, en jupe et décolleté. Mais les jeunes musulmanes en tenue traditionnelle promettaient bien davantage. Cette culture du secret du corps était diabolique. Une formidable machine à fantasmes. Le parfait contraire du camp naturiste avec ses corps dégoûtants, ouverts aux quatre vents. Concernant ces mœurs islamiques, ma théorie était la suivante : procédant de la sorte, on avait rendu zinzins des générations entières de jeunes hommes, c'était inévitable, j'en avais fait l'intime expérience.

Florence avait aussi croisé d'autres rares spécimens du genre féminin, mais il s'agissait essentiellement d'enfants ou de vieilles pressées par quelques commissions à faire dans les meilleurs délais. Il y avait aussi des jeunes femmes, toujours en groupe de trois ou quatre, chacune assurant un rôle de chaperon pour les autres. De ce côté-ci de l'humanité, le message était plus clair et ne lui avait pas seulement été adressé par les yeux. Sur le passage de Florence, ses « sœurs » l'avaient calomniée à mi-voix d'un venin qu'elle comprenait sans comprendre. Tout au long de son trajet, on l'avait traitée de pute.

Sa promenade avait failli mal se terminer. Comme si la rumeur de son effronterie avait fait le tour de la ville avant elle, une brigade de police était venue à sa rencontre et l'avait acculée dans un coin. La brigade était composée bien sûr d'hommes, qui lui avaient craché tout un tas de questions au visage. Elle avait facilement identifié le chef, silencieux, et son premier lieutenant qui lui glissait des mots à l'oreille, tous deux en retrait, coiffés de turbans plus volumineux et soigneusement agencés. Tandis que les subalternes l'entouraient en hurlant. Mais sans oser la toucher. Puis étaient venues une poignée de femmes chargées de cette odieuse mission. On lui avait tiré ses cheveux qui ne dépassaient même pas tant que ça. Ces gardiennes des bonnes mœurs avaient mordu ses mains nues. Avant de l'escorter jusqu'à la maison en lui frappant régulièrement l'arrière du crâne pour lui faire accélérer le pas.

Un voisin nous offrit généreusement un peu de bétadine et j'entrepris de désinfecter les blessures de Florence. Vous allez voir, bande de connasses, ruminait-elle, sachant pertinemment qu'elle ne pourrait jamais toutes leur péter la gueule comme elle l'envisageait.

35

Au parc, je compris bien vite que le projet n'était pas seulement de faire retrouver à ce lieu sa splendeur et sa propreté, mais que les autorités comptaient bien le redessiner à leur image. Au bout de l'allée centrale, en haut de quelques marches qui menaient à une promenade surélevée, se tenaient régulièrement des conseils animés entre cinq ou six haut placés. Parmi eux, un homme d'une soixantaine d'années qui, l'air mesuré, ne s'emportait jamais. Tout ce petit monde manipulait des plans sur des tables montées sur tréteaux, les annotait avec rage ou passion, en rayait des parties, en déchirait d'autres comme des divas à qui l'on manque de respect. Et l'homme à lunettes au centre, bien que je l'aie toujours aperçu de loin, me fut immédiatement sympathique.

Sans bien savoir ce que j'en espérais, le soir dans notre chambre, je me mis à tracer mes propres plans d'une nouvelle version du parc de l'Évêché, tel un balayeur nourrissant l'espoir de monter un jour sur la scène qu'on lui demandait simplement de dépoussiérer.

Florence me fut d'un grand secours pour affiner le concept et, quand je n'étais pas à la maison, elle prenait le relais sur la mise en forme du projet. Elle apporta de la couleur grâce aux crayons empruntés aux familles voisines de l'Ibis. Enfin, je mis la touche finale : un titre flamboyant et des légendes élégantes, usant de mes talents en calligraphie, un savoir-faire parfaitement désuet sur lequel je m'étais obstiné lors de mes études de graphisme, et qui maintenant, j'en avais le pressentiment, ferait toute la différence pour être remarqué par l'homme à lunettes. Je ne pouvais imaginer alors de quelle manière la réalité allait surpasser toutes mes attentes.

J'attendis que l'intéressé s'avance un jour sans sa suite. Un subalterne aurait à coup sûr entravé la rencontre avec un plus puissant que lui. L'homme à lunettes, ce jour-là, errait dans le parc, visiblement fatigué de sa mission et des débats stériles dont il se devait d'être l'arbitre. Ne voyant pas de meilleure opportunité, j'abandonnai mon ouvrage et me dirigeai vers lui, posai une main à mon cœur et, la tête basse, me proposai de le servir s'il le souhaitait.

Un peu surpris, l'homme à lunettes resta silencieux, je n'avais pas dit l'essentiel. Pour vous, j'ai dessiné un jardin, que le Très-Haut m'en soit témoin, dis-je maladroitement en présentant quelques feuillets froissés qui m'apparurent tout à coup bien piteux, malgré tout le soin que j'y avais apporté avec Florence. Explique, dit l'homme à lunettes d'une voix traînante.

Comme tout concept efficace, le mien était fort

simple et une fois contemplé, surtout, respirait l'évidence même. Je proposais de diviser la surface globale du parc, très proche du carré, en neuf sections, carrées elles aussi, selon le motif pur du damier. Ce faisant, les carrés disposés aux quatre coins du parc, plus celui du milieu, étaient au nombre de cinq. On y trouvait, clairement lisibles grâce à cette vue en plan, les cinq piliers de l'islam, en caractères figurés par des allées labyrinthiques que j'imaginais s'entrecroiser au milieu d'une végétation haute apportant de l'ombre, du mystère et du recueillement. Pour adapter les signes arabes à la réalité d'un travail concret de tracés dans l'espace, la typographie choisie était le koufi géométrique : la forme la plus graphique, la plus orthonormée des centaines de variantes que comprenait le vaste univers de la calligraphie arabe. Ce style se démarquait par une absence totale de courbes. Aucun plein ni délié. Chaque segment était de largeur égale. On pouvait donc aisément transposer les formes de cette écriture en chemins de terre battue, sans risquer la disgrâce et les pièges d'une réalisation trop complexe. Le carré central serait bien sûr celui du premier pilier, le plus essentiel, à savoir la profession de foi. L'emplacement des quatre autres piliers n'avait que peu d'importance, mais j'avais logiquement suivi leur énumération classique, en prenant soin de partir du haut, et de la droite. Chaque carré, d'une cinquantaine de mètres de côté, s'offrait donc comme un monde à part entière dans lequel on pouvait se perdre et mettre sa foi à l'épreuve, méditer à l'abri du tumulte.

La force du concept – et c'est sur quoi j'enchaînai,

bien que l'homme à lunettes, qui n'était autre que ce fameux Karim déjà évoqué plus haut, l'ait déjà compris – résidait en cette lecture vue du ciel. En cela, je m'étais inspiré de ces dessins d'animaux aux proportions irréelles découverts en Amérique du Sud, ces figures géantes offertes au seul regard des dieux. Dans ce parc, le croyant n'était rien qu'un insecte et ne pouvait que se sentir dépassé par l'ampleur et le mystère de la foi. Seul Allah le Très-Haut pouvait contempler l'œuvre telle qu'on l'avait conçue à son exclusif endroit.

Dans la pure tradition du jardin arabe dont j'avais gardé quelques notions datant de vieux cours d'histoire de l'art, les zones exemptes de massifs arborés accueilleraient des plans d'eau longilignes, flanqués de promenades ombragées, au long desquelles on pouvait imaginer des bancs en pierre blanche.

N'écrivant pas l'arabe, j'avais pris l'audace d'indiquer les titres et les légendes en caractères latins, mais non sans les avoir adaptés au style typographique arabe le plus célèbre de tous, le thuluth. Ainsi le titre *Les Jardins de l'Atlas* filait en arabesques habiles, reliées sans espace par le bas des formes, assorties de pleins bien gras et de déliés de la finesse d'un cheveu. Comme Florence qui avait mal considéré son apprentissage des techniques ancestrales de tissage, j'avais toujours eu du mépris pour mon obstination quant à la réalisation de typographies à la main, un art sur lequel j'avais, il me semblait, perdu un temps fou. Je vis pourtant Karim caresser mes caractères sur les feuilles froissées, n'en croyant pas ses yeux, contemplant avec émotion la perspective de son avancement. Un avancement éclair dont j'allais suivre le sillage, sous le ventre de Karim, comme un heureux poisson-pilote.

Le jour même, Karim me libéra de mes fonctions de jardinier sous-qualifié. Nous allâmes déjeuner – c'est lui qui invitait – dans un petit restaurant qui resterait notre cantine, chez Walid. Le tajine de kefta aux œufs y était fameux. De tous les tajines, c'était de loin mon préféré. Celui de Karim aussi. Une profonde amitié débute parfois ainsi. Il trouvait mon projet épatant. Certes, il fallait corriger certains détails, des erreurs commises par l'infidèle que j'étais en réalité. Une vraie nature sur laquelle, il me semble, Karim ne fut jamais dupe, pas même au début de notre relation. J'apprendrais plus tard qu'il était lui-même parfaitement non croyant. Mais le vent avait tourné, et il avait habilement suivi le mouvement, avec le succès qu'on connaît.

Fils de très bonne famille, né au Maroc en 1959, à trente ans à peine il était devenu, au moyen d'un entre-soi efficace et de son tempérament charmant, administrateur du casino de Casablanca. Il menait grand train : villa, Citroën DS, chauffeur. Il n'avait pu s'empêcher de détourner de belles sommes – au souvenir de tout ce fric qui lui passait entre les mains, celles-ci tremblaient légèrement, c'était irrésistible, se rappelait-il comme pour s'excuser. Et au terme de sept ans de bons et loyaux services, il s'était fait gauler. Le roi l'avait gracié, à la seule condition qu'il quitte le territoire, ce qu'il avait dû faire, abandonnant l'admirable femme qui partageait sa vie, une certaine Amina dont il évoquait douloureusement le souvenir. Arrivé en France, il n'avait pas cherché à travailler dans le secteur du jeu, mais son expérience lui avait ouvert, après un court passage dans la vente de chaussures pour dames (secteur où il avait fait un malheur) des postes de manager dans différents supermarchés du groupe Mousquetaires, d'abord dans la Sarthe, puis en Normandie. Le type était incroyablement séduisant. Omettant sûrement quelques détails ennuyeux, maniant l'ellipse comme personne, il savait raconter des histoires. C'était typiquement le genre d'individu dont on pouvait dire : sa vie est un roman.

Moi non plus je ne pus retenir mon émotion en parlant du tragique destin de mon père, lui aussi né à Casablanca où il avait passé ses vingt premières années. J'évoquai ma découverte des villes impériales, des portes du désert, de la côte sauvage et des galops à cru sur la plage de Sidi Kaouki. Nous imaginâmes que, de l'autre côté de Gibraltar, rien n'avait changé et que le royaume demeurait, indifférent au chaos français. Nous rîmes aux éclats au souvenir d'Oukaïmeden, de son hôtel Courchevel et de ce fameux panneau qui présentait l'endroit comme étant « la station la plus haute de l'Atlas », en réalité la seule.

C'est ce jour-là, en évoquant le suicide de mon père, que l'évidence me frappa. Dans le fond de mon esprit, je réalisai pourquoi la date et l'heure figées sur les bandeaux des chaînes d'info en continu, ce jour où le monde d'avant avait pris subitement fin, m'avaient poursuivi tout ce temps. Parfois au réveil, sans raison, durant toutes mes aventures récentes, dansaient devant mes yeux la date du 4 avril, et cette horloge arrêtée à 16 h 16. Avant ce déjeuner avec Karim, j'aurais été bien incapable de vous donner la date exacte de la mort de mon père. Mais il n'y avait plus aucun doute à présent. Et compte tenu des informations dont je disposais – à savoir que mon père avait passé l'après-midi à boire et à ingurgiter des médicaments –, l'heure de son décès pouvait très bien se situer à 16 h 16. L'hypothèse, plus que plausible, devint à ce moment une évidence écrasante. Il me fallut m'enfuir aux toilettes pour dissimuler mon trouble. Cette symétrie était plus qu'un signe, plus qu'une coïncidence. C'était une double prophétie qui me plaçait au cœur de l'apocalypse. Les formes différaient, mais le code était le même. Et en un sens j'étais soulagé : je sus enfin quand exactement mon père était mort. À présent, je ne pouvais plus l'oublier, ou feindre de l'oublier. J'avais donc vécu deux fois la fin du monde.

Le restaurant était vide, mais nous y restâmes encore quelques heures à parler de la suite, en laquelle Karim avait grande confiance. Bien que sous-employé pour l'instant, chargé de l'intendance des espaces verts et de l'encadrement des équipes chargées de la propreté des rues, il se savait estimé du calife et attendait de quoi se faire remarquer. Walid ferma les portes, tira les rideaux et nous porta une délicieuse bouteille de rouge du domaine de la Zouina. Nous levâmes nos verres à Lisieux, à nous, à la vie qui venait à peine de reprendre forme.

36

Jamais je n'ai rencontré en personne le calife. Ni su où sa demeure se trouvait. À Lisieux, la sécurité des élites était entourée de la plus grande paranoïa ; son nom même ne fut jamais prononcé en ma présence. Malgré tout mon travail et ma bonne volonté, je restais aux yeux de tous un transfuge, un infidèle repenti, et qui trahit une fois peut réitérer la chose… Mon hypothèse, amusante s'il en est, est finalement que le calife peut-être n'existait même pas. Tel le Magicien d'Oz, il n'était qu'une image, un mythe, une voix. Une silhouette dans un théâtre d'ombres créé par quelques marionnettistes du pouvoir.

En tout cas, notre projet des jardins de l'Atlas rencontra un succès fou. Karim s'envola aussitôt vers de plus hautes fonctions, et moi à ses côtés. Le chantier fut lancé en février, c'était le moment idéal pour implanter les nombreuses essences, les arbustes fleuris, arbres et vivaces. Florence et moi déménageâmes d'abord dans un pavillon modeste, qui fit le bonheur de Mathias car il retrouvait enfin un petit jardin pour se dégourdir les pattes. Mes émoluments suivirent. Tout au long de cet hiver, nous prîmes l'habitude d'aller dîner chez Karim. Ayant été promu ministre, il hérita comme tous les autres très hauts cadres de l'administration d'une splendide maison de maître en centre-ville. C'était typiquement le genre d'endroit sur lequel j'avais pu rêver en traînant, autrefois, sur des sites d'annonces immobilières, espérant quelque gain mirobolant à l'Euromillions. Karim vivait dans un genre de Trianon rénové avec grand goût, mais tout en sobriété. Un style moderne voire industriel dans les nouveaux aménagements se mariait parfaitement avec les vieilles cheminées qu'on avait eu la bonne idée de conserver.

En terre arabe, la richesse, même minime, s'accompagne inévitablement de l'obligation d'avoir des employés de maison. Karim et sa femme Nour, dont je vous parlerai aussitôt ces précisions faites, traitaient avec grand soin toute cette suite de gens, qui dans d'autres maisons moins scrupuleuses étaient rabroués, humiliés gratuitement, ou promis à des services autrement plus dégradants, surtout quand les jeunes garçons se trouvaient en nombre sous lesdits toits.

Se sachant raisonnablement volés, Nour et Karim fermaient les yeux sur ces méfaits. Prodigues de sourires, ils entretenaient une quasi-complicité avec le personnel qui, c'était vrai aussi, ne manquait pas de dévotion et d'entrain à la tâche. L'ennui principal, c'est que ce personnel constituait autant d'yeux et d'oreilles. Les mœurs naturelles du couple s'en trouvaient, une grande partie du temps, bien empêchées. Même chez soi, on restait discret et prudent.

Nour faisait partie de ces médecins qu'on avait, autrefois, fait venir en grand nombre des pays du Maghreb. Avant que la France sombre comme un porte-avions décrépit, elle occupait un poste de chirurgienne obstétrique à l'hôpital de Lisieux. Jamais elle n'avait eu la promotion ni le salaire qu'elle méritait, bloquée sous les ordres d'un chef de service moins compétent qu'elle, mais issu du *numerus clausus* français. À l'instauration du califat, on avait vu d'un mauvais œil sa condition de femme et sa fonction. Mais les autorités, pragmatiques, l'avaient maintenue à son poste. On avait besoin d'elle. On l'avait simplement mise sous les ordres d'un chef de paille, le neveu du nouveau ministre de la Police et de l'Observation de la charia, qui n'y connaissait rien. En somme, rien n'avait changé, s'amusait-elle amèrement en laissant traîner ses doigts fins sur sa gorge, mimant celle qui se retient de pleurer tout en souriant, découvrant d'immenses gencives mauves. C'était une femme charmante. Florence comme moi-même nourrîmes instantanément une passion pour elle. Son esprit, son humour, bondissaient comme une sauterelle fluorescente qu'on rêve d'attraper au vol sans la blesser.

Après le repas, nous avions coutume de nous retirer dans une pièce close, officiellement le bureau de Karim, auquel il avait interdit l'accès aux employés de maison. Lors de la pacification de Lisieux, une époque qui attisait grandement notre curiosité et sur laquelle nous ne cessions de demander plus de détails, Karim avait participé à l'inventaire, au tri et à la destruction de ce qui restait de la médiathèque du centre-ville. Comme toute culture, celle-ci souhaitait s'imposer sur la précédente, et Karim s'était principalement appliqué, contre son gré, à brûler ce qui ne rentrait pas dans l'application stricte de la charia.

Toute la littérature, tous les arts non musulmans étaient passés au feu. Tout ? Non, car de cette mission navrante, Karim avait, plus que discrètement, réussi à sauver quelques volumes qu'il conservait ici dans un coffre. Avec émerveillement, en sirotant quelques calvas hors d'âge, nous feuilletions des grands formats consacrés à l'architecture des villas en Toscane, aux peintures de Franz Xaver Winterhalter. Karim aimait tout particulièrement l'ouvrage consacré aux intérieurs de l'hôtel particulier habité par Yves Saint Laurent et Pierre Bergé, que je trouvais un peu *too much*. Il avait aussi sauvé des flammes toute une collection poche de Boris Vian. À l'affût, Karim avait parfois saisi des ouvrages étranges, seulement parce que l'occasion s'était présentée, sans en connaître le contenu. Ainsi, au rayon des essais et sciences humaines, il avait découvert le très abscons *Manuel* d'Épictète, un *Éloge de l'ombre* d'un certain Tanizaki, des *Propos sur le bonheur* d'Alain, et le plus improbable de tous, *Le Chat révélé* de Desmond Morris, que je ne pouvais m'empêcher de reprendre à chaque visite.

Comme je l'ai évoqué plus haut, nous fûmes occupés jusqu'au printemps par la création du dinar, de centaines de panneaux, pictogrammes, tampons, notices officielles, signalétiques, programmes scolaires, horaires de prières, tableaux des prix des denrées essentielles, questionnaires pour immigrés, guides d'accueil, petits précis de charia simplifiée à l'usage des femmes et des enfants, etc.

Du côté de nos obligations de musulmans, le ramadan ne fut pas une option. Florence et moi nous goinfrions d'autant plus, en cachette. Pour la prière, qui me sembla d'abord une épreuve insoutenable, je dois bien avouer que les prêches, auxquels je ne comprenais rien, me tiraient quelques émotions mystiques, si j'en étais vraiment capable. Autrefois, je ne connaissais pas grand-chose au catholicisme, mais j'avais le souvenir de cette histoire de Vatican II qui avait supprimé la messe en latin. Je comprenais à présent ce qu'il y avait de regrettable à cela. Des paroles incomprises touchaient plus simplement l'âme. Quant aux chants du muezzin, je les appréciais toujours autant, quelle que soit l'heure à laquelle on les diffusait dans les haut-parleurs.

Avec tout le boulot que j'avais, je craignais que Florence s'ennuie, mais elle eut une idée de génie, et cela lui donna beaucoup à faire. Par l'intermédiaire de Nour, Florence entama une carrière de portraitiste de cour, mais dont les sujets étaient bien spéciaux. Sur commande, elle produisait des images des animaux domestiques de tout le gratin du califat. Nour, qui faisait l'entremetteuse – elle connaissait toutes ces femmes désœuvrées qui s'ennuyaient ferme dans leur prison dorée –, se gardait bien de dire que l'artiste en question était une femme. Contrairement aux idées reçues, l'islam n'interdit pas absolument la représentation de figures humaines, c'est seulement le cas concernant l'architecture. (La preuve, j'avais bien mis la tête du calife sur les nouveaux billets qui circulaient.)

Je contemplais ces images avant que les portraits soient livrés. Florence les réalisait à partir de photos. Car si le réseau faisait bien défaut, les iPhone qu'on chargeait grâce aux générateurs à essence fonctionnaient encore comme appareils photo, enregistreurs vidéo, ou dictaphones. Nous apprîmes par cette entreprise que le ministre des Finances et sa femme possédaient chez eux le guépard qui jadis s'ennuyait au parc zoologique du Cerza. Sa capture n'avait pas été chose facile ; deux pauvres types y avaient perdu, pour l'un l'œil, pour l'autre toute chance d'avoir une descendance. Les autres ministres du califat en nourrissaient une jalousie démesurée. Le ministre et son épouse n'avaient pu résister à l'envie de se voir représentés en compagnie de l'animal, tous trois posant sur le balcon de ce qu'on devinait être une villa du XIXe. Florence, avec tout son art, en avait fait le mariage entre une scène bourgeoise à la Manet et l'orientalisme le plus flamboyant, déployant une débauche de tentures, de coussins et d'étoffes digne de *La Mort de Sardanapale*.

Un beau jour de mai, alors que nous traversions le jardin qui prenait forme, mon ami eut cet air malicieux que je lui connaissais parfois. Il avait dans les yeux une étincelle de réjouissance. Pourtant, lui d'habitude si prompt à bavarder, à s'émerveiller des oiseaux qui batifolaient dans le jardin naissant, voici qu'il jouait le silencieux.

Une étrange mélancolie me saisit, alors que tout devait contredire ce sentiment. D'une manière ou d'une autre, c'est peut-être en cet instant, dans une région dissimulée de mon esprit, que je pressentis tous les malheurs à venir. Le sentiment infect de l'anxiété, oublié depuis un moment, fit son retour ce jour-là, sans dire son nom, tapi sous la surface de mon âme comme une murène dégoûtante sous un rocher. Karim était si souriant, radieux. Je me contentai de l'imiter.

Walid nous avait gardé une table près des fenêtres. Le soleil, encore doux, scintillait sur la vaisselle au travers de voilages agités par une légère brise, comme la promesse d'un éternel printemps.

Le repas fut en partie gâché par le fracas des corps qu'on jetait non loin de là, au coin de la rue, du haut de l'ancien Crédit Mutuel, où je savais que se déroulaient les exécutions publiques des homosexuels, véritables ou simplement supposés. La population elle-même s'était désintéressée d'un tel spectacle, il n'y avait plus foule comme aux premiers jours. Mais la justice suivait son processus avec application. (On pouvait reprocher à la charia beaucoup de choses, mais en tant que loi, elle avait pour elle le simple fait d'être appliquée de manière ferme, et en un sens, dans sa propre cohérence, elle paraissait impartiale et irrévocablement juste. Ce respect du texte était une habitude qui s'était perdue autrefois dans bien des contrées démocratiques, soit par paresse, soit à la faveur d'accords internationaux supposément supérieurs.)

Pour le dessert, Walid nous apporta des suprêmes d'orange à la cannelle, un mets délicat que je contemplai comme s'il s'agissait d'une île flottante surmontée d'un obscène banana-split. Tu m'as l'air bien tourmenté, cher ami, s'inquiéta Karim. Walid, qui semblait plus inquiet encore, emporta ma kefta aux œufs à laquelle je n'avais pratiquement pas touché. Au prix d'un effort considérable, je retrouvai une contenance feinte et inventai des prétextes à mon absence. Ennuyé de tant de mélancolie, Karim entreprit de me dévoiler, avec force sourires, quelle mission et quels avantages m'attendaient.

Le grand chantier de transformation de la basilique Sainte-Thérèse avait été décidé en haut lieu. J'avais l'honneur d'en être le responsable. Même si certains aménagements ne seraient qu'une application stricte de codes décoratifs bien établis – il ne s'agissait pas de faire de l'avant-garde –, il y avait dans ce projet un poste qui, Karim en était sûr, ne manquerait pas de m'intéresser. J'aurais à dessiner et à superviser la fabrication des nouveaux vitraux, un art que j'appréciais, il est vrai, et sur lequel nous avions déjà échangé. Ce grand chantier serait accompagné de la création d'un centre de l'artisanat dont on me confiait par la même occasion la direction, où on projetait de réunir en un lieu des ateliers de ferronnerie, de travail du verre, de menuiserie, de textile, etc.

Je fus tout à la fois enchanté et intimidé par de tels desseins. Mais je ne savais pas tout, car le calife avait également jugé que mon logis ne reflétait plus mes services rendus, ni ceux à venir. Par commodité, il me fallait aussi me tenir au plus près du chantier, c'est pourquoi ce manoir sur la colline de Beau Site, tout près de la basilique, m'était offert pour demeure.

Florence et moi ne pûmes compter le nombre de bras mis à l'œuvre pour que notre installation se déroule si vite. Des meubles tapageurs nous arrivèrent d'on ne sait où. On rangeait sans nous demander notre avis de la vaisselle luxueuse dans des buffets néoclassiques en bois blanc laqué équipés de poignées en or. Quant aux objets qu'on déposait partout – galets géants de formes oblongues dorées, récipients décoratifs argentés, vases sombres semi-transparents, lampes tarabiscotées surmontées d'abat-jour sable crémeux –, Florence tentait instantanément de les dissimuler, mais une fois qu'elle avait le dos tourné, en un battement de cils, tout retrouvait sa place. Elle cessa de se battre et se résolut à contempler le travail en cours, les bras ballants. Les étagères furent toutes équipées de tubes led intégrés. Les tabourets ronds, fauteuils et canapés se paraient de cuir violet troué de capitons obscènes. Dans notre suite, nous découvrîmes un lit à baldaquin aux proportions insensées, à se demander de quelle manière on avait bien pu l'y introduire. Des lustres schizophrènes pendaient de partout, faits de chrome, de verroteries et de myriades de petits abat-jour taupe. Sans pouvoir protester, nous nous retrouvâmes dans cet univers tout de blanc, de beige et de gris, d'or et d'aubergine, typique du bar lounge d'un hôtel de luxe à Amman.

Le soir même, nous plongeâmes dans la piscine. Tout ça était si soudain et nous ôtait les mots de la bouche. En silence, je m'en voulais d'être à ce point inapte au bonheur. Cette chance serait à payer sous peu, j'en concevais l'amère certitude.

Mais passé la stupeur, nous nous efforçâmes de *profiter de la vie* en ces lieux grossiers, nous mentant consciencieusement à nous-mêmes comme il se devait... À tel point que nous nous vautrâmes avec insouciance dans tout ce luxe d'un goût incertain. Florence prenait un triste plaisir à m'accueillir le soir avec des repas hors de toutes proportions. Hilare en façade – je ne l'avais pas connue si maniaco-dépressive –, elle me faisait l'article des menus toujours plus absurdes qu'elle exigeait de notre personnel. Entre les chandeliers, le long de chemins de table irisés, brillaient des pastillas au pigeon, des îles flottantes, des cygnes farcis aux crevettes, des saladiers de caviar entourés de douzaines d'œufs à la coque. Un soir même, Florence s'amusa à faire rôtir un cochon de lait entier dans la cheminée, sous le nez du calife dont on avait accroché ici le portrait.

La plupart du temps, la seule vue de tout ça nous coupait la faim. Alors nous nous contentions de boire des bâtard-montrachet grand cru 2015 noyés de gros glaçons. Mathias était très bien élevé et jamais nous ne l'avions vu monter sur une table. Il nous fallut l'y placer de force pour qu'il consente à profiter de tous ces mets inadaptés non sans un regard un peu déçu par tant d'abandon de notre part. Il nous avait connu plus de manières et constatait, navré, à quelles idioties nous nous livrions. Il s'agissait de multiplier au carré toutes les hérésies et, ivres morts chaque soir, nous riions aux larmes de nos faits et gestes. Titubant jusque dans notre chambre, Florence disparaissait quelques instants dans la salle de bain et réapparaissait chaussée de Louboutin sanglées de velours. Nous faisions l'amour – baiser serait plus exact – sur de conséquents tas de billets dont Florence couvrait nos jetés de lit Northam de chez Ralph Lauren.

Presque du jour au lendemain, Florence mit fin à toutes ces bêtises et nous devînmes plus raisonnables. Notre alcoolisme désormais notoire et toute cette fuite vers des plaisirs sans limite lui avaient apporté de très désagréables déprimes matinales. Elle décida qu'il fallait nous ressaisir sans attendre. Dès lors, nous nous contentâmes de salades fraîches et, au bord de la piscine, parfois nous nous autorisions un petit apéritif – whisky Famous Grouse pour Monsieur, amaretto pour Madame – en remplissant des mots fléchés. Un doux ennui reprit sa place et me permit de me remettre au travail.

En traînant dehors après le dîner, il nous arrivait de sursauter au son de craquements de branches dans les massifs d'arbustes. Nous échangions alors un regard brisé qui nous ramenait à ce douloureux constat : un jeune garçon avait disparu et nous manquait terriblement. Mais aucun de nous n'osait prononcer son nom, de peur de tomber dans le vide qu'il avait laissé derrière lui.

37

Il faut bien admettre qu'avec son style néobyzantin et sa pierre blanche, Sainte-Thérèse de Lisieux semblait toute destinée à devenir une mosquée. En ce mois de juin, j'y pénétrais chaque matin absolument effrayé par l'immense échafaudage monté en son centre, juste sous le dôme qu'il fallait réparer, après sa partielle destruction lors des émeutes du mois d'avril de l'année précédente – ce dôme à demi grignoté que j'avais aperçu un matin depuis les collines au nord de la ville, alors que j'errais lamentablement dans une France explosée comme un grand miroir.

Le dôme avait déjà belle allure. On y lissait le plâtre sur la partie qu'on avait restaurée, et partout autour subsistaient les fresques aux couleurs chatoyantes qu'on prévoyait de recouvrir dans les plus brefs délais. Ailleurs, toutes les peintures de l'intérieur de la basilique, sur les murs, les voûtes, avaient été barbouillées à la va-vite, pour protéger le regard des musulmans qui ne pouvaient supporter ces déploiements chamarrés de piété dégénérée.

Je m'empêtrais dans la conception de motifs géométriques appelés à habiller ces centaines de surfaces. C'était un travail fastidieux et horriblement répétitif. Plus satisfaisant fut l'ordonnancement des stucs épigraphiques, dont une frise devait courir à hauteur de regard et ceci sur tout le pourtour de l'édifice. Parfaitement étranger à l'arabe, mais tout à fait sensible à l'équilibre des formes et des lettres, et passionné de voir l'ouvrage en bas relief se faire sous mes yeux, j'en avais imaginé, à l'aide de mes assistants, la matrice qui serait reproduite sur des centaines de mètres linéaires. Tous ces fers au feu ne pouvaient me détourner de l'essentiel de ma mission, par là même où la lumière du Très-Haut pénétrerait dans les lieux : les vitraux.

Là aussi, j'avais découvert une bien étrange préfiguration des bouleversements vécus par la basilique Sainte-Thérèse, et dirais-je même, par la chrétienté tout entière qui, se mourant depuis longtemps, sombrait définitivement dans l'abîme et l'agonie. Les vitraux – car ils n'avaient pas tous été détruits lors du sac de l'endroit, ils se trouvaient assez haut et, dans une certaine mesure, hors du champ de vision d'un vandale bas de plafond – étaient tous conçus sur le même modèle, assez modernes dans leur forme, et troublants en ceci qu'ils portaient des messages faisant figure d'anticipation d'une terre sans Dieu chrétien, ou plutôt, d'un Dieu chrétien abandonné de tous ses sujets, et qui ne commanderait plus aux hommes, mais à l'exclusif endroit d'une nature dépeuplée, insensible à ses charmes ou à ses colères.

L'un des vitraux disait : PLUIES ET ROSÉES – VENTS ET TEMPÊTES – BÉNISSEZ LE SEIGNEUR. Comme si l'auteur de ces mots savait bien qu'un beau jour, il ne resterait que quelques mouvements météorologiques, et plus aucun fidèle, pour honorer ce pauvre Seigneur. Je fus frappé par cette expression d'un Dieu déprimé, seul au milieu d'une terre qui n'était plus pour lui que géologie et souffles inhabités. Filant le thème, les vitraux adjacents appelaient désespérément une bénédiction venue des glaces et des neiges, des éclairs et des sombres nuages, des gelées et des frimas, ou encore des feux et des flammes. La prescience de tout ce verbe était d'une tristesse à mourir. Accablé par tant de travail, miné par d'obscurs pressentiments moi aussi, je fus passablement déprimé en ces premiers jours de l'été, pourtant assez agréables si on s'intéressait aux températures.

Le principal étant que, pour ces foutus vitraux, je n'avais pas d'idées. Effrayé, je constatais les limites de ma capacité à créer, et cette inquiétude me permettait d'autant moins de me concentrer correctement. Lorsque j'étais à ma table, le spectre de l'échec annihilait tout. Je ressassais de nombreuses versions toutes aussi nulles les unes que les autres et, dissimulant à tous le peu d'avancement de ma tâche, je me vautrais dans des reports qui engageaient d'autant plus de promesses. Karim, bien occupé lui aussi, acceptait d'un air ennuyé des délais qui, ne concernant que la présentation de projets dessinés, s'allongeaient toujours davantage.

Ainsi je m'octroyais des jours de repos en pleine semaine, feignant de devoir m'isoler pour avancer au mieux car *je tenais un truc.* Encastré dans le mur de l'échec, je ne profitais plus de rien. Florence de son côté avait mis en pause ses commandes de portraits animaliers. Elle se languissait de longues journées, étalée au bord de la piscine, en maillot deux pièces, sans plus aucune pudeur vis-à-vis des esclaves et de nos employés de maison, trop nombreux, qui s'agitaient en tous sens, le visage déformé par l'irritation. À portée de sa main s'empilaient d'obsolètes *Vogue* qu'elle feuilletait avec toute l'indolence dont elle était capable. J'avais réussi à acquérir ce stock, vendu sous le manteau par un ami de Karim, et cela m'avait semblé très amusant sur le moment. L'enfer de la mode et ses tractations nourrissaient l'ensemble de nos rares discussions. Lorsque je rentrais du ministère, sachant dans quel bourbier je me débattais, Florence se gardait de me demander comment se passaient mes journées, si j'avançais bien, etc. Le dos voûté, je m'asseyais à ses côtés et je l'écoutais me dire, les yeux perdus dans des interstices entre les dalles de la terrasse, que telle nouvelle collection était nulle et sans audace, que telle autre ressuscitait les classiques provençaux avec une fraîcheur incomparable. Elle s'efforçait de me faire réaliser l'importance des transferts des stylistes d'une maison à une autre, de la descente aux enfers de John Galliano, du mauvais goût revendiqué de Tom Ford, de la renaissance impossible de la griffe Jean Patou, comme s'il s'agissait là d'une actualité brûlante, comme si l'effondrement du pays, les combats qui avaient été les nôtres, notre allégeance au califat, et toute réalité tangible ne méritaient plus d'être considérés. Désormais déterminée à se prémunir de passions inutiles, Florence fut profondément fidèle à son vœu de calme et de déni.

Pour ma part, je m'abîmais dans la dissimulation : atterré par mon peu d'idées et la fin de la perpétuelle fête qui m'avait artificiellement permis de glisser cette angoisse sous le tapis – toute notre situation ne tenait qu'à ma capacité à satisfaire Karim et, par là même, le calife –, je consommais d'abondantes doses d'armagnac et de cocaïne acquise à prix d'or, le soir tard, enfermé dans mon bureau, sursautant au moindre bruit dans la maison, effrayé à l'idée que Florence me surprenne et constate ma condition navrante. Je sniffais des lignes épaisses comme des limaces pour trouver des idées (ça ne marchait pas) et j'engloutissais l'armagnac pour d'abord adoucir la défonce, ensuite pour m'éteindre et trouver un semblant de sommeil (ça marchait à peu près). En résultaient une humeur instable et un état de stress intense qui, il me semble, crevaient les yeux même pour qui ne voulait pas voir. Florence savait, c'est sûr. Mais pour une raison qui m'échappe, elle se refusait à m'attaquer frontalement sur le sujet. Peut-être me faisait-elle confiance pour, disons, *rebondir*. Cette période de mensonges et de non-dits entre nous me peinait. Et chaque soir, pour résoudre tout ce merdier, je me bousillais d'autant plus, creusant cette secrète tombe dans laquelle je devais chuter sous peu.

C'était l'enfer. Mais ce n'était rien comparé à ce qui nous attendait. Car en quelques jours seulement, les forces chaotiques et aveugles de l'ensemble vide allaient entreprendre de détruire tout espoir d'une vie meilleure.

38

À présent je suis l'unique résident de l'hôtel du Golf et j'ai élu domicile dans une des plus grandes suites, située au dernier étage. J'ai tiré une table devant la fenêtre pour m'installer un bureau et terminer ce que j'ai commencé. Éraflée de tempêtes, la Manche où filent de nombreux bateaux en ordre dispersé me fait face. La population ayant trouvé refuge ici est poussée à la mer par la guerre. On s'enfuit sur de grands voiliers, des yachts et des vedettes, des chalutiers, de frêles dériveurs d'enfant, des Optimist. Il m'a même semblé apercevoir des planches à voile et des paddles, cas particulièrement désespérés. Sur ma droite, tout près de l'embouchure de la Touques, la marina est maintenant vide. J'aimerais avoir des jumelles, cela dit l'impressionnisme de la scène est assez joli, aussi. Toutes ces embarcations vaguent à droite, à gauche, tout droit pour les plus audacieuses, avant de disparaître dans le gris indistinct du ciel et des embruns d'hiver, vers l'horizon annihilé.

Dans mes premiers jours de solitude, j'ai procédé à une inspection minutieuse des lieux, rapportant dans ma suite bon nombre de choses pour y passer mes derniers jours. Les résidents sont partis si précipitamment que partout gisaient des biscuits secs, des carafes d'eau à moitié remplies, des restes de je ne sais quoi, du café gelé, des bougies à demi consumées. J'ai brisé des fauteuils pour allumer des feux – dans la baignoire de la salle de bain pour ne pas embraser la moquette. J'écris les doigts engourdis, emmitouflé dans d'épaisses couettes en plume d'oie. Mais le plus important, c'est que j'ai trouvé les archives. Des centaines de piles de papiers disposées au sol d'une petite chambre au premier.

Cela m'a pris un certain temps pour trouver les feuillets dont j'étais l'auteur car, saisi par la curiosité, je ne cessais d'entamer la lecture d'autres confessions que la mienne. Ce qui m'a frappé, c'est la diversité des attitudes adoptées par mes semblables à la suite des bouleversements de l'année passée. Une femme en particulier – il y avait donc aussi des femmes enfermées, mais où ? – raconte de quelle manière elle est sagement restée, accompagnée de ses deux jeunes enfants, terrée dans une cavité calcaire, ne sortant que la nuit pour grignoter feuillages, racines et fruits de forêt, dormant le jour, léchant les parois de sa petite grotte pour se désaltérer. Ça peut paraître monotone comme ça, mais contre toute attente, elle nous raconte ceci avec force détails, en prenant tout son temps, et c'est très réussi. Hypnotisé, j'ai dévoré ces centaines de pages en me cassant les yeux sans voir la nuit tomber, fasciné par tant de discipline. Peut-être aurions-nous dû faire ainsi, et tout aurait été plus simple. J'ai bien tenté de déduire quel âge avait cette femme au moment des faits, sans succès. De ses lignes transpirait une sagesse millénaire, une âme de l'an zéro révélée par les événements.

Hier – avant-hier ? – je suis ressorti de ma chambre pour trouver davantage de denrées, car je dévore mes provisions plus vite que prévu : l'écriture, bien que sédentaire, brûle énormément de calories. Chaque paragraphe achevé me fait tourner la tête ; je n'ai pas vu un morceau de sucre depuis des mois. Avant de quitter la chambre, j'ai placé mes feuillets dans le petit coffre-fort mis à disposition dans ce genre d'hôtel, effrayé par l'improbable hypothèse que ce travail ne soit plus là à mon retour – finalement, ce texte, c'est tout ce qu'il me reste.

Au détour d'un couloir du troisième étage, j'ai cru voir quelqu'un. Je suis sûr d'avoir vu quelqu'un. Et de cette silhouette furtive qui s'est dérobée derrière l'angle de l'interminable couloir, je n'ai aperçu, il me semble, qu'un frêle mollet. Allez savoir pourquoi, sur le coup, j'ai conçu la déraisonnable certitude qu'il s'agissait de Louis. Je me suis précipité dans sa direction en hurlant : Louis, Louis, c'est moi ! Des pas ont résonné dans l'escalier et, poursuivant ce fantôme, j'ai dégringolé les marches. Ma béquille de fortune s'est brisée en son milieu. Cela m'a pris un temps fou de ramper pour retrouver ma suite trois étages plus haut. Et encore plus de temps pour bricoler cette nouvelle béquille. Une fois sur pied, j'ai pu constater dans le miroir l'état de mon arcade sourcilière. Ma santé mentale m'a un peu inquiété. Dès lors, j'ai pris la décision de ne plus me disperser : il me faut terminer cette histoire. Et il me reste si peu de temps…

Au-dehors, jour et nuit retentissent des coups de feu et des explosions. Entre la vallée qui mène à Lisieux et le sommet de la colline où je me trouve, il reste donc des hommes prêts à se battre ; tous n'ont pas fui sur les bateaux. Alors c'est donc vrai : il existe des gens qui, comme dans les films, préfèrent mourir en tenant leur position. Leur courage me donne celui de mener à bien mon récit. Et qui sait, peut-être qu'un jour quelqu'un trouvera ce texte, abandonné là sur cette table face à la mer, ponctué, si j'y parviens, d'un point final. Et cette personne lira ces mots et apprendra que Florence et moi, et Mathias, et Louis, avons existé pour de vrai.

39

Un beau matin, je me sentis plus léger qu'à l'accoutumée. La veille, j'avais trouvé une idée à peu près viable pour les vitraux. Du moins, j'avais réussi à m'en convaincre. Dégustant mon petit déjeuner aux aurores, la couleur du ciel ne m'apparut pas plus étrange qu'un autre jour. Du haut de la colline de Beau Site, dans l'humidité, les feux orange du soleil levant étaient souvent spectaculaires. Je mangeai de bon appétit, rassemblant mes esprits pour la première fois depuis trop longtemps. C'était absurde de s'enfermer mentalement comme je l'avais fait. Après tout, les choses allaient bien. Il suffisait, chose plus facile à dire qu'à faire, de l'accepter.

Je sortis pour faire mes habituelles longueurs. L'odeur dehors me parut bien singulière. En examinant le dos de ma main tendue vers le ciel, je vis s'y déposer ce que je pris d'abord pour des petits flocons de neige argentée. Une bourrasque intensifia le phénomène. De la cendre tombait du ciel, plus épaisse chaque seconde, comme une pluie de confettis, une poudre d'ossements.

L'aube était maintenant largement dépassée. Pourtant le soleil ne perçait toujours pas. Et le ciel au-dessus de la ville n'était qu'une fournaise gigantesque. Le muezzin reprit le micro, et même si je ne comprenais pas ce qu'il racontait, il était évident qu'il ne s'agissait pas de prière. Ce n'était plus l'heure. L'odeur de mille essences carbonisées s'engouffra dans mes narines à la faveur d'une nouvelle bourrasque en sens contraire. Le vent lui-même ne comprenait plus rien. On incendiait tout le pourtour de la ville, les forêts, les vergers entretenus par-delà les murs, les nouvelles plantations d'oliviers, les champs cultivés. Vint s'ajouter l'odeur du bétail – chèvres, moutons, vaches. Les produits chimiques, sources des feux volontaires et incontrôlables qui nous encerclaient, achevaient de rendre l'atmosphère irrespirable. L'ammoniac, le kérosène, l'acétone, et que sais-je encore.

L'air rongeait le cerveau comme une râpe à bois. On envoya des corps expéditionnaires hors de la cité. Ils ne revinrent pas. Et les seconds commandos missionnés pour réaliser le sauvetage des premiers ne revenaient pas non plus. On déclara toutes les portes, aux quatre coins de Lisieux, closes jusqu'à nouvel ordre. Les feux étaient si vastes, il ne servait à rien d'espérer les contrôler. Le plein jour se fit pleine nuit, rougeoyante et irrespirable. Bientôt la cendre couvrirait toute la ville, pareille à Pompéi. La population terrée, plongée dans un silence effroyable, fut terrorisée par des hurlements qui venaient de toutes parts, dont l'écho se répercutait dans cette cuvette qui abritait la ville. Il y avait là, nulle part et partout, des légions entières de désaxés pour qui le monde ne signifiait plus rien. Et malgré toute l'ironie de la chose, on décréta le couvre-feu.

Le deuxième jour, au matin, un immense silence. Les feux n'étaient plus que quelques fumées noires s'échappant des collines. Si absurde que cela puisse paraître, c'était comme si les pyromanes eux-mêmes en avaient circonscrit l'étendue. Plus un beuglement, plus un hennissement, plus un souffle, plus rien, mis à part quelques aboiements timides, et des miaulements qui résonnaient, sinistres. Les oiseaux ne chantaient plus, ils avaient tous disparu. L'univers était en sourdine, et les habitants, les mains tremblantes, ouvrirent leurs volets pour voir que le soleil pointait timidement dans l'atmosphère encore chargée de cendres qui virevoltaient. Pourquoi n'ont-ils pas mis le feu à la ville, tout simplement ? s'interrogea Florence. Nous fûmes saisis d'une terrifiante intuition : ces gens-là avaient décidé de jouer avec nous. Éberluée et indemne, la population fit mine de reprendre le cours de sa vie, mais le cœur n'y était plus. Les regards se noyaient dans la peur. La rue commerçante, que j'empruntai pour rejoindre le bureau et avoir quelques infos de la part de Karim, n'était qu'un manège de pantins où flottaient des individus hagards. On sursautait au moindre bruit.

Les boutiques, quand elles ne vendaient pas de nourriture, étaient pour la plupart fermées. Et avant cela, en arrivant sur le rond-point Hassan II, je vis le portrait géant du calife recouvert du symbole de l'ensemble vide. Malgré les dimensions du panneau, et sans trace d'un quelconque échafaudage ou d'échelles qu'on aurait abandonnés ici, le Ø peint en noir ne faisait pas moins de six mètres de haut. La perfection de sa géométrie me remplit de cet effroi que j'avais déjà éprouvé chaque fois que j'avais rencontré ce signe, synonyme d'un pur chaos, creusant le crâne et tout raisonnement au-delà des mots. La signature de l'ensemble vide se trouvait partout à travers la ville. Ils étaient parmi nous, dans les murs. Et tous les regards des gens croisés étaient pétrifiés non plus seulement de peur, mais d'une dévorante suspicion envers leur prochain.

Lors de la prière du coucher du soleil, dans la plus grande mosquée de la ville, où les fidèles effrayés se retrouvèrent pour écouter un prêche se voulant rassurant, on remarqua à peine trois femmes, silhouettes anonymes vêtues de burqas, entrer dans la salle de prière réservée aux hommes. Choqués, des croyants relevèrent le nez de leurs tapis, sidérés par cette intrusion. Les silhouettes se dispersèrent. Lorsqu'elles se rassemblèrent de nouveau en triangle, après avoir sinué entre les fidèles accroupis, elles déclenchèrent les kilos d'explosifs dissimulés sous leurs amples vêtements. Le bâtiment entier fut soufflé. Les premiers témoins ne virent que des fragments immenses de béton armé, dans lesquels étaient enchevêtrés membres sectionnés, torses déchirés de toutes parts, là un bout de mâchoire, ici un avant-bras, autant de restes impossibles à identifier. Des particules de sang et de plâtre planèrent en suspension durant de longues minutes.

Le troisième jour, les eaux de la Touques nous arrivèrent chargées d'un trouble blanc laiteux, dégageant une odeur pestilentielle, insoutenable. Les malheureux qui se trouvaient à proximité furent aussitôt pris de vomissements. Quels produits chimiques avait-on déversés en amont ? Les plus dangereux sûrement, et en quantités industrielles. Et le flot mortel, destructeur de toute vie, se chargea enfin d'une mousse qui remontait jusque dans les rues, envahissant tout le réseau d'assainissement de la ville. Ce furent d'abord les rats qui remontèrent de leur monde souterrain, par milliers, suivis par la mousse elle-même qui dégueulait de chaque bouche d'égout. Les rues s'en trouvèrent envahies, inondées, le niveau de la mousse montait, montait, portée dans toutes directions par le vent qui s'engouffrait dans les ruelles. À son contact, on était pris de nausée, de rougeurs et d'irritations provoquant d'intolérables douleurs. Partout les gens vomissaient leur âme, les yeux brûlants, et tombaient morts empoisonnés. Réfugiés sur nos hauteurs juste après le début des faits, Florence et moi écoutions, sidérés, la ville entière qui hurlait sa souffrance et sa peur panique. Nos employés de maison ne quittaient plus leurs chambres, emmurés dans la prière. Les esclaves avaient logiquement pris la poudre d'escampette.

Comme s'ils avaient tout prévu, le quatrième jour au matin, tout avait reflué. Et une violente averse s'abattit sur la ville, non pas comme un don du ciel, mais comme invoquée par les démons de l'ensemble vide pour faire croire à une accalmie avant de passer à la suite. Durant de longues heures, il ne se passa rien. Des dizaines de milliers de personnes étaient en apnée. Les jardins de l'Atlas avaient péri. Les plans d'eau n'étaient plus qu'une lessive abrasive, les mosaïques avaient perdu toutes leurs couleurs. Quant aux centaines d'essences qu'on y avait plantées, pas une n'avait survécu à l'attaque chimique. Les feuilles noires pendaient aux arbres morts, à l'écorce calcinée.

Le cinquième jour, Florence me dit se sentir très mal. Elle n'était jamais vraiment malade, et le moindre début de malaise occasionnait chez elle un catastrophisme très contagieux. C'était sûrement les feux, les produits toxiques, la peur… N'y croyant qu'à moitié, j'essayai de la rassurer sur la nature bénigne de la chose. Un peu de repos suffirait. Tout allait s'arranger. Voilà le genre d'âneries que je débitais pour la guérir par l'esprit. Mais sa situation se dégradait vite. Elle se sentait *infectée*, et ce, bien avant, m'avoua-t-elle, que l'œuvre de l'ensemble vide cogne à nos portes. Je l'allongeai et lui préparai du thé, je lui massai les pieds et lui administrai du paracétamol que Nour m'avait fourni, au péril de sa vie soit dit en passant. En un sens, j'étais rassuré d'avoir quelque chose à faire de concret tandis qu'au-dehors la situation échappait à tout contrôle et que la ville entière cédait à la panique. Je me fixai sur Florence et son mal – m'occuper d'elle lorsqu'elle était patraque, voilà ce que fut mon seul véritable talent dans la vie. Mathias s'était réfugié sous l'escalier. Je lui glissai un pull sous les fesses, le carrelage était glacial. Je lui portai sa nourriture car il était clair qu'il ne bougerait pas de là avant que l'air soit redevenu respirable. J'attendais que tout le monde s'endorme et, dans le fond du parc, derrière un hêtre pourpre vieux d'un siècle, je me cachais pour pleurer, les genoux repliés entre les bras.

Pour m'évader, je me racontais de belles histoires. Rien de tout cela n'avait eu lieu. Florence et moi avions eu un fils. Il s'appelait Louis. Et fort d'un héritage ou d'un succès, nous habitions une jolie maison à Marnes-la-Coquette. Laissant parfois Florence au travail, j'emmenais mon fils sur les tournages à gros budget qu'on me confiait car j'étais un réalisateur qui compte. Nous traversions l'Europe pour rejoindre de gigantesques plateaux en Bulgarie pour y mettre en boîte des scènes d'invasions barbares. Il ferait très chaud et Louis, sous un barnum plein de ventilateurs, me poserait des questions très intelligentes sur l'alchimie de la photographie, du cadre et de la couleur du jeu d'acteurs. Et toutes les filles sur le plateau le trouveraient absolument adorable et me dragueraient un peu de la sorte. Ce petit jeu cesserait avec la venue de Florence qui, malgré ces chouettes moments entre mecs, nous aurait tant manqué. J'aurais donné aux équipes des jours de repos imprévus et tous trois nous serions autorisés des escapades, au volant de notre si raisonnable Rover vert anglais, dans des restaurants chics de Budapest. Nous aurions ri, et nous serions beaucoup aimés.

40

La suite des événements ? Elle était à la fois si claire et si obscure. Ce mal absurde qui ne montrait jamais son visage, c'était épuisant. L'imagination est capable de bien pire que toute réalité. Peut-être ces gens-là voulaient-ils simplement nous rendre fous. Faire de nous ce qu'ils étaient. Comme le jeune Louis me l'avait expliqué, nous n'aurions plus d'autre choix que de devenir comme eux, et de grossir leurs rangs, absents à nous-mêmes, et mus par cette seule soif de chaos et de destruction des mondes. De tous les mondes.

Le sixième jour, les nausées de Florence continuèrent de plus belle. Nous prîmes la Jaguar couverte de cendre et nous filâmes en direction de l'hôpital. La paranoïa avait envahi les esprits, les corps de traîtres supposés se balançaient à tous les réverbères. Partout dans les rues, les milices de la police enturbannée traînaient des suspects, déjà bien amochés, vers la question. La population elle-même s'occupait du cas de quelques malheureux et les rouait de coups en s'y mettant à dix contre un. À l'hôpital régnait le chaos le plus total, les produits toxiques avaient fait des ravages insoutenables. Dans les couloirs traînaient des corps rougis comme sous l'effet de radiations. Les procédures d'admission étaient dépassées, on courait pour saisir au collet ce qui pouvait ressembler à un médecin. Par chance, nous réussîmes à approcher Nour qui, dans une salle d'examen vitrée, venait de perdre un gamin. Elle reprenait à peine son souffle après avoir procédé à un massage cardiaque sur le petit corps, intégralement couvert d'une sorte d'eczéma purulent. On s'enferma dans un cabinet de toilettes, à l'abri de l'agitation générale – à quelques mètres de nous, de violentes bagarres éclataient.

Nour ausculta Florence quelques minutes. Entre la prise du pouls, des palpations, un regard dans le fond de l'œil, nous échangions par courtes phrases sur les catastrophes en cours. Ce n'est pas près de se calmer, disait posément Nour. En tout cas, je ne vois pas de raison que ça s'arrête. Et aussitôt elle se contredisait : Enfin, je n'en sais rien. Nour avait bien conscience de l'état d'anxiété extrême de Florence et jugea peut-être malhabile de ponctuer ses examens de si fatales considérations. Certes, le rôle d'un médecin est d'être réaliste, mais un peu d'espoir n'est pas totalement interdit, semblait-elle se forcer à penser.

Le verdict tomba. L'état de Florence n'avait rien à voir avec une quelconque exposition aux produits toxiques, ou la fumée des incendies. Florence était enceinte. Ce n'est pas possible, bégaya-t-elle. Pour ma part, je ne fus pas capable de prononcer un seul mot.

Instantanément dissocié de mon corps, j'observai la scène en flottant, prêt à voir une grande lumière blanche qui m'appelait. Des paroles lointaines me parvenaient, il s'agissait de semaines, de jours de conception, de nausées habituelles. Florence posait tout un tas de questions que je ne comprenais pas : elle parlait une langue inconnue. Flottant toujours entre ces quatre murs – les paroles de Florence comme le fracas des bagarres dans le couloir filtraient à travers une muraille de coton –, je contemplais cet homme pétrifié qui lui-même contemplait une femme dont les joues devenaient rouges, une femme qui avait eu peur, mais qui semblait aussi recevoir une des plus importantes nouvelles de sa vie.

Nour, après nous avoir donné rendez-vous pour discuter davantage de la situation – il lui semblait évident, comme à moi, qu'il allait falloir nous débarrasser de l'enfant, bien que Florence n'ait rien dit de la sorte –, nous fit sortir par un accès dérobé. Les poubelles de l'hôpital débordaient de ballots de linge tachés de sang devenu noir. Les sanglots secouèrent plus violemment Florence dès que nous fûmes dans l'auto, et se poursuivirent jusqu'à ce que nous atteignîmes les petites routes en lacets sur la colline de Beau Site. Sortie du tumulte de l'hôpital et de la ville devenue cinglée, là, parmi les majestueux arbres qui nous firent entrevoir des temps immémoriaux, Florence retrouva la parole et celle-ci fut étonnamment claire et calme.

Maintenant qu'il est là, je le veux, cet enfant, m'apprit-elle.

Je sais bien que ça n'a aucun sens. Mais c'est comme ça.

Le septième jour, Florence se réveilla morte de faim. Ravie de cet appétit retrouvé, notre cuisinière, dépourvue de l'aide habituel, nous prépara non sans mal un somptueux petit déjeuner. Elle était fière d'avoir fait des réserves car déjà les pénuries sévissaient depuis la clôture des portes de la ville et la destruction de toutes les ressources – cultures, bétail – entretenues par le califat. Comme s'il s'agissait d'un jour comme les autres, elle avait cuisiné de délicieuses crêpes, accompagnées de miel, de confiture et de café. Aïcha, Dieu sait comment, savait pour Florence, et l'embrassait d'un regard empli d'une sincère tendresse. Tandis qu'elle servait le thé, ses yeux se dirigeaient discrètement vers le ventre de Florence qui ne remarquait rien, trop occupée à boulotter tout ce qu'elle était en mesure d'attraper. (Ce truc qu'ont les femmes enceintes avec les fraises, je n'aurais pas le temps de le vérifier.) Il y avait dans l'attitude guillerette et attentionnée de notre cuisinière quelque chose de l'ordre du soulagement : à ses yeux, Florence accomplissait enfin son destin de femme et elle en retirait sa part d'honneur.

Sur la route du ministère, je pus voir à quel point la situation s'était encore dégradée. La miche de pain se négociait au prix de 700 000 dinars. Les attroupements devant les boutiques faisaient peur à voir et partout les brigades de police dispersaient la population prise de panique à l'idée d'être affamée. On retenait encore les coups de fouet et de matraque, mais pour combien de temps ? Karim m'accueillit un peu fraîchement, ne sachant trop sur quel pied danser : par Nour, il avait appris la nouvelle qui, il faut bien l'admettre, tombait plutôt mal. Sans le laisser mariner, je lui assurai que Florence et moi étions bien décidés à garder l'enfant. Il ne put s'empêcher de faire de gros yeux puis me prit rapidement dans ses bras. Dans son regard qu'il s'était empressé de me dissimuler, je pus lire tout ce qu'il s'interdisait d'exprimer : sérieusement, quel avenir imaginez-vous pour cet enfant ? Il avait raison mais je m'en fichais à présent. Florence le voulait, donc moi aussi.

Ce jour-là, nous ne fîmes rien de sérieux à part discuter. Je ne le savais pas encore, mais ce serait mon dernier jour au califat. Épuisé, Karim n'avait presque pas dormi les nuits précédentes, pris dans d'interminables conseils des ministres du califat. Pour se libérer de tant d'impuissance, on y avait décrété une guerre préventive contre nos voisins de la Spiriterie. Il regarda sa montre et m'apprit qu'à l'heure qu'il était, ils devaient tous être morts de ce côté-là. On y avait envoyé avant l'aube tous les combattants disponibles. Lors de ces conseils, Karim n'avait pas eu grand-chose à dire : l'heure n'était plus tellement aux questions culturelles. Ce qui m'aida à lui confier – quel égoïste soulagement ce fut – que je n'avais pas avancé d'un pouce sur la question des vitraux. Que je me sentais nul et que j'avais trahi sa confiance. Ce n'est rien, mon ami, le calife a d'autres priorités, tu t'en doutes. Et toi aussi à présent.

Nous trouvâmes porte close chez Walid et retournâmes, maussades, vers notre ministère en prenant soin de contourner les jardins dévastés. Il nous faudra tout refaire, cher ami, si ces sauvages, là dehors, nous en laissent le loisir. Comme moi, Karim savait que ces sauvages n'étaient plus seulement au-dehors mais bien parmi nous. L'épuration avait commencé. Sois prudent, ne cessait-il de me répéter. Sois très prudent : plus personne n'est à l'abri de la délation et d'une justice devenue folle. Nous oubliâmes de manger et c'est en éclusant du thé sans sucre qu'à voix basse nous nous entretînmes de doux rêves d'ailleurs. À titre d'exemple, je lui racontai plus en détail les quelques mois passés au pigeonnier. Ce n'était pas simple, mais oui, c'était possible de vivre retirés de tout.

Karim échafaudait des plans bancals. Charger son Range Rover de toutes les provisions disponibles chez lui. Fuir au sud. Se réfugier dans les replis du Perche. Ou plus bas encore, en Dordogne. Il aimait bien la Dordogne. Le niveau de carburant de son véhicule l'inquiétait. Et toi, te reste-t-il de l'essence ? Ce n'est pas demain que nous pourrons faire le plein. Tout est rationné, réquisitionné. Et comment fuir sans carburant ? En démarrant la Jaguar je constatai qu'il ne me restait qu'un quart de réservoir. Pas de quoi se rendre au bout du monde. Le moteur V8 consommait environ 14 litres aux cent. Naviguant à basse vitesse dans les rues de Lisieux, je me livrais à des calculs peu encourageants.

C'est alors que, passant devant le magasin Aldi et le comptoir alimentaire qu'il abritait, je vis un attroupement qui menaçait sérieusement de virer à l'émeute. Tous ces gens très en colère agitaient en l'air des petits bouts de papier et tentaient de forcer l'accès du supermarché. Essayant autant que possible de ne rouler sur personne, je klaxonnai pour me frayer un chemin en périphérie de la foule compacte. Sur ma gauche, je perçus tout à coup comme une trouée de lumière qui se faisait progressivement. Un appel d'air. La pression des individus agglutinés se reportait en d'autres directions.

Et c'est là que je le reconnus, fendant la foule à coups de fouet, François-Xavier, enturbanné, fièrement vêtu d'une tenue de la milice.

Sans retenue, avec même un certain plaisir disons-le, il envoyait le cuir de son fouet sur les femmes, les hommes, les vieillards, qui refluaient sur son passage. Les dernières silhouettes me séparant de lui s'écartèrent tel un rideau et nos regards se rencontrèrent, cristallisant l'espace et le temps, moi dans mon véhicule immobilisé, lui figé, le bras en l'air. J'eus l'impression que, comme sous l'effet d'un arrêt sur image, la lanière de son fouet se tenait en l'air, prise dans l'atmosphère vitrifiée. Son petit anneau de pirate, celui que j'avais rêvé de lui arracher, scintilla. En une fraction de seconde, il me reconnut. Ses yeux s'écarquillèrent d'une rage gourmande.

J'enfonçai la pédale d'accélérateur et heurtai les malheureux qui se trouvaient sur mon passage. Entre le rugissement du moteur et celui de François-Xavier, je ne sais ce qui me provoqua le plus d'effroi.

À la maison, je réveillai Florence qui s'était endormie dans le canapé sans quitter ses vêtements. Je lui expliquai la situation tout en la traînant de force vers la voiture. À quelques mètres du véhicule, elle se dégagea de mon étreinte et me hurla au visage : Je ne pars pas d'ici sans Mathias !

Tenter de le retrouver, c'était signer notre arrêt de mort. Je savais déjà que François-Xavier, fort de ses nouvelles fonctions, donnait la chasse aux traîtres – nous – qui méritaient d'être exécutés sans délai. On pouvait m'identifier par mon véhicule. Les innocents sur lesquels j'avais roulé me voudraient une condamnation sans appel. Ils étaient en route. C'était une question de minutes avant de les voir arriver.

Quant à Mathias, tout était ma faute… J'avais moi-même ce matin-là, avant de me rendre au ministère, ouvert la baie vitrée donnant sur le parc, et Mathias y avait disparu. J'avais vu son petit train trottiner vers un gros massif d'arbustes aux fleurs couvertes de cendres. Je l'avais laissé filer sans une caresse, sans même croiser une dernière fois son regard bleu-vert, dont le souvenir habite chaque nuit mes rêves, ou chaque fois que tout simplement je ferme les yeux. C'est là, de tous les regrets de mon existence, l'un des plus intolérables. Mais sur le moment, il me fallut choisir entre perdre Mathias, ou tout perdre à coup sûr, Florence, moi, et l'enfant à naître.

J'envoyai à Florence deux gifles sonores. Monte, vociférai-je. Tu veux finir lapidée ? Ma force était décuplée par la terreur. Et avant même de réaliser avec quelle violence j'avais réagi, nous foncions vers une des portes de la ville que je savais être la moins fréquentée, et peut-être donc, la moins sérieusement gardée. Les deux types qui se tenaient debout, la main tendue, roulèrent sur le capot et heurtèrent le pare-brise avant de s'envoler. Un troisième passa sous les roues de gauche, la secousse me projeta le crâne dans le ciel de toit ; je n'avais pas mis ma ceinture, mais mes mains tinrent bon sur le volant. Instantanément, le sang coula sur mon front et me brouilla le regard. Je me tournai aussitôt pour constater que pour Florence tout allait bien. Elle mettait toujours sa ceinture. Le son si particulier du choc des chairs et des os brisés sur la calandre me tournait en boucle dans les oreilles, alors que nous filions sur la départementale en direction de la côte.

Sur la route qui menait à Deauville, dans les lignes droites, nous aperçûmes par moments des phares quelques centaines de mètres derrière nous. Combien avions-nous de poursuivants ? C'était dur à dire. On ne regretta pas la puissance de la XK8 que je poussai vers des allures insensées, et bientôt les phares dans notre dos ne furent plus que de lointains petits points de lumière. En rejoignant le court tronçon d'autoroute, nous slalomâmes entre les véhicules abandonnés et les corps qui traînaient un peu partout, témoignant de zones de combats passés. Dans la courbe formée par la sortie de Canapville, nous frottâmes contre la glissière de sécurité sur cinquante mètres. Les étincelles jaillirent par milliers, Florence hurla. Après avoir franchi le premier village, dans une grande ligne droite, subitement les phares de nombreux véhicules réapparurent dans notre sillage. J'accélérai autant que faire se pouvait et passé un grand rond-point, nos pleins phares illuminèrent d'immenses barricades plantées sur le pont enjambant la Touques : c'était la frontière de la bande de Deauville. Je freinai en urgence et fis une embardée vers un petit chemin terreux qui longeait le fleuve, poussai encore une dizaine de mètres pour finir ma course, embourbé sur les bords marécageux de la rivière.

À peine la voiture arrêtée, une balle fit exploser ma vitre. Depuis la route, les pick-up s'étaient arrêtés, les phares braqués dans notre direction, et les types nous canardaient. Nous pûmes quitter le véhicule du côté de Florence, et nous roulâmes dans le lit de la rivière partiellement asséché. En été, la Touques n'était ici qu'un mince filet se faufilant dans un fond boueux dont la croûte cédait sous nos pas. Nous nous traînâmes, entendant au loin les soldats du califat qui s'approchaient lentement du véhicule. Nous rampâmes, aussi silencieusement que possible en suivant le lit de l'eau, attendant d'être assez loin pour tenter une remontée sur l'autre rive. Les hommes du califat ne prendraient pas le risque de passer la frontière. Les voix des soldats restaient à distance, se refusant à pénétrer dans ce territoire qui n'était pas le leur. Mais cette agitation avait mis en alerte les hommes de guet sur l'autre rive.

Alors que je tâchais de me remettre sur pied, une

balle de gros calibre me désintégra le genou droit. Luttant pour ne pas perdre connaissance, fou de douleur, j'essayai de crier les paroles qui, le croyais-je, allaient nous sauver : « Je suis Français ! Je suis Français ! »

La deuxième balle emporta le visage de Florence. La dernière vision que j'eus d'elle, effondrée dans la boue dans son djilbab en velours, m'évoqua un vêtement vide emporté par le vent. Et ce vent m'emporta avec elle : je n'ai jamais quitté le lit boueux de la rivière. J'y suis et j'y resterai pour l'éternité, blotti dans ses bras. Oui, nous y resterons, enlacés tous les deux… Non. Tous les trois.

LIVRE V

0

Au fond, je ne regrette rien, car j'ai cru pouvoir être heureux. Et croire, ou avoir cru, me semble aujourd'hui bien suffisant. J'ai cru aux plafonds de la chapelle Sixtine. À la musique classique dans les parkings souterrains. J'ai cru en tous mes bons amis. Aux mauvais aussi. J'ai cru au journal de voyage de Christophe Colomb, j'ai cru au cimetière juif de Prague, j'ai cru aux plans des grandes villes, j'ai cru aux ouvertures faciles. J'ai cru en Mickey Mouse et en Attila. J'ai cru aux gigantesques gares de péage où on achetait l'horizon. J'ai cru aux dragons, aux sirènes, aux portraits des photomatons. J'ai cru aux hommes, autant que possible. J'ai cru en Florence, désespérément. J'ai cru en moi, mais pas assez. J'ai cru aux cartes de fidélité. J'ai cru aux usines de Coventry et de Détroit. J'ai cru aux stylos quatre couleurs. Aux arcs-en-ciel. Au cinéma.

J'ai même cru aux jeux à gratter, aux fonds des océans et aux machines très compliquées. J'ai cru aux fous, aux cités d'or, aux jolies paires de gants dans les vitrines. J'ai cru aux patinoires, aux crashs d'avion et aux loopings. J'ai cru aux bals dans les campings, aux bouquets de fleurs, aux colibris, aux majorettes et aux catcheurs. J'ai cru au miel des pharaons. J'ai cru à la muraille de Chine. J'ai cru aux files de gros camions. Aux portraits du Fayoum. Aux papillons devenus chenilles.

Au tout début, il n'y eut, selon les astrophysiciens, rien. Pas même un point. Puis ce fut la grande foire, à toute allure, des bigs, des bangs, des dinosaures, des manèges et des bateaux ouvrant la voie au verso des continents. Il y eut la bombe A, la bombe H, des constellations de peines et d'espoirs. Puis il y eut un virus. Un virus de rien du tout. Et cette folie imbécile, sans limite, en constante expansion comme l'univers lui-même. Alors c'est chose logique, finalement, que de ce tout il ne reste rien, à nouveau. Et peut-être que tout recommencera exactement comme avant. La nature changera seulement quelques couleurs, pour faire semblant. Mais aucun de nous n'en saura rien.

REMERCIEMENTS

À Mmes Gabrielle de Gastines et Louise Danou, sans lesquelles je n'aurais pu franchir cette *Frontière sauvage*.

DU MÊME AUTEUR

LES CONFINS, Flammarion, 2022

Composition : IGS-CP
Impression : CPI Firmin Didot en février 2025
Éditions Albin Michel
22, rue Huyghens, 75014 Paris
www.albin-michel.fr

ISBN : 978-2-226-49512-9
N° d'édition : 26004/01 – N° d'impression : 182794
Dépôt légal : mars 2025
Imprimé en France